蒼穹變
9 真正強者
龍人◎著

第一章　須彌之主

無論戰傳說是希望時間過得快點，還是慢點，事實上，它都是以一成不變的步伐向他走來。

天司殺已離開禪都兩天了，滅劫之役還沒有什麼新的突破與變化，戰傳說已必須面對祭湖湖心島之約了。

「明天與紅衣男子的一戰，你有必勝的信心嗎？」爻意問戰傳說道。

戰傳說自天黑下來之後，就再也沒有邁出這間屋子半步。他一直靜靜地坐著，除了與陪著他的爻意偶爾說幾句無關緊要的話之外，多數時間都是保持著沉默，好像他已忘記了明天他將與生平罕見的可怕對手有一場生死之戰。

爻意問完那句話後，就有些後悔了，後悔不該提及可能會給戰傳說形成壓力的話。

戰傳說成竹在胸地道：「我已與那紅衣男子交過手，他的修爲的確很高，但當時若不是他使了些手段，單憑實力是無法脫身的。這些天來，我一直在仔細揣摩他的武學，已找到一種必勝的方法。」

爻意知道戰傳說決不是一個喜歡說謊的人，也不是一個喜歡自吹自擂的人，所以聽罷這一番話，她的心情一下子平靜了不少。

戰傳說卻深深地知道，自己其實沒有絲毫的取勝把握。在銅雀館一役時，他與紅衣男子雖然只是有著極爲短暫的衝突，但那已足以讓戰傳說深切感受到對手的可怕，只是他不願爻意再爲他擔心。

「救出小夭之後，我們便去那座古廟，如何？」好像他對救出小夭真的已有十足的把握。

爻意卻道：「祭湖對樂土來說已是聖地，對嗎？」

「不錯！」戰傳說點了點頭，這一點本就是他告訴爻意的。

「那爲何紅衣男子要選擇祭湖作爲與你決戰之地？那豈非太引人注目了？而且，恐怕樂土人誰也不願意看到有人在祭湖作生死決戰吧？你們會不會受到阻擾？」爻意接著問道。

爻意所擔心的，戰傳說也已想到。

樂土人眼中，祭湖是與「禪之力」，與武林神祇的輝煌聯繫在一起的，可以說是樂土的聖地。戰傳說甚至知道在祭湖一帶，還有無妄戰士守護，他們的職責就是不讓有人在祭湖一帶有不敬之舉。其實他們的守護只是象徵性的，幾乎不會有樂土人願意冒犯祭湖的神聖。

可是，既然紅衣男子選擇了祭湖湖心島，戰傳說就別無選擇。

面對爻意的擔憂，戰傳說只能故作輕鬆地道：「這些都不重要，只要我能勝了紅衣男子。」

其實，就算勝了，紅衣男子會不會守信放了小夭，戰傳說也毫無把握。

他與紅衣男子可以說毫無宿怨，照理，紅衣男子在銅雀館中被重重圍困時，最需要的就是毫無累贅地脫身離去，他實在沒有理由要將小夭帶走——至少，戰傳說無論如何也想不明白紅衣男子此舉的意圖所在。

難道此人真的只求與自己一戰，而不顧帶著小夭脫身會增添許多麻煩？

正因為猜不透對方的意圖，戰傳說才格外地忐忑不安，這樣他就很難對對方下一步可能會有什麼舉措作出猜測。

戰傳說與爻意不會想到此時此刻，還有人與他們一樣，對戰傳說明日祭湖之行密切關注。

此人就是姒伊。

此刻，姒伊正與眉小樓在一起。

沒有人會想到銅雀館的眉館主會夜訪天司祿府，外人更無法知道眉小樓是如何神不知、鬼不覺地進入天司祿府來見姒伊的。雖然天司祿已牢牢地被劍帛人所控制著，但畢竟這是在秘密狀況下，普通的天司祿府家將並不知內情。

「劍帛城選址及建築皆十分順利，散於樂土各地的劍帛人也開始陸續向劍帛城會聚，不少人聽說要建劍帛城，都願意傾其所有爲此事出力。」眉小樓將禪都之外所發生的對劍帛人有重大意義的事，一一告訴了姒伊。

姒伊欣慰地點了點頭，「我們多年的心血總算沒有白費，開始有所回報了。」頓了頓，又補充道：「但要當心一點，那便是如今還絕對不能太張揚。太過張揚，非但會招來大冥的忌恨，連劫域也會覬覦劍帛城，莫忘了當年劍帛國之覆亡，是始於劫域之禍。」

「公主所言極是。」眉小樓道，「我會設法讓大冥與劫域儘量少關注劍帛城的，至少，在劍帛城未建構成熟之前，它將近乎一座空城，沒有什麼財物可以引來劫域人。」

姒伊點了點頭，「所幸現在大劫主深入樂土，引得樂土諸路人馬空前關注，這就使大冥不得不分散注意力與精力。這一次所謂的『滅劫』之役，無論最後結果如何，對我劍帛都是有利的，正如先前禪都所發生的千島盟之亂一樣。若沒有千島盟之亂，尚不知何時才能有我劍帛復國大業的開局。」

眉小樓默默地品味著姒伊所說的話。

「如今，我最不願意看到的就是大冥中途放棄『滅劫』之役。」

「這種可能恐怕不會出現。」眉小樓道，「公主放心，這一次劫域大劫主太肆無忌憚了，他若只是偏安於極北劫域，大冥王朝還可以容忍它的存在，如今卻是絕對無法容忍了。地司危、天司殺皆已出動，利箭在弦，不得不發。」

姒伊淡淡一笑，「事情並不如此簡單。我就知道有一個人對『滅劫』一役很不情願，而此人偏偏擁有舉足輕重的實力。」

「公主所指是……」

「大冥冥皇。」姒伊道。

眉小樓一下子怔住了，姒伊顯然不是在說笑，可是「滅劫」之役本就是大冥冥皇的旨意，他又怎可能很不情願？

眉小樓百思不得其解！

「此事還得從戰傳說的經歷說起。」姒伊道。

「戰傳說？」眉小樓腦海中閃過了她見過的戰傳說的形象，心想：此事與他又有什麼關係？

「戰傳說曾在隱鳳谷殺了大劫主麾下的哀將之後，戰傳說就忽然成了皇影武士所要對付的對象。但坐忘城城主殞驚天卻深感戰傳說非但無罪，反而有功，所以他不但沒有與皇影武士一同對付戰傳說，反而處處維護戰傳說。如此一來，方有後來的『雙城之戰』。自龍靈關千異與戰曲一役後，戰傳說就失蹤了，一直到不久以前的隱鳳谷再現，這就決定了戰傳說與冥皇之間，本不應該有什麼利害衝突的。但重要的是，由物語打探來的消息可以證實，冥皇之所以對付戰傳說，的確是因爲戰傳說殺了劫域哀將之故。」

眉小樓認同道：「物行是三萬劍帛人中最擅於經營的，這些年來爲了復國大業，他已不知耗費了多少心血。而物語則是劍帛人中最出色的探聽各類消息者，由他打探來的有價值的秘聞消息不勝枚舉。有他們兄弟二人，是劍帛之幸，公主之幸。」

姒伊道：「單單這一條線索，還很難確定冥皇與劫域大劫主的關係。但與另一件事相互聯繫起來，就不難看出其中蹊蹺了。我們劍帛人遍佈樂土，而且多是以行商販運爲主，可以說但凡在樂土境內出現的大一點的買賣，沒有我劍帛人不知情的。奇怪的是這些年來，每年都會有神秘的買家，要買下大批的絹帛皮裘以及兵器等物，與他們交涉的常有我劍帛人，但這些神秘的買家從來不肯透露身分，也不透露購入大批皮裘絹帛之類物品的用途。更不可思議的是，這些神秘買家購下貨物後，再不會在其他地方轉賣，但以『買下這些貨物自用』來解釋是解釋不通的。別的倒也罷了，像那麼多的兵器決不是尋常人所需要的，除非像六大要塞這等需要擁有大量兵器的，或者什麼武道門派，但如果是這樣，又何必刻意隱瞞身分？於是我便吩咐人開始打探此事。」

「若劍帛人要刻意打探物品的去向，總是不太難的。」眉小樓道。

姒伊道：「最後發現這些東西竟是運往劫域！這些神秘的買家在將物品運出樂土之前，使出種種手段不斷地轉移掩飾。如果單從表面現象看，劫域人潛入樂土暗中收購的皮裘、綢緞、兵器等物也不是不可能。劫域地廣人稀，氣候酷寒，各類物產極爲有限。而令人匪夷所思的是，這些東西秘密運出樂土決不是一件容易的事，但這些年來，從來沒有人聽說過大冥王朝截獲秘密運往劫域的車隊，這就很不正常了。再深入打探，竟發現那些神秘的買家竟是大冥王朝的人，其中不乏高手！大冥王朝的人收購諸類物品秘密運往劫域——這預示著什麼不言而喻。恐怕誰也不會想到那些物品竟是冥皇送給劫域的！」

「將這件事與戰傳說的遭遇聯繫在一起，就不難發現冥皇與劫域之間的確有不可告人的關係。僅僅一個劫將，就可以讓冥皇不惜發動雙城之戰，他不可能不知道這樣會大失人心，至少坐忘城現在對冥皇肯定有了不滿情緒。那麼，當大劫主有危險時，冥皇又會怎麼做？」姒伊不疾不徐地道來，卻已在平淡中將事情剖析得透徹淋漓。

眉小樓道：「冥皇是不得已而為之？」

「冥皇最後所走的路徑，可能會是一方面大張旗鼓地調集人手對付大劫主，而別一方面卻暗中助大劫主脫身。」

眉小樓皺眉道：「以冥皇特殊的身分地位，如果他要這麼做，是很容易做到的。」

「不錯！這正是我最擔心的。大劫主一旦脫身回到劫域，樂土武界幾乎不可能自發地前往極北劫域繼續追殺——事實上，即使樂土武界真的這麼做了，成功的機會也很小。極北劫域的天寒地凍，以及劫域的神秘莫測，都會使樂土武界望而止步。如此一來，最後的結果就將是如從前一樣，樂土、劫域相互對峙，保持現狀，這對我劍帛復國大計顯然是不利的。」

「公主是否已有良策可以避免這樣的結局出現？」眉小樓問道。

「我們必須讓冥皇不得不對『滅劫』一役全力以赴，我已有一計，但不知最後效果如何。」

眉小樓由衷地道：「公主智謀，絕世無雙，想出來的計策，一定可以大功告成。」

姒伊輕嘆一聲道：「但願如此。」頓了頓，「戰傳說妳已見過，對此人印象如何？」

眉小樓沉思片刻，「若有機緣，應能成大器，建不世之業。」

姒伊秀美絕倫的臉上浮現出微微笑意：「我覺得此次禪都之行，最大的收穫除了得到冥皇聖諭之外，就是結識了戰傳說。」

「是因爲他有遠遠超越同齡人的武道修爲？」眉小樓道。

「這也是其中一個原因！還有，他是戰曲之子。戰曲與千異在龍靈關一戰，捍衛了樂土疆域，樂土人對戰曲充滿了崇尊。對樂土人來說，他們希望英雄戰曲之子也是一個頂天立地的英雄，而不是宵小。前些日子偏偏有人冒充戰傳說四處作惡，樂土人一定很失望。如果有一天他們突然發現先前爲非作歹的，並不是真正的戰傳說，他們的感覺一定是欣喜異常。可以說將戰傳說塑造成一代英雄，是眾望所歸；其二，戰傳說並不盲目地追隨大冥乃至不二法門，這樣的人，若有朝一日需要讓他否定冥皇，乃至否定不二法門，他就比其他人更容易做到。」

眉小樓很佩服姒伊看待此事所選擇的角度與眼光，「許多人雖然很出色，但他們的目光早

已被不二法門、大冥王朝的光芒所迷惑。而依大冥王朝及不二法門的意志，他們決不願我劍帛國崛起，故若是順從大冥王朝、不二法門意志的人，即使再如何出色，也不足以爲我劍帛人所用。戰傳說與此類人最大的區別就是他非但沒有迷惑，相反，他對大冥王朝、不二法門都已有所不滿，尤其是對大冥王朝。」

姒伊點了點頭，「所以，我才認定對劍帛人來說，戰傳說是『奇貨可居』。今日在他身上投入人力財力，將來必能得到成倍的回報。」

「就算戰傳說的修爲如何的驚人，但一個沒有屬於自己龐大勢力的人，其影響力終是有限的。」眉小樓直言她的疑慮。

姒伊讚許地道：「妳所言極是。戰傳說應該擁有屬於他自己的勢力，方能在必要的時候大大地推動我劍帛復國大計。可遺憾的是，戰傳說偏偏性情淡泊，寧可選擇獨來獨往，獨自面對一切，也不願糾集屬於自己的勢力。而促使戰傳說改變這樣的現狀，正是我們迫切需要做的。」

頓了一頓，她接著又道：「戰傳說明日將前往祭湖與人決戰，他的對手就是曾在銅雀館出現過的紅衣男子。對樂土來說，這件事無足輕重而且也鮮有人知，但對我劍帛人來說，卻絕非無關緊要，我們必須保證戰傳說的性命安全。戰傳說曾去過妳的銅雀館瞭解有關紅衣男子的情況，卻無功而返，這是爲何？難道如紅衣男子這等可與戰傳說一較高下的人，也不足以讓銅雀館對其加以留意？」

她的神色並未變得如何得嚴厲，但眉小樓知道公主姒伊對此事有所不滿了，不由連忙道：「我並非未留意那紅衣男子，也不是有意不向戰傳說透露真相。事實上是我們雖然有所舉措，但根本未曾打探出與紅衣男子有關的任何事物。」

「哦？」姒伊黛眉微蹙，訝然道：「怎會如此？自銅雀館在禪都立足以來，還從未出現過如此大的紕漏！」

眉小樓道：「公主放心，造成這一結果的原因我已查出。只要紅衣男子再次出現，他的一舉一動，都將在我的掌握之中。」

「問題的癥結何在？」姒伊道。

「我是讓魚蝶兒陪侍紅衣男子的，問題便出在魚蝶兒的身上。」眉小樓道。

姒伊緩緩地站起身來，聲音有些冰寒地道：「魚蝶兒?!」

眉小樓急忙道：「公主息怒！這並非魚蝶兒疏忽大意，更非她有負劍帛人、有負公主，而是因爲她被人所制。」

「紅衣男子？」姒伊緩緩地道。

「正是。紅衣男子已用某種手段控制了魚蝶兒的神志，所以魚蝶兒非但不能爲我們提供有價值的線索，反而被紅衣男子所利用。」

姒伊道：「這麼說來，魚蝶兒已是一個禍害了?!劍帛復國大業任重道遠，三萬劍帛人隨時都要準備付出代價，包括自己的性命，決不能因爲心慈手軟而壞了大事！」

眉小樓忙道：「如果不知魚蝶兒已爲紅衣男子所控制，那她的確是劍帛人的一個隱患，但現在我們既已察知了這一點，就另當別論了。紅衣男子既然控制了魚蝶兒，必然是希望能利用魚蝶兒達到某種目的，而他卻不知在魚蝶兒身上所發生的變化已被我們察覺，如此一來，魚蝶兒反而成了我們的誘餌。」

姒伊的神色緩和了一些，「幸好這紅衣男子不是冥皇的人，否則，就算此刻我們已知他控制了魚蝶兒，也已經遲了，銅雀館將難以在禪都立足。」隨即話鋒一轉道：「雖然天司祿完全被我所控制，但天司祿府已不再如以前那麼安全，因爲我使計自冥皇那兒得到聖諭之後，冥皇絕對不會還認爲我只是一個普通的劍帛女子。勾禍強闖天司祿府一事發生後，冥皇將對天司祿府以更多的『關照』，妳不便在此多作逗留，早些回銅雀館吧。」

「是。」眉小樓恭然領命。

眉小樓離去之後，姒伊獨自一人在房內靜坐了少頃，又讓人將天司祿請了來。

「聽說現在大冥王朝正在進行『滅劫』之役，如果大劫主被殺，冥皇或許就要考慮大舉進攻劫域以絕後患了，而遠涉劫域可要花費不少的錢糧啊。」姒伊與天司祿一見面，就直言其痛處。

天司祿的額頭微微地滲出汗來，笑臉有些僵硬了，姒伊所說的正是他最擔心的事。現在天司祿最怕的就是大冥王朝要進行什麼重大的戰事，因為那將意味著他所犯下的過錯隨時都有暴露的可能。

姒伊隨即便給天司祿吃了顆定心丸，她道：「天司祿大人放心，劍帛人與天司祿大人已是多年的交情了，大人若有什麼周轉不過來的，劍帛人一定鼎力相助。」

天司祿乾笑兩聲道：「所以老夫從未擔心什麼，姒伊小姐的話，老夫是信得過的。」

姒伊這才言歸正轉，「自從勾禍強闖天司祿府之後，我就有些擔心冥皇會不會對我有所不利，不知天司祿大人這幾天聽到了什麼消息嗎？」

天司祿道：「禪都這幾天風平浪靜，如果硬說有什麼事的話，只有兩件還值得一提。一件就是須彌城少城主忽患重疾，他與香兮公主的成親吉日被迫延遲。」

姒伊淡淡一笑，「冥皇還真的能想出這一奇招。」這事不用天司祿說，她早已聽聞。

「還有一件事便是，天司殺奉命前往萬聖盆地，與地司危一同對付大劫主了。」天司祿道，「對了，天司殺臨離開禪都前，還託付了老夫一件事。」

「哦？」這一次，姒伊倒真的是有些意外了，她知道天司殺與天司祿的交情並不深厚，那麼天司殺又會把什麼事託付給天司祿呢？

天司祿察覺到姒伊對此事有興趣，便有些得意，「天司殺有意將他的女兒許配給戰傳說，

讓我有機會向戰傳說挑明此事。」

姒伊一怔，久久沒有說話，天司祿忽然感到有些不安，不知該如何是好。

正當他局促不安時，姒伊已莞爾一笑，「天司殺倒真有眼光。」

「姒伊小姐覺得我應該照天司祿囑託的去辦？」天司祿總覺得心裏有些不踏實，便問了一句。

姒伊笑道：「當然，這是好事啊。戰傳說若娶了天司殺的女兒，天司殺以後就不會爲難戰傳說，相應地也多半不會爲難劍帛人了，畢竟我們與戰傳說是友非敵。」

天司祿有些勉強地笑了笑，「姒伊小姐言之有理，只是戰傳說身邊有爻意姑娘。恕我直言，這世間恐怕不可能有比爻意姑娘更出色的女子了。我擔心一旦向戰傳說提及此事，戰傳說一口回絕，那天司殺可就有些顏面盡失了。」

姒伊「哦」了一聲，「爻意姑娘真的很美？」

天司祿嘆了一口氣，「只怕沒有人能夠否認這一點。」

姒伊淡淡笑道：「你不必擔心，天司殺比你更擔心遭拒絕。誰不知天司殺的女兒心高氣傲，而天司殺對他的女兒又是百般寵愛。若是被拒絕了，他心高氣傲的女兒怎受得了這份挫折？所以，天司殺一定是在頗有把握的情況下才提出此事的。」

天司祿便道：「姒伊小姐言之有理，依妳看來，此事應當在何時向戰傳說提出爲好？」

姒伊道：「待他自祭湖歸來再提吧，以免他分心。」頓了頓，又道：「由女方主動向男子提出婚約的，在樂土是少之又少，更何況是天司殺這樣有權有勢的人物。看來看重戰傳說的人，還真的不少。」

天司祿想要接過姒伊的話題，忽然間卻發現不知該怎麼說才好。因爲，他突然發現姒伊的神色有些不平靜——這樣的神情在姒伊臉上是很少出現的。

樂土境內最高峰是九怒峰。若是立足於九怒峰之巔向北望去，銀雪皚皚，冰封千里，是極北劫域；向北望來，則是峰巒起伏，城廓村舍星羅棋布，樂土沃野千里，盡收眼中。

只是沒有誰會真的攀上九怒峰巔。即使是在酷熱的盛夏，九怒峰的上半部分也是冰天雪地，更兼九怒峰陡峭突兀，絕壁高崖、深谷鴻溝處處可見，卻又常常掩於冰雪之中，則更爲凶險。

九怒峰周圍群峰並峙，雖然不及九怒峰之絕高，卻也自有一派巍然氣勢。

群峰的冰雪在不知不覺中融化，然後在山岩的縫隙間慢慢滲透、會聚，形成了涓涓細流、山泉，最後形成在山峰谷間奔騰不息的河流。

眾多的河流中，以起源於九怒峰的寶象河流量最大。

寶象河不知何年何月形成的，也不知它毫無疲倦地奔騰了多少年，直到有一天，一場空前規模的冰川暴發了！

不比九怒峰低矮多少的一座山峰幾乎坍倒了一半，冰川所挾泥石流一下子堵住了寶象河的去路，河水被迫迂迴盤旋，並不斷地積貯，越久越深。

最終，水流漫過了攔住去路的泥石，形成了一道飛瀑，傾灑而下，然後重新匯成河流，一直向東南方向奔流而去。但那積貯的河水已形成了一個巨大的湖泊，一個群山環繞的湖泊，這便是祭湖。

一座低矮的山峰被淹沒了大半，只有小半截露出水面，這便是祭湖的湖心島。因爲湖泊地勢不高，與九怒峰山腰處一樣，林木茂盛。

茂盛的林木卻掩不住島上的一座石砌的高臺。

石台雄踞於湖心島地勢最高的地方，通體由巨大的方石堆砌而成，沒有任何華麗的修飾。在湖光山色的映襯下，反而有了粗獷豪放的魅力，大有讓人感到石台與天地同生同滅之感慨，憑直覺就可以感受到那石台必然承載了歷史長河中極爲厚重的東西。

此石台名爲「天悟聖壇」，據說玄天武帝便是在此苦悟百日，終於領悟終極心靈力量——禪之力。

「天悟聖壇」此名所包含的意義不言自明。

碧波蕩漾，天水一色，湖面如鏡，倒映著雪峰，景致優美，令人心曠神怡。

祭湖，是樂土人心目中的聖地，更是樂土武界的聖地，正是玄天武帝悟出了禪之力，才有了武林神祇時代——一個象徵著武界最輝煌的時代。

沒有武林神祇，就沒有大冥王朝。所以，在祭湖有數十名無妄戰士守護。

無妄戰士中的每一個人都堪稱高手，他們的力量當然不弱，但卻還不至於強大到可以應付一切變故的地步。

他們的存在，更多的是一種象徵意義，象徵著大冥王朝對祭湖的態度，也等於一種無聲的告誡：誰要挑戰祭湖的神聖，就等於挑戰大冥王朝！

歷代冥皇實在是很高明，以這種方式巧妙地將祭湖與大冥王朝聯繫在一起。在樂土人心中，祭湖是神聖的，與祭湖聯繫在一起的大冥王朝自然而然地也蒙上了一層光芒。

通向祭湖只有一條石道，鑿岩壁而成，但並不難行，石道鑿得很是平整，只是山道一側往往就是絕崖，沒有膽量的人行走之間難免膽戰心驚。但前來祭湖瞻仰聖容的多是武界人物，又有幾人會如此膽小？

山道踏步之處甚是光滑，可見這裏雖然遠離樂土繁華地帶，卻並不是人跡罕至。當年冥皇與不二法門元尊在祭湖訂立了對樂土影響深遠的盟約，使祭湖更是聲名大揚。

戰傳說前往祭湖的途中，卻沒有遇上一個人。對此，戰傳說並未留意，就算留意到了，也無暇多加思忖。他現在唯一的念頭就是準時赴約，決戰紅衣男子，救出小夭！

戰傳說沒有帶劍，銅雀館一役與紅衣男子的遭遇戰中，他已見識了紅衣男子的修爲，深知決不在自己之下，要想取勝，唯有動用炁兵。

攀過了曲折迂迴的岩道，眼前豁然開朗，連飛瀑的聲音也一下子洪亮多了，祭湖已在眼前。

祭湖比戰傳說想像中更廣闊龐大，他本以爲夾於山峰之間，又是匯流而成的湖泊，是不會太廣闊的。

祭湖比常人想像中的更廣袤無垠，卻並不像想像中的那麼神秘——至少，在戰傳說此時看來是如此。

祭湖非常寧靜，群峰無語，湖面微波不興。整個天地彷彿都沉浸在一片寧靜之中。

若是平日，戰傳說一定會深深地陶醉在這片寧靜中——但現在卻不能，他寧可發生點什麼意外。

寧靜總是讓人可以靜下心來想點什麼，戰傳說一靜下來，就會想到小夭的安危。

紅衣男子曾出沒於銅雀館，銅雀館乃風月場所，紅衣男子出沒其間，定然生性風流。與這樣的人在一起，容顏美麗的小夭，會不會遭遇不測？

每每思及這一點，戰傳說就會驚出一身冷汗。

通向祭湖只有一條通道，但祭湖周圍卻並不荒涼，一條環繞祭湖的馳道很是平坦，容易讓人產生錯覺，會忘了祭湖是在危峰之間，而覺得是在諸如百合平原那樣開闊平坦的地帶。

祭湖與一般的湖泊不同之處便在於祭湖上不見船隻，既沒有渡船，更沒有漁船。

沒有船隻，卻有長廊自湖岸通向湖心島，足足有五六里長。長廊石柱木梁，漆色爲樂土最盛行的紅黑兩色。

這道長廊是爲了方便歷代冥皇每年一度登祭湖湖心島拜祭所用。大冥王朝以武立國，而玄天武帝的武道修爲正是在祭湖攀升至全新境界。

歷代冥皇當然要在此拜奠，那「天悟聖壇」就是一座巨大的祭壇。尋常人等是絕對無法輕易涉足湖心島的。

在數里水上長廊的中間地段，建有一雙層閣樓，無妄戰士便守在這座閣樓內。尋常人只能在祭湖四周的馳道上遠遠眺望祭湖湖心島，以及湖心島中的「天悟聖壇」。

這一點，戰傳說當然已打聽到了。

踏足長廊，戰傳說即刻向湖心島闊步前進。他做好了遭受攔阻的準備，也做好了擊退一切攔阻的準備。

與無妄戰士相戰，無疑會得罪大冥冥皇——這是許多人不願意面對的問題。但戰傳說對於這一點卻毫不在乎，因爲他早已得罪了大冥冥皇，再與大冥冥皇多一次衝突又如何？

戰傳說遠遠地便看見，那座跨於長廊上的閣樓內有人走出，一看裝束可知正是無妄戰士。

「但願他們不會太頑強，否則久戰不下，我便無法準時赴約了。」戰傳說作好了一出手便全力以赴的打算，他不能將時間浪費在這裏。

一個、二個、三個……閣樓內不斷地有人走出，而且越來越多，似乎沒有停下來的意思。

戰傳說不由暗嘆了一口氣，雖然無妄戰士中不會有修爲比他更高者，但對方人數佔據了絕對的優勢，要想闖過去，決不容易。

心頭千轉百迴，他的腳步卻一刻沒有停下，不但沒有停下，反而更加快了腳步——他越來越感到時間緊迫了。

祭湖是如此的安靜，以至於除了遠處的飛瀑聲之外，就只有雙方「沙沙」的腳步聲了。

戰傳說越來越接近閣樓了，這時，他忽見那些無妄戰士中的一人遙遙地向他一拱手，大聲道：「來者可是戰傳說戰公子？」

戰傳說一怔，很快他便想到，這些無妄戰士知道自己的身分也實屬正常。他仍不願就此停下，而是繼續向前，邊走邊應道：「正是！」

向戰傳說發話的人忽然向身後揮了揮手，戰傳說心頭一動，全身的肌肉一下子繃緊。

但他所猜測的攻擊並未開始，卻只見簇擁在長廊的眾無妄戰士忽然散開了，分列於長廊兩側，閃出中間的一條通道來。

戰傳說這次真的怔住了，耳中只聽得方才那人道：「請戰公子速速登島，從此刻起，一日之內，決不會再有任何外人能踏足湖心島，請戰公子放心便是。」

紅衣男子曾聲稱決戰之時，不希望見到除戰傳說之外的任何第三者，無妄戰士這麼說，就等於承諾一旦戰傳說通過之後，就要爲他擋下其他任何試圖隨他之後登上湖心島的人。

他們爲什麼要這麼做？

戰傳說本以爲他們會是此次湖心島之行的一大障礙，沒想到事實卻與之恰恰相反，他們竟願以這種方式助戰傳說一臂之力。

戰傳說終於回過神來，向眾無妄戰士施了一禮，「多謝諸位給在下行了方便。」

言罷，他便毅然繼續前行，在兩列無妄戰士之間繼續前行。

他沒有與這些無妄戰士多說什麼，因爲他們必然是奉冥皇之令而行的。冥皇這麼做，當然有他的目的，戰傳說知道這一點，可他此刻已沒有時間深究。

戰傳說也提防著無妄戰士會突然出手襲擊，但直到他穿過了夾道的兩列無妄戰士，這樣的事也沒有發生。

一切都太順利了。

忽然間，戰傳說想起一件事：紅衣男子何在？

紅衣男子應該已經在湖心島，否則他若是在戰傳說之後登島，豈非要受到無妄戰士的攔阻？

可若紅衣男子已在湖心島，那爲何在紅衣男子登上湖心島之時，無妄戰士沒有攔截？這一點是很容易看出來的，因爲長廊上沒有任何打鬥痕跡。

無妄戰士在不對戰傳說加以攔截的同時，也不攔截紅衣男子，自然是保證戰傳說與紅衣男子的決戰可以如期進行。

這必然是殊死一戰——難道，冥皇就是想要讓戰傳說與紅衣男子殊死一戰？

紅衣男子在銅雀館一役所展露的實力，當然早已傳到冥皇的耳中。借紅衣男子這把刀殺戰傳說，對冥皇來說，豈不是一件很妙的事情？

就算紅衣男子最終並不能殺了戰傳說，或是不想殺戰傳說，或是殺不了戰傳說，但一場惡戰之後，戰傳說難免傷疲不堪，這時無妄戰士要對付戰傳說豈非容易多了？

何況，這祭湖實在是一個殺人的好地方，戰傳說若是在此被殺，真可謂死得神不知、鬼不覺，冥皇完全不必背負惡名——這裏除了無妄戰士之外，就再也沒有別的人了。

一個個念頭在戰傳說腦海中閃過，他的腳步卻沒有減緩絲毫，即使種種的猜測全都是事實，他也決不會退縮。

雙足終於踏上了祭湖湖心島堅實的土地，立足於湖心島上，反而看不到「天悟聖壇」了，茂密的林木遮住了戰傳說的視線。

一條青石鋪成的路一端連繫著湖上的長廊，另一端向湖心島延伸。

戰傳說卻沒有循著這條道向島中央走去，而是站定了，即刻以內力送聲道：「戰傳說依約前來祭湖湖心島，閣下可以現身了！」

聲音無比清晰地傳出極遠，傳遍了偌大的湖心島，驚起無數飛鳥。

「很好，無論你是因為擔心你的女人的安危，還是因為你本就是一個守時守信的人，反正你準時趕來了。」

一個聲音自林中傳出，傳入戰傳說的耳中。

戰傳說動了，在甫聞此人開口之際動了。

快逾驚電！身形掠過處，兩側的林木迅速後退，並虛幻成一排排的陰影，耳邊風聲如嘯。幾起幾落，戰傳說一口氣竟掠進了里許距離！

他是循聲而動的。他一下子就聽出說話者就是那個害他寢食難安的紅衣男子。

與其說戰傳說急於見到紅衣男子，倒不如說他急於見到小夭。

一團紅色終於出現在戰傳說的視野中，並迅速地擴大。在這處處是綠色的地方，那團紅色是那麼得顯眼奪目，讓人感到一種無所畏懼的狂傲。

戰傳說的身形倏然由極動化為極靜——但他的身軀卻在慣性的作用下，依舊向前飄掠出足足有七八丈距離，這一過程自然飄逸，幾如飛翔一般。

戰傳說在離紅衣男子數丈遠的地方穩穩地落定了。

終於見到了紅衣男子，戰傳說的心卻沉了下去。因爲，他赫然發現四周再無他人，唯有自己與紅衣男子。

小夭呢?!

無須戰傳說問，那紅衣男子已猜透了他的心思，笑著道：「你放心，她沒有死。對你來說她很重要，對我來說，卻不是這樣。我只想與你一戰，卻並不想隨隨便便殺一個無關緊要的人。」

戰傳說並不全信任紅衣男子的話，他已聞聽紅衣男子在銅雀館如何在極短時間內讓千島盟大吃苦頭的事，也親眼看到他在突圍時如何殺戮無妄戰士、禪戰士的。既如此，要信他不會隨隨便便殺人，恐怕不易。

不過，戰傳說的心多多少少安定了一點，他以儘量平穩的語氣對紅衣男子道：「她現在何處？」

紅衣男子俊美得幾乎完美無缺，但他的笑容卻邪邪的：「我只答應你若是能勝過我，就可以將她交還給你，至於此刻她在何處，我卻不必相告！」

戰傳說心頭有怒氣騰然升起，卻又強行將之壓下了，他道：「我很想知道，你爲何一心想與我一較高下！」

紅衣男子傲然一笑道：「你應爲此感到榮幸才是，不是每個人都夠格與我決戰的。」

戰傳說的傲氣不由也被激起，他冷冷一笑道：「若不是你以手段相要脅，未必有與我一戰的機會。」

紅衣男子目光一閃，戰傳說以爲他要動怒了，沒想到事實卻非如此，紅衣男子只是略顯詭異地一笑，「你想知道的我可以告訴你，但你需得告訴我你的真實身分。」

戰傳說不假思索地道：「我便是戰曲之子戰傳說。」

紅衣男子啞然失笑道：「這一點我早已知曉得一清二楚，何需你說？」

「可是有關桃源的事，又豈能對外人道？除此之外，恕我無可奉告。」戰傳說道。

「你與異域廢墟有什麼關係？」紅衣男子忽然問了一句讓戰傳說大感意外的話。雖然意外，但戰傳說毫不猶豫地道：「與異域廢墟沒有任何關係。」

之所以不假思索地回答，是因爲他覺得自己與異域廢墟的確沒有關係。

但他卻又不由在心中反問自己：「自己真的與異域廢墟毫無關係嗎？那父親爲何每年都要前往廢墟古廟中見那神秘人？這紅衣男子不會平白無故地問這樣的問題，他爲何覺得我與異域廢墟應有關係？」

「真的與異域廢墟毫無關係？」紅衣男子又追問了一句。

戰傳說不知對方何以如此在意這一點，但他還是堅決地道：「不錯。」

紅衣男子忽然輕輕地吸了一口氣，「既然如此，我便要告訴你一件事。殞驚天的女兒現在的確好好地活著，但在她身上卻發生了一點變化。」

「什——麼?!」戰傳說忽然覺得頭皮一陣陣地發麻，頭髮似乎根根直豎起來了，後背卻一陣陣地發涼。

他目光死死地盯著紅衣男子，樣子有些可怕，似乎想以這駭人的目光逼得紅衣男子立即說出真相，又像是要以這駭人的目光將紅衣男子想說的話生生地迫回，因為他不願接受紅衣男子即將說出的可怕事實。

紅衣男子的神情語氣讓戰傳說感到不祥，感到危險。

紅衣男子笑得越發殘酷，他輕描淡寫地道：「一個男人與一個年輕的女人、一個如花似玉的處子在一起，你說她會發生什麼變化?當然是由女孩變成了婦人。」

「嗡……」戰傳說只聽得腦海中猛地一聲響，像是有什麼東西一下子衝到了腦中，周身的血液也一下子炸開了。

戰傳說雙目盡赤，卻一句話也說不出來。只見他右臂驟然有銀芒如水銀瀉地般沿著手臂飛速延伸。

戰傳說如怒矢般射向紅衣男子的同時，炁兵「長相思」同時出現在手中。

戰傳說不發一言，心中熊熊怒焰已燃燒著一切，彷彿將他的話語也一併燒成了灰燼。

無言之中，攻勢、劍勢卻凜然無匹，身形過處，若狂飆突現，兩側的林木驟然被可怕的劍氣在剎那間切斷，卻不倒下，反而飛起，在一股驚人的氣勁的挾裹下，隨著戰傳說一道飛向紅衣男子！

被挾裹在內的還有碎石塵埃！

那一刻，天昏地暗，讓人有一種錯覺，仿若戰傳說那一劍，竟將整個湖心島生生扯起，並撞向紅衣男子！

這是何等驚人的一劍？

紅衣男子卻笑了——很滿意的笑容，似乎戰傳說越憤怒，他越是開心。

千島盟盟皇很不開心。

禪都一役，千島盟損失慘重無比，三大聖武士中的暮己、負終已然戰亡，雖然風傳小野西樓逃脫了禪都，但時隔多日，仍不見小野西樓返回千島盟。

留在樂土的各路暗探也沒有發現小野西樓的蹤跡，盟皇憂心忡忡在所難免。小野西樓的失蹤，就意味著天照刀的失蹤。

盟皇不由輕聲喟嘆，抬頭向前面望去。

前面是密室的牆，盟皇的目光卻像是穿透了厚實的牆，「看到」了整個殿宇巍然、畫閣聳立的千島盟宮殿，「看到」了點綴在海中的星星點點偏隅一方的千島盟數以百計的島嶼，甚至，他的目光越過了茫茫重洋，「看到」了廣袤樂土，「看到」了禪都。

一陣清香瀰漫開來，沁人心脾。盟皇收回了目光，落在身前寬大的木几上。

木几上擺著精緻的茶具，一膚色白皙、眼光格外明亮的中年人正在煮茶。

盟皇靜靜地望著那中年男子動作嫺熟地忙碌著，忽然道：「求侃，本皇聽說飲茶之樂，有大半是在煮茶之時，可是如此？」

求侃恭然道：「奴才不敢說。」

盟皇有些意外地「哦」了一聲，「為何不敢說？」

求侃道：「奴才若是說實話，聖皇定會不悅，若是不說實話，卻是欺君。」

「當然是說實話。」盟皇道。

「雖不能說飲茶之樂大半在於煮茶，但若不親手煮茶，飲茶之樂的確要打了折扣。」求侃道。

「為何這麼說？」

「要得茶之『三味』，就得克服『九難』。所謂『九難』，即指造、別、器、火、水、炙、末、煮、飲，所謂『造』，指茶的採摘，對茶的鑒別；器、火、水、煮、飲所含之意自不待言；『炙』則指茶餅以熾烤不能外熟內生；『末』則是茶餅碾末不細不勻則不可。由此可見，要得茶之三味，『飲』只是最後的一環而已。茶亦有道，既有道，當以心相應，心境不同，煮出的茶就不同。最適合自己的茶之三味，當然是親手煮出的。」求侃道。

盟皇一笑，「那你煮茶時的心境又是如何？」

求侃道：「奴才是以一片赤膽忠心為聖皇煮茶，所以聖皇品奴才所煮的茶，應是濃而醇。」

盟皇饒有興致地道：「的確如此。照你這麼說來，若是本皇親手煮茶，所得三味，必然與你所煮的茶不同？」

求侃道：「聖皇所言不假。聖皇乃世之驕子，心志高遠，所煮之茶，定是清爽香醇，餘味無窮。」

「真是如此？」盟皇道。

「的確如此。」求侃道。

盟皇道：「如此說來，這些年來，本皇豈不是錯過了許多的樂趣？」

求侃恭恭敬敬地道：「這正是奴才不敢說的原因。」

盟皇一笑，「本皇怎會怪你？你是奉本皇之命而為。不過，你所說的話，倒的確很有道理。」

求侃很卑謙地道：「奴才一生只懂煮茶，也只能就茶論茶。」

盟皇搖了搖頭，「世間許多事是觸類旁通的，茶道如此，人道亦是如此。你是以一片赤膽忠心爲本皇煮茶，所以本皇能消受你所煮的茶之三味，但若是換了別人，以狼子野心爲本皇煮茶，那本皇非但失去了煮茶之樂，只怕連飲茶之樂也沒有了。」

求侃忽然察覺盟皇的話似乎有所影射，便知趣地一句話也不說了。

他當然已看出盟皇這幾日悶悶不樂，兀自在不開心時總會有諸多的想法。方才盟皇所說的雖然是茶道，但卻極可能有所指，至於話語矛頭指向何人，卻不得而知了。

替盟皇「煮茶」的是什麼人？駕前三大聖武士？抑或是大盟司？甚至是除此之外的人？!

無論是什麼人，能讓盟皇煩惱者，都決不會是簡單的人，求侃雖然得寵於盟皇，但他是一個知趣的人，深知這樣的寵信，實在是微不足道。

千島盟的雄心大略是要擁有樂土，要達到這一目標，需要的是擁有絕強力量的人，而不是求侃這等弱不禁風、只知煮茶的小人物。就像小野西樓、大盟司等人，雖然他們與盟皇共處的時間遠不如求侃與盟皇共處的時間多，也似乎不如盟皇與求侃親密，但若要在求侃與小野西樓、大盟司之間取捨，盟皇必定會毫不猶豫地捨棄求侃。

求侃是一個有自知之明的人，所以他聰明地保持了沉默。

不僅沉默，求侃還感到有些緊張。他擔心盟皇還要問他什麼。

所幸就在這時，外面響起了輕輕地叩門聲，隨後有人低聲稟道：「聖皇，小野聖座已回千島盟，正在等候聖皇接見。」

盟皇的目光驟然一亮！

小野西樓返回千島盟的消息如風一般在千島盟上殷城傳開了。這應該是一個振奮千島盟人心的消息，但同時也是令人傷感的消息：返回千島盟的只有小野西樓一人，而其他兩位聖武士負終、暮己卻已長眠於樂土。

小野西樓出現在上殷城城外時，一臉疲憊，而她那清冷的眼神更爲清冷。面對成百上千上殷城城民不由自主的歡呼聲，她幾乎無動於衷。

千島盟的民風歷來如此，即使是在最失敗的時候，但凡有一點值得歡慶的事，也要借此振奮自己的精神。所以雖然此次禪都一役，千島盟損失慘重，但此刻見小野西樓回到了千島盟，他們仍忍不住歡呼雀躍。

只是小野西樓的清冷漠然，讓這樣的歡呼實在難以持續多久。

饒是如此，小野西樓返回千島盟的消息還是很快傳開了。

上殷城中有小野西樓專有的府邸，就稱爲小野府，府上的人一聽此訊，立即派出一隊人馬前來迎接小野西樓。

將小野西樓接入府中後，立即有女婢侍候小野西樓沐浴更衣，洗去一路的風塵。

讓小野府中人忐忑不安的是，自小野西樓踏入府中開始，她竟從頭到尾不發一言，就好像

她不是這裏的主人，而是一個客人，並且還是一個不太懂人情世故的客人。

可是誰也不敢多問什麼，誰人不知三大聖武士中，小野西樓雖是唯一的女子，卻也是最難以接近的人？

直到沐浴更衣完畢，小野西樓才說了一句話：「備車，我要見盟皇。」

盟皇在密室接見小野西樓。

身爲三大聖武士之一，小野西樓是可以破例帶兵器入殿的，這是盟皇賦予聖武士的權力與榮耀。

天照刀仍在小野西樓的身邊，盟皇暗暗鬆了一口氣。

「回來便好。」盟皇以手勢制止了小野西樓行禮後道：「此次樂土之行，九死一生，妳一定辛苦了。」

小野西樓以少見的緩慢的語調道：「西樓有負聖皇重託，甚至不能捨生取義！」

盟皇擺了擺手，「謀事在人，成事在天，本皇已聽說在禪都一役中，力量對比很是懸殊，你們已盡力了，本皇很欣慰。千島盟光復樂土的大業須有一代又一代人前仆後繼，但負終、暮己與妳一樣被本皇視做臂膀，卻遭遇不測，實如挖去本皇心頭之肉。」

盟皇一臉哀然，方才所說，的確多是肺腑之言。

小野西樓道：「此次禪都之敗，是敗在對方力量太強，但究其根源，卻是因爲極有可能我們的行蹤被洩露，否則不至於如此被動，會被人徹底包圍，難有反抗突圍的可能。」

盟皇點了點頭，「這也是本皇的想法，否則以本皇三大聖武士聯手出擊，何至於會敗得如此慘烈？但要找出這出賣千島盟的人，卻很不容易。」

盟皇的話越說越輕，越說越慢，好像他所說的每一句話都經過了極為慎重的考慮一樣——以他的身分，面對親信的聖武士，其實本無須如此。

「樂土一行，活著回來的只有我一人，嫌疑最大的當然是我。」小野西樓道。

她的神色很平靜，就像說的是一件與她毫不相干的事。

盟皇搖頭道：「怎能如此推論？照此說來，大盟司甚至連禪都一役都未參加，那他的嫌疑豈非更大？」頓了一頓，接著又補充了一句：「可是大盟司又怎可能出賣千島盟？」

這略略的一頓，很有學問，予人以意味深長的感覺，讓人不由自主地去回味盟皇所說的話，並細加咀嚼，慢慢地就會品出另一種味道來。

小野西樓心思敏銳，心細如髮，立即感受到了什麼，目光不由一跳，驚愕地望向盟皇。

盟皇卻道：「妳將禪都一役的情形細說與本皇聽聽吧。」

「是。」小野西樓道。她便由銅雀館一戰開始說起。

銅雀館一戰，小野西樓並不在場，所以只能綜合種種說法講個大概，隨後便是長街之戰，勾禍驚現，將雛暗中相救，被困密室，與天司殺所領人馬最後一戰。

雖然只是聽小野西樓述說，盟皇也聽得聳然動容。在禪都的每一場血戰，都是那麼得驚心動魄，那麼得慘絕人寰。

小野西樓敘說完畢，室內一時鴉雀無聲。

良久，盟皇方嘆了一口氣，「想不到在其中起了關鍵性作用的，反而是勾禍！勾禍命格之硬，可謂無人能比，居然能活到今天。」

「西樓不明白勾禍爲何要助我千島盟。」小野西樓道，她的確是不明白。

「妳當然不明白，因爲促使勾禍相助的是大盟司。勾禍曾遇見大盟司，雙方幾乎發生一場血戰，但最終卻化干戈爲玉帛。勾禍發現環顧樂土，已沒有任何力量可以爲他所借助，九極神教早已灰飛煙滅，他要東山再起要復仇，僅憑他自己一人的力量，哪怕修爲再如何高明，也是無法做到的。所以，他想到了與千島盟結盟。而闖入禪都救人，大概是他要送給千島盟一份見面禮吧。」

這件事，小野西樓的確不知。

第二章　天照武士

盟皇接著道：「驚怖流雖然是樂土門派，但歸屬千島盟之後，卻出力甚巨，這一次禪都之戰，更是傾力而爲。看來，依靠樂土內部力量的方式，還是可行之道，只要懂得控制即可，利用勾禍也是如此。」

小野西樓道：「哀邪的三皇咒的確是一驚世絕技，如果沒有三皇咒，西樓根本就沒有機會脫身。沒想到這一次脫險，給我最多掩護的反而是哀邪。」

說到這兒，她取出一物，雙手奉上，「這是哀邪的紫徽晶，此物可察陰陽五行，是當世奇物，哀邪在以三皇咒全面催發自己的修爲之前，將此物交與西樓，讓西樓轉呈聖皇，說這是他最後爲聖皇獻上的一份禮。」

當即有求侃上前接過了小野西樓手中的紫徽晶，呈送於盟皇面前。

盟皇接過紫徽晶，默默地端詳著，良久方聲音低沉地道：「傳我之令，追尊哀邪爲千島盟天照武士。」

上殷城有天照神社，與別的天照神廟不同，天照神社中除了有天照神的雕像外，還有歷代「天照武士」的雕像，所有的天照武士，都是爲千島盟效忠時戰亡的勇士，非戰績彪著者難有此殊榮。

自「千島結盟」始有盟皇以來，已近兩千年歷史，而天照神社中的「天照武士」也不過只有二百一十七尊，加上哀邪則爲二百一十八尊。

「天照武士」堪稱十年一見，盟皇竟給哀邪如此殊榮，連小野西樓也暗自一驚，有些意外。

哀邪成了所有「天照武士」中唯一一個來自樂土者。或許，這是千島盟盟皇借機向有可能會爲千島盟效命的樂土人發出的一個信號，告訴他們千島盟是重才愛才的。

盟皇輕輕放下紫徽晶，對小野西樓道：「此次樂土之行，妳辛苦了。」

小野西樓道：「只是西樓無能，沒有找到龍靈。不知皇子聖體如何？」

盟皇道：「你們已盡力了。」沉默了一陣，方又道：「其實龍靈根本就沒有出現，千島盟這一次是被人利用了。」

「龍靈……沒有出現?!」小野西樓失聲道，如果真是這樣，那千島盟爲了並不存在的龍靈付出這麼大的代價，未免太可悲了。

盟皇的臉色漸漸地有些蒼白了，他沉聲道：「正是。有人知道千島盟迫切要找到龍靈，所以故意透露出消息，讓千島盟的人冒險進入禪都。」

「是大冥王朝的人設下這一計的？」小野西樓問道。

「不是。如果是大冥王朝設下的計謀，反而容易讓人起疑，佈下這一疑陣的是一個女人，一個叫姒伊的劍帛女子。」盟皇道。

「她……她豈非就是傳聞要將龍靈獻給大冥冥皇的人？」小野西樓這麼問時，心中已有所悟。

盟皇臉色陰沉地道：「此女太可怕。大冥冥皇欲嫁胞妹未嫁成，卻成全了姒伊！雖說這之中也有取巧的成分，但能夠如此善於把握機會，也不由人不對她刮目相看。這一次，劍帛人未費一兵一卒一物，竟然就得到了冥皇允許劍帛人建立劍帛城的承諾，而且還使千島盟與大冥的關係更爲惡化，並且使雙方力量各有削弱。此女真可謂不鳴則已，一鳴驚人！」

頓了頓，接著道：「劍帛人並沒有真的得到龍靈，這也是曾救過你們的將離打探到的。他現在的身分是天司祿府的管家，而姒伊又住在天司祿府，否則，只怕我們還不知要被矇騙多久，以爲龍靈真的在劍帛人手中。」

如果龍靈真的在姒伊手中，盟皇是決不會放棄的。但姒伊在禪都，千島盟人要從她身上奪取龍靈，就必須潛入禪都，姒伊再施借刀殺人之計，不知還要有多少千島盟人因此而被大冥王朝所殺。所以盟皇對打探出的真相是既憤怒，又暗稱僥倖。

「此次爲了皇子勞師動眾，是本皇之過。但樂土恨不能將所有千島盟人趕盡殺絕，也著實讓人心寒。本皇也希望千島盟能安寧，但樂土以武立國，雄視蒼穹，他們從未停止過試圖吞併千島盟的念頭，正因爲如此，本皇才針鋒相對，聲稱要光復樂土。這個世道，弱肉強食，千島盟要想有立足之地，就決不能屈服於樂土。」

小野西樓想要說什麼，但又不知該如何說起。兩人又交談了一陣，小野西樓告退，回到了小野府。

小野西樓走後，盟皇問求侃道：「你是否感到這次小野西樓由樂土返回千島盟後，有什麼變化？」

求侃斟酌著道：「奴才眼拙，並不能看出什麼。」

這樣敏感的問題，求侃一律堅持不答爲妙。

盟皇卻道：「她似乎比以前健談了些。」

這算什麼改變？

戰傳說恨極紅衣男子，恨不能一出手就將紅衣男子置於死地。

「無咎劍道」在盛怒之下全力施爲，聲勢駭人至極。

「炁兵」本就是區別於一般實物存在的另一種存在方式，炁兵化虛爲實時，其形狀大小絕非一成不變的。這一刻，炁兵「長相思」就比尹歡擁有時長出近一倍。

紅衣男子身形微微一動，突然有一片銀色的光霧以他的身體爲中心，向四周瀰漫開來，情形竟然十分動人，銀色光霧與他一襲火紅色的衣裳相映，極爲醒目。

炁兵「長相思」一下子沒入了那片光霧之中，密集得不可分辨的金鐵撞擊聲剎那間激蕩開來。

與撞擊聲一道激蕩開來的還有無堅不摧的劍氣，劍氣如潮水般向四面八方湧出，頃刻間，樹倒岩碎，塵埃漫天。

戰傳說一劍擊出，未有戰果，第二劍即刻隨之而出，竟仍與第一劍一樣，是那式「八卦相蕩無窮道」，劍勢自有生滅，一劍衍生萬千變化，且回復往返，無窮無盡。

一劍快似一劍，如不絕怒濤瘋狂地捲向紅衣男子，刹那間，戰傳說不知已將一式「八卦相蕩無窮道」使出了多少遍。

因爲始終無法克敵，戰傳說便不斷地將自身內力修爲加強催運。他渾然已忘了「無咎劍道」共有六式，也忘了自己可以變招進攻，此刻腦海中只剩下一個念頭，那就是不惜一切代價要將紅衣男子擊殺！

這樣的攻勢的確聲勢駭人，僅僅是那不達目的、誓不甘休的執著，就已具有震懾人心的力

量。但這樣的攻勢卻注定無法奏效，因爲對手的修爲同樣是深不可測，他怎可能僅憑一式「八卦相蕩無窮道」就擊敗對方？

「砰……」一團血霧乍現，赫然是戰傳說噴出了一口熱血，而噴出的熱血又在強橫氣勁中立時化爲血霧。

紅衣男子只守未攻，戰傳說卻受傷了！

這實在有些不可思議！難道紅衣男子的修爲，竟比戰傳說高明許多？

但紅衣男子卻沒有趁此機會立即予以反擊，相反，卻如輕羽般倒掠而出。戰傳說一時真力不繼，竟也無法困住紅衣男子，只能任由他退後。戰局以這樣奇異的方式暫時中止。

雙方立足處本是崎嶇不平，此刻卻已被凌厲氣勁掃平，數丈之外，堆積了斷枝碎石，數丈之內，卻平整得像是清掃過一般。

紅衣男子眼中流露出了複雜的神色。他知道戰傳說爲什麼會受傷吐血——戰傳說並不是被他擊傷的，而是因爲戰傳說幾如瘋狂，以超越人的承受極限的方式不斷全力催運真氣，最終一口真氣無以爲繼，竟反傷自身。

戰傳說的攻勢只是稍稍一緩，便再度席捲而出！

這一次，戰傳說冷靜了些，劍勢反而更爲嚴謹。

自從隱鳳谷一役中意外擁有「涅槃神珠」後，戰傳說每受一次傷，功力反而增進不少，如令他的功力已極高，配以獨步天下的「無咎劍道」，其威力可想而知。

但紅衣男子的修爲同樣高得驚人！

戰傳說先前一陣狂風暴雨般的攻擊，因心緒混亂至極，故紅衣男子雖已出兵器，卻未曾留意對方所用的是什麼兵器，直到受了傷之後，才留意到紅衣男子所用的是一柄軟劍。

憑一柄輕盈的軟劍，能與炁兵「長相思」相抗衡，實是不易。

戰傳說恨紅衣男子太卑劣，出手毫不容情，幾乎每一出手都是同歸於盡的拚命打法。紅衣男子對戰傳說的悍勇顯然有些措手不及，竟一連讓戰傳說逼退了好幾步。

雖然被一連逼退了幾步，但他的步伐絲毫不亂，非但不亂，反而可以說是每一步踏出都妙至毫巔，且灑脫無比。

他的軟劍，幾乎已不再是一件兵器，更像是一縷清風，可以變幻出任何的角度與方位，從任何的角度刺出。有好幾次，戰傳說甚至看到對方的劍是從他自己的身體穿過，然後及時而準確地擋住了「長相思」。

這當然不可能是真正的事實，劍若穿透了身軀，怎麼會既不傷也不見血?!但戰傳說視線所捕捉到的，卻的確是這樣不可思議的情景。

紅衣男子的劍法太神出鬼沒，以至於連戰傳說也難免產生錯覺。

尖銳懾人的破空聲中，戰傳說一劍遙遙刺出，炁兵過處，竟挾帶一道火紅色的火焰，似若火龍般疾竄而過，直噬紅衣男子。

火龍驀然驚變，讓一直應對從容的紅衣男子不由爲之一驚，軟劍閃電般在第一時間搭上了炁兵，軟劍搭上炁兵的那一剎那，炁兵便憑空消失了。

它的消失，就像光線驟然消去般，沒有任何的過程。軟劍頓時撲空，紅衣男子一驚。

破空之聲再起，一道冷風直取紅衣男子的後背！

赫然是炁兵「長相思」！

卻是在戰傳說的左手，就像它的消失一樣快至不可思議。

「長相思」在左手突現同樣是匪夷所思！非但紅衣男子沒有預料，連戰傳說自己都沒有預料到。

他只是在那一刻竭力欲擺脫與紅衣男子的糾纏，在炁兵消失後的一瞬間，他發現如果自己的左手還有一件兵器，那麼紅衣男子就有一處致命的破綻了。

他沒有料到自己左手真的會出現炁兵！

戰傳說取勝的欲望太強烈了，強烈到可以使自己受內傷。在眼見防守得滴水不漏的紅衣男子突然出現了唯一的破綻時，戰傳說對取勝的渴求更是迫不及待。

炁氣本就是實與虛的複合體，是介於物質與精神之間的一種存在方式。炁兵可以說是無時不存在於戰傳說的軀體中，將之化虛爲實的本就是強大的意念。所以，炁兵才會在極短的時間內消失又重現。

戰傳說渴求的事成了事實，而他的確曾看出紅衣男子的一處破綻——當然，在正常情況下，那樣的破綻根本不可能成爲破綻，因爲沒有人能夠憑空多出一件兵器來——只是戰傳說卻是一個罕見的例外。

但這卻不能使戰傳說一舉將紅衣男子擊殺，因爲連他自己都沒有預想到會出現這樣的結局。

所以，在炁兵重現左手時，戰傳說不由一怔。

這一怔，就給了紅衣男子險處求生的機會。

炁兵「長相思」閃電般刺出，快不可言，但戰傳說一怔之下，仍是耽擱了極短的一刹那，那只是一閃而逝、幾可忽略不計的時間，但在此刻卻是那般的重要。

「哧……」一聲輕響，血光乍現，紅衣男子後背已被劃出一道口子。

傷口拉得很長，足足有一尺，卻決不致命，因爲傷口不過半寸深。鮮血湧出，卻並不顯眼，因爲鮮血的顏色與衣衫的顏色是相似的。

戰傳說並非心狠手辣之人，但那是在平時。如今，面對一個污辱了小夭的人，戰傳說恨不能一劍便將紅衣男子劈成粉碎。

小夭是那麼得單純，卻爲這人面禽獸所玷污！

從小夭落入紅衣男子到今天已有七天，在這七天中，小夭的心靈與肉體曾受過怎樣的折磨？在這七天中，她是何等的絕望與無助？

戰傳說一擊而中，毫不留情，驚世駭俗的攻勢立即又如狂風暴雨般席捲而出，「無咎劍道」揮灑得淋漓盡致。

瘋狂劍勢赫然在虛空佈下了，以萬道火弧組成的火網，與凌厲劍氣一道形成了無堅不摧的攻勢。

如此詭異的情景，實是駭人聽聞。

戰傳說自己也不知這究竟是怎麼回事，但他也不在乎是怎麼回事，只知這樣更能有壓倒性的氣勢，這就夠了——只要能讓紅衣男子付出代價，一切都不重要！

戰傳說從來沒有發現自己的內力竟會如此綿長深厚，簡直深不可測。先前雖然受了內傷，非但沒有影響，反而感到內力更爲充盈！

這無疑是拜「涅槃神珠」所賜。

「鳳凰涅槃，每隔五百年集香木自焚，在火中得以涅槃重生，而重生鳳凰的羽翼將會更美麗，牠的鳴叫會更清亮。」

生命自消亡到重生，重生的生命力量更爲強大——這就是涅槃的力量！

戰傳說以左手把持炁兵「長相思」，一番搶攻，終無功而返。這時，他才意識到左手畢竟不比右手運用自如。

戰傳說只是略略地一緩，一片炫目的寒光已鋪天蓋地而來，而對方的火紅身影在這片寒光中若隱若現。

戰傳說大吼一聲，雙手齊出！竟同時有兩道火紅色的光芒如奔雷般怒射而出。

戰傳說竟同時揮出兩件炁兵「長相思」！一左一右，而炁兵「長相思」也不再如先前那般呈銀白色，而變成了赤紅色。

炁兵過處，就像是燃起一片血紅色的晚霞。

戰傳說不明其中原因，紅衣男子卻一聲驚呼：「火鳳神訣！」

驚呼聲中，漫天寒光已消失無蹤，紅衣男子如紙鳶般倒飛而去，臉色煞白。

「嘩……」紅衣男子倒飛著撞斷了不知多少樹枝，最後飛身跌進了一片林木叢中。

戰傳說以為紅衣男子在受挫之後想借機逃遁，豈肯放過？毫不猶豫地掠身而起，緊追過去，亦沒入茂密林中。

甫入叢林，便聽得無數利劍破空聲充斥了天地間，萬道劍影自任何一個可能的角度襲向戰傳說，氣勢之盛，無可言喻，彷彿在這叢林中有千軍萬馬，同時向戰傳說發動了攻擊。

無暇細思，戰傳說第一時間祭起「無咎劍道」中擅於守勢的「剛柔相摩少過道」，將自己守護得水泄不通。

「沙沙沙……」

一陣奇異的響聲之後，漫天劍影消失，戰傳說赫然發現自己身旁竟落了一地殘枝敗葉，殘枝敗葉都一無例外地有著整齊的切口，顯然是被利器所削斷。

「難道，方才自己所擋開的竟不是劍，而是……這些枝葉？」戰傳說一下子愣住了。

就在那一刻，戰傳說忽覺腳下一緊，雙足同時被什麼東西緊緊纏住，並分別向兩側同時用力拉扯。

戰傳說大吃一驚，雙手倏然低垂，炁兵光芒乍現，兩道劍氣射出！與此同時，戰傳說本能地向地面望去，這一望，他幾乎魂飛魄散。

因爲他赫然發現，緊纏著他雙足的竟是堅韌的樹藤！

驚愕之中，兩道劍氣已將樹藤切斷，戰傳說雙足立得解脫。但事情卻並非如此簡單，他駭然發現樹藤雖被切斷，卻以絕對不可思議的速度迅速地生長，並向他再度逼近。

戰傳說頓時只覺頭皮發麻，想也沒想就已沖天掠起。沖天掠起時，忍不住還看了一眼地面上的樹藤，他驚愕地發現樹藤似乎已具有了智慧一般，竟在他掠起後，也突然人立而起，在空中扭曲、延伸，像是魔鬼的手臂，欲將他從空中生生扯下。

戰傳說幾乎無法相信自己的眼睛！

他一躍數丈，已隱入如巨傘般的樹冠中。

但他很快便意識到這是一個極大的錯誤！

當他的身子隱入樹冠中的那一刹那，無數枝葉就像在同一刻接受了某種神秘信號，突然以難以置信的速度瘋狂延伸，就如同半空中突然伸出無數隻橫七豎八的手臂，共同架構成了一個樊籠，將戰傳說困於其中。

就算是真的樊籠，休說是木質的，就算是鐵鑄的，也無法困住戰傳說，但戰傳說此刻的感覺，卻遠比真的被樊籠困住還要緊張得多。

八卦相蕩無窮道！炁兵「長相思」驚人長鳴，化作無數劍影，一下子炸了開去。

戰傳說只覺眼前一亮，整個樹冠已被他削去了幾乎大半。但就在他略感輕鬆的一刹那，一道寒光已如咒念般直取其前胸！

這是真正的劍——紅衣男子的劍！

戰傳說爲劍氣破空聲所驚醒，他一舉蕩開如鬼魅般的樹枝後，即刻封擋當胸刺來的那一劍！他已感到紅衣男子劍法之精妙嫺熟在他之上，但論內力之雄厚，卻有所不及。

戰傳說準確及時地在對方寒劍即將穿刺入他的身軀前的一刹那，擋住了那一劍！

但當他堪堪擋下對方的劍時，突然感到一股空前強大的真力洶湧壓來，力量奇強，戰傳說根本無法立即予以反擊，因爲炁兵「長相思」竟被震得向他這邊彈了回來。

對方的兵器不過是一柄以輕盈見長的軟劍！

那一刻，戰傳說幾乎有心灰意冷的感覺，自己空有「涅槃神珠」相助，竟然在比拚內力上也無法占得上風。

所幸戰傳說對炁兵的運用已得心應手，他的左手再度幻化出另一柄炁化「長相思」，一挫倏揚向那團奪目的紅色怒射過去。

戰傳說只覺肩胛一痛，已然中劍，但同時，他也迫使紅衣男子不得不在未繼續擴大戰果的情況下就抽身而退，如一團紅色的火焰般飄然落下。

戰傳說相信樹木的詭變與紅衣男子有關，所以縱然受傷，他也毫未滯留，緊隨著紅衣男子落下，不再給紅衣男子再施「妖法」的機會。

戰傳說甫一落地，便感到有些異常。

緊接著，他就發現自己落足的地方本只有半人高的灌木，此時卻已發瘋般地躥升至足足有他一人高，不禁又驚又怒，一聲厲嘯，浩然劍氣排山倒海般向四周激溢而出。

無論是高大的喬木還是灌木，乃至草莖，都在浩然劍氣中齊齊倒下，方圓三丈之內，被戰傳說在頃刻間夷爲平地。

紅衣男子卻已在五丈開外，他的身形在樹林中穿掠時，動作優雅從容得無以復加，叢林的樹木荊棘似乎對他沒有一絲一毫的影響。

戰傳說猛然有一種感覺，感到這紅衣男子與樹林是融爲一體的，他就像是樹林中的精靈，一呼一吸都與樹林是相連相通的。

戰傳說從來沒有如今日這般深切地感受到森林也是有生命的。無限的感慨使戰傳說不由自主地緩下了腳步。身側響起一片奇異的「沙沙」聲，戰傳說眼角餘光一掃，看到剛在自己劍氣中倒下的樹木已開始迅速地抽出新枝，並以讓人目眩神迷的速度生長著。

戰傳說已懶得驚訝了，太多的不可思議讓他有些麻木了。

肩胛處有些痛，但傷口卻不深，或許可以說他與紅衣男子暫時拚了個旗鼓相當。

既然是旗鼓相當，紅衣男子當然不會是急於逃脫。他已站定於草木叢中，正面直對戰傳說，忽然道：「我一直以爲你與異域廢墟有關係，沒想到你卻是火鳳一脈的人。我既已試出你的身分，也就沒有必要再騙你。其實，小夭如今仍安然無恙。」

戰傳說一時說不出話來。

他當然希望紅衣男子所說的是真話，但又憑什麼相信紅衣男子的話？如果他先前所說是假話，那麼又爲什麼要騙自己？

戰傳說竭力讓自己冷靜些，他沉聲道：「如果現在你不交出小夭，我們之間，唯有一戰！」

紅衣男子哈哈一笑，「就算沒有小夭這檔事，你我都必然有一戰。小夭只是我將你引到這

兒的工具，她對我再無其他用處。你是火鳳宗的後人，當年若不是栗怒太昏庸愚笨，爲光紀所利用，而且還生生拆散了他的女兒爻意與木帝，武林神祇就不會那麼快瓦解，光紀也不會謀反得逞。如今火鳳宗也落得難見天日的下場，實是報應。」

戰傳說大吃一驚，「你是說……爻意?!」

「這有什麼奇怪的，木帝乃最有力量的神，他有什麼地方配不上爻意公主?!」紅衣男子道。

戰傳說長長地吸了一口氣，迫使自己冷靜下來。

他還是第一次聽到有人提起爻意，而且是與木帝威仰一併提及。爻意一直都鬱鬱不歡，因爲她深深地懷念真正屬於她的時代，懷念她的威郎，那麼此次這紅衣男子會不會道出什麼驚人的秘密，對爻意有所幫助?

戰傳說很謹慎地道：「你如何斷定我是火鳳宗的人?」

紅衣男子以很奇怪的眼神望著他，「你的『火鳳神訣』除了由火鳳宗一脈傳下外，又怎可能有其他途徑可以得到?只是沒想到你如此年輕，已能練成火鳳神訣，倒也不簡單，難怪火鳳宗的神器會落在你的手中。」

戰傳說在隱鳳谷中時曾聽爻意提過，「長相思」是她父親栗怒的神器，所以對紅衣男子所說的這一番話倒也聽得明白。

但他自知自己根本不是火鳳宗的後人，也不曾修煉過所謂的火鳳神訣，紅衣男子爲什麼會認定自己是修煉了火鳳神訣？

戰傳說回想方才與紅衣男子相戰時的情形，又想到「涅槃神珠」，終於明白了大概：「涅槃神珠」蘊有火鳳宗開宗四老的力量與智慧，自己擁有了「涅槃神珠」，便等若擁有了火鳳宗開宗四老的力量。火鳳宗開宗四老身懷火鳳神訣這樣的武學毫不爲怪，那麼自己顯露出與火鳳神訣相關似的修爲也就不足爲奇了。

思及此處，戰傳說緩聲道：「如此說來，你就是木帝威仰的後人了？」

他之所以這麼問，其實只是憑著對方之話的推敲猜測而說的。

紅衣男子面容一肅，傲然道：「當然是。我既然使出了『千秋輪迴訣』，就不會擔心你知道我的身分。」

千秋輪迴訣？那瘋狂生長的林木，似有靈性的樹藤，莫非都是「千秋輪迴訣」使然？

戰傳說心中閃過這樣的念頭時，便聽得那紅衣男子道：「你好像識不得千秋輪迴訣，卻又能使出火鳳神訣，這實在有些不可思議。能使出火鳳神訣的人，必然是火鳳宗所屬，火鳳宗的人又肯定識得千秋輪迴訣。你的身上有種種矛盾的地方，譬如你的容貌酷似木帝，但你卻不是異域廢墟的人。」

戰傳說心頭一動，紅衣男子的話讓他想起了西陲荒漠中的古廟，想起了那廟中神秘的人物，想起自己在古廟中的遭遇。

那座古廟，與異域廢墟相去不遠，而戰傳說容貌大變，變成了今日的模樣，也是在遇見古廟中的那神秘人物之後。再結合紅衣男子方才所說的話，是不是可以推知那座古廟以及古廟中的神秘人物，與異域廢墟有某種關係——甚至，那神秘人物就是異域廢墟的人？

同時，紅衣男子的話還讓戰傳說想到了一件很重要的事，那就是異域廢墟的來歷。由紅衣男子的說法看來，異域廢墟似乎與木帝威仰有關。

即使只爲爻意，戰傳說也覺得有必要追問清楚。

「爲什麼你覺得我可能會是異域廢墟的人，就要與我決戰？」

「照理，異域廢墟的人，沒有我認不出的，而你卻不認識我，我也不認識你，所以我要查清你的真正身分！」紅衣男子道，「挾制小夭，只是我的一種手段而已。在禪都，我是無法試出你的真正身分的。」

「你是異域廢墟的人?!」戰傳說愕然問道。

也難怪他這麼吃驚，對樂土武道中人來說，異域廢墟是那麼得神秘，似乎還從來沒有人見過異域廢墟的人——這麼說也不甚確切，晏聰的先祖就曾進入異域廢墟，並且活著離開異域廢墟，還創下了「大易劍法」。

不過，異域廢墟的人未在樂土公開露面倒是不爭的事實。如果這紅衣男子真的是異域廢墟的人，那麼也許他是極少潛入樂土的異域廢墟中的一人。

當然，所謂的「極少」，也只是包括戰傳說在內的諸人的猜測而已，其實真正情況如何，誰也不知。

紅衣男子毫不思索地點頭承認了：「不錯，我就是異域廢墟的人！」

戰傳說腦中靈光一閃，「異域廢墟是由木帝一脈傳承下來的？」

紅衣男子再一次肯定了戰傳說的猜測，不過同時他眼中的疑惑之色更甚。

「太好了！」戰傳說抑止不住自己興奮的心情，叫了一聲。

「什麼？」紅衣男子不由為之一怔。

戰傳說沒有解釋，他所想到的是，如果異域廢墟是木帝一脈傳下的，那麼要了卻爻意的心願就不會是漫無目標了。

紅衣男子也不追問，「我之所以騙你說小夭已被我玷污，只是想讓你憤怒，迫使你將自己的真正看家本領使出，以最終斷定你是不是與異域廢墟有關係的人——其實以你的容貌，無論是異域廢墟中的哪一個人見到你，都會立即懷疑你與異域廢墟有關係，因為你與木帝長得太像了！」

戰傳說暗忖道：「關於這一點，爻意早已說過了。」

心頭轉念時，忽然想起一事：如果自己在古廟中所遇到的神秘人物，是異域廢墟的人，那

麼自己由本來面目易容成今日模樣的這件事，異域廢墟的人應該知道，當然也就不必再追查他的身分了。

或許，那古廟中的神秘人物並不是異域廢墟的人？雖然事情依然撲朔迷離，但戰傳說的心情舒展了不少。

讓他心情變得輕鬆許多有兩個原因：一是終於知道異域廢墟與爻意有著重大關聯；二是紅衣男子已幾次強調他並沒有加害小夭。雖說是口說無憑，但紅衣男子與戰傳說之戰並不落下風，應該不會是迫於壓力才改口的。

既然紅衣男子沒有加害小夭，戰傳說戰意頓消，他更關心的是小夭的安危，當下道：「如今，你已知道我不是異域廢墟的人，也與異域廢墟沒有關係，就請將小夭還與我。大丈夫處世，何必爲難一介弱女子？」

紅衣男子哈哈一笑，「我從未想過要做什麼大丈夫，要我交出小夭不難，但你必須答應我一個條件！」

戰傳說總覺得這個紅衣男子有些邪氣，手段狠辣，他的條件決不簡單，卻只得道：「你說吧。」

紅衣男子微微笑道：「木帝乃天地間最強大的神，木帝神威，決不容任何凡人冒犯，你不該長得與木帝如此相像。我要你答應的條件就是自刺一劍，毀去自己這張臉！只要你做到了，我自會將小夭交給你。」

一股怒意騰地升起，戰傳說爲紅衣男子的霸道而怒！世間竟有這等人物，連他人長成什麼模樣也要加以限制！

戰傳說冷冷地道：「若是我不答應又如何？」

紅衣男子道：「你當然可以不答應，但如此一來，你就永遠沒有機會見到小夭了，就算你能擊敗我，也是如此！」

他的語氣極爲平淡，正因爲平淡，才讓人感到他所說不是恫嚇，不是威脅，不是假設，而是隨時都有可能發生的事實。

「異域廢墟在樂土人看來一直很神秘，也很可怕。對付一個如花似玉的少女，我們應該有許多的手段讓她痛不欲生，生不如死，如果你殺了我，那麼她所受的折磨將增加十倍、百倍——更何況，你根本沒有殺我的把握，一點也沒有。」紅衣男子信心十足地道。

紅衣男子的手段當然卑劣，絕非大丈夫所爲。但他早就說過，他根本無意成爲「有所爲有所不爲」的大丈夫，那便等於說，他決不介意做一個小人——這樣的人，豈非很可怕？

異域廢墟神秘莫測，有如鬼域，誤入廢墟者，鮮有人能活著離開……這一切，都在佐證著紅衣男子的話。

戰傳說的手心漸漸地滲出汗來，後背卻一陣陣發涼。他的眼前閃過了氣概豪邁的殞驚天的顏容，也閃過了小夭的顏容。

終於，戰傳說聲音低沉地道：「只要你讓我見到小夭的確安然無恙，我就可以答應你的條件。」

「好，我相信你能說到做到。」紅衣男子居然這麼道，「世間既有我這樣的不屑做頂天立地大丈夫的人，也就有一心要做『言出必行』的人，你既然敢獨自一人前來湖心島，我相信你就是這樣的人。」

這樣的話，應該是讚譽戰傳說之詞，但他的語氣聽起來更多的卻是嘲弄的意味。

說完這一番話，紅衣男子突然反手一抓，手中已多出了一條樹藤，再一抖，那樹藤便被扯起，筆直射出，射向他身後的莽莽叢林。他的動作是那麼自然，自然得就像動一動自己的手指一般輕鬆愜意。

「他真的像是一個與森林息息相通的幽靈。」戰傳說心頭升起這樣的感慨的同時，也留意到自己身邊的草木已停止了瘋狂的生長。而紅衣男子身邊的草木卻無風自動，像在翩翩起舞，又像在為紅衣男子的出現歡呼雀躍。

樹藤延伸出足足有十丈遠之外後倏然反捲而回，回捲時已捲裹出一個人來。

是小夭!!

僅只看到第一眼，戰傳說就已斷定那個被捲飛而起的人是小夭。

戰傳說只覺心頭一熱，非但沒有鬆一口氣，反而更緊張了——小夭的情形如何，馬上就可以知曉了！

紅衣男子反手一抓，已將那扯飛過來的身影扣住，隨即輕輕放下。

果然是小夭！

那樹藤將小夭纏了一圈又一圈，束縛了她的雙手雙足，讓她動彈不得。而且戰傳說也知道，就算沒有這樹藤的束縛，小夭也是無法動彈的，否則方才她聽到自己的聲音，豈能無動於衷？

小夭不但不能動彈，而且不能開口。她那美麗的雙眼望向戰傳說這邊時，立時熱淚滾滾，幾多驚喜，幾多感動，甚至還有幾分羞赧。

她本是一個大大方方、敢作敢爲的女孩，卻在這時候顯得有些羞赧不安，這本有些不正常，可戰傳說卻根本無暇去仔細分辨這一點了。

他見小夭只是流淚卻不開口，便想到小夭既不能動彈又不能開口說話，這等屈辱也許她已忍受了整整七天。戰傳說只覺心頭一緊，恨不能一下子將她救出。

雖有此念，戰傳說卻一動也不敢動。他早已聽說了紅衣男子在銅雀館殺人時的心狠手辣，小夭既然落在他手中，若是輕舉妄動，恐怕隨時都有可能爲小夭帶來滅頂之災。

卻聽得紅衣男子道：「她雖然不能動彈不能說話，但卻可以點頭，你可以問她話了。」

戰傳說望著小夭，沉吟片刻，「妳是否受了他人的侮辱？若是有，妳就點頭。」

說這番話，戰傳說看似平靜，心中卻緊張得要命。只要小夭一點頭，那麼就算最終殺了紅衣男子，也無法解除他心中對殞驚天的內疚，也無法緩解他的自責。

小夭沒有點頭，連眼皮都沒有眨一下，只是那麼望著戰傳說，似乎欲將戰傳說望入眼中，印入心裏。

戰傳說終於舒了一口氣，但很快他又想起了什麼，趕忙又追問了一句：「妳能點頭嗎？」

如果小夭其實根本連點頭這樣最簡單的動作也無法做到，那麼方才所問的話就根本毫無意義，那只是紅衣男子的一個圈套。戰傳說總算有些心細——這次小夭點了點頭。

戰傳說是真正地放心了，他覺得有些僥倖。這紅衣男子性情古怪，喜怒不能以常理度之，小夭能在他手下保持清白，實是萬幸。

紅衣男子似笑非笑地道：「現在該是你兌現自己承諾的時候了。」頓了一頓，又道：「當然，你也可以食言，但其後果如何，卻不得而知了。」

戰傳說毫不猶豫地道：「好，我答應你！」

銀芒一閃，炁兵「長相思」已在手中。

小夭的雙眼一下子瞪大了，她拚命地搖頭，卻一句話也說不出來。

戰傳說笑了笑，對小夭道：「妳知道這本來就不是我原本的容貌，將它毀去也沒什麼。」

「長相思」真的揚起來了！小夭一下子怔住了，她眼神中滿是驚愕、擔憂、自責、悔恨。

「難道你不怕在你自毀了容顏後我卻食言嗎？」紅衣男子悠然道。

戰傳說的目光沉穩如千年磐石，像是根本就不為對方的話所動：「你可以食言，或許我的確未必能勝過你，但有一點我卻一定能做到，那就是與你兩敗俱傷乃至同歸於盡！」

紅衣男子神色一肅，竟不再有玩世不恭之色，「你為什麼要這麼做？她是你的女人嗎？就算是你的女人，天下美貌女子多得是，你又何必冒這樣的險？」

小夭默默地望著戰傳說。

戰傳說道：「她是我的朋友。」

很簡單的理由，但對某些人來說，卻是很充足的理由。為了這樣的理由，他們可以做任何事，冒險、流血、乃至——赴死！

紅衣男子雙眼微微地眯了起來，他本就是一個俊朗得近於完美的男子，這樣的神情更讓他充滿了異樣的魅力。戰傳說心中暗嘆一聲，心忖：如此人物何以如此心狠手辣？

而小夭卻垂下了眼簾。戰傳說可以為她獨自一人冒險赴湖心島之約，可以為她自毀容貌，因為他視她為友。戰傳說為她做出了這一切，當然讓她感動。

但卻又不僅僅是感動，還有悵然若失。因為戰傳說視她為友，就等於否認了她是他的女人。

她本就不是戰傳說的女人，可是——她希望是。就算不能真的成爲戰傳說的女人，只要戰傳說承認一次，對她來說，已是莫大的幸福了——即使讓她此刻死去，她也是幸福的。

可戰傳說卻沒有這麼說。

「僅僅因爲她是你的朋友，就可以爲她這麼做？」紅衣男子問道。

「她的父親在沒有見到我之前，就可以爲了我而不惜得罪勢力大得驚人的力量，只是因爲他覺得我沒有錯，而是想追殺我的人錯了。」戰傳說緩緩地道。

紅衣男子還要再說什麼，戰傳說卻似乎有些不耐煩了，他道：「何需多問！」竟已揮動炁兵「長相思」向自己的右頰劃去！

血濺！

戰傳說俊朗的容貌赫然已被毀壞！

炁兵「長相思」在他的右頰劃出一道口子。

紅衣男子卻在這時有了驚人之舉——他突然出劍，閃電般向小夭刺去！

他竟果真食言了！

「混賬！」戰傳說一聲暴吼，地動山搖，雙目盡赤！身形在刹那間暴起疾掠，炁兵「長相思」驟然間由銀色轉變爲火紅色，火紅色的炁兵急劇膨脹，化爲一道赤色驚虹，破空貫射向紅衣男子！

赤色驚虹所過之處，劈啪暴響，虛空一片囂亂，似已被這赤色的驚虹所吸扯、撕裂、捲裹，氣勢駭人至極。

連戰傳說自己都沒有料到這一擊，竟有如此可怕的威力。他只知道，在出擊的那一瞬間，心中的憤怒已攀升至無以復加之境！不僅憤怒，而且絕望，因爲他知道自己已根本救不了小夭。

他與小夭、紅衣男子之間相距近十丈的距離，而紅衣男子與小夭近在咫尺，以紅衣男子的劍法之精妙卓絕，完全可以在殺了小夭之後再對付他的攻擊。

戰傳說恨不能一下子便將自己的所有力量乃至生命都借這一劍揮出！

事實上，他似乎也真的做到了這一點。若非包含了強大無比的生命力，又豈能有如此驚世駭俗的一劍？

但戰傳說忽然發現自己錯了：紅衣男子的劍只向小夭刺出了一半，就突然回撤了，而這時自己的驚世一擊，已挾滅絕一切的殺機破空而至！

戰傳說很是吃驚，他不明白爲何事情的發展，並不如他所想像的那樣。

但他卻來不及作更多的思索，這一劍威力之甚，絕對前所未有——他雖然攻出了這可怕的一擊，卻連他自己也駕馭不了這驚世一擊！

這一擊，是如此迅猛，以至於它揮出之時，便是它一擊奏效之時，中間幾乎沒有過程。

紅衣男子的身軀突然飄了起來，如斷線風箏般倒飛而出。但這一次，卻並非因爲他卓絕的

身法使然，而是被戰傳說一擊擊傷了。

他火紅色的身影與漫天血霧捲裹在一起，好不慘烈淒厲。

戰傳說萬萬沒有料到自己竟可以一招便擊敗紅衣男子，心中驚愕不已，但他已無暇多想了，急忙以劍氣劃斷捆縛小夭的樹藤，再飛速解開小夭的啞穴。

「戰大哥！」小夭啞穴被解，立即喚了一聲，千萬心緒，已然包含於一聲「戰大哥」之中。

戰傳說剛欲說什麼，突然聽到「轟……」的一聲，眼前驟然一黑，身體就像陷入了一個無邊無際的黑洞中，在不停地往下墜、往下墜……

事實上，那一聲轟鳴，只是他的一種錯覺，錯覺源自於他的體內。他的體內像是有什麼東西突然迸發開了，迸發開的東西太強大，似乎將他的七魂六魄、精氣元神也一下子擠出了身體。

所以，戰傳說有一種靈魂即將與身軀剝離的感覺。他竭力想睜開眼睛，竭力想讓自己不往下墜落，可他的一切努力都無濟於事。

當然，事實上，他的雙目一直就未閉上，身軀也沒有下墜，所有的一切，都不過是他的錯覺而已。

他的最後意識就是想到了自己如果就這樣失去知覺，那麼小夭一定很危險！而紅衣男子雖然被擊傷，但肯定沒有死——此人本就心狠手辣，在被他擊傷之後會做出什麼可想而知。

可惜，戰傳說想到這一點後，便徹底失去了知覺。

禪都分內城、外城。雖然內城、外城都屬於禪都，但在內城與在外城的感覺卻是截然不同的。

如果是走在內城的街上，無論是誰，都會不由自主地端正走姿，收斂笑容，即使笑了，也只會是很節制的笑。

但走在外城的街巷卻不同，你可以挺胸凸腹地走，也可以畏畏縮縮地走；可以狂笑，可以擠眉弄眼……總之，在內城時，就會有一張無形的枷鎖套在你的身上，而到了外城，則將之輕鬆卸下了。

或許，這就是外城一直比內城熱鬧喧嘩許多的原因所在。但今天的外城卻絲毫不顯喧嘩，非但不喧嘩嘈雜，反而肅靜異常。

還是午後，小攤小販就已早早地收拾東西回到家中了，各家店舖也早早地關了門，街上很少有行人，就是有，也是行色匆匆，好像多耽擱片刻，就將有人大禍臨頭。

只有一列列一排排的無妄戰士、禪戰士在外城主要的街巷穿梭著，人人神色肅穆，如臨大敵。

自從千島盟人慘敗於禪都後，禪都已恢復了平靜，沒想到才安靜數日，便又再度變得劍拔

弩張。難道，這一次又有什麼強敵潛入禪都？

一家棺材店裏，幾個夥計和他們的掌櫃團聚一起，將聲音壓得極低地交談著。店門關得嚴嚴實實，屋內的光線有點暗，屋後通向後院的門開著，可以看見院子裏排放著幾具棺木，都未上漆。

掌櫃的矮胖，圓臉，頭髮稀落，眼角有一顆大痣。他緊緊地盯著對面那黑而瘦的夥計道：「你真的看清了嗎？」

「看清了。」那夥計將聲音壓得比掌櫃還低，目光閃爍不定，刻意地製造出神秘的氣氛，只想把所有的注意力全都吸引過來。

他道：「那兒張貼了一幅畫，就是這畫引來了五百無妄戰士、兩千禪戰士。」

「哇……」眾人低呼一聲，都爲這夥計所說的低聲驚呼，卻也不去想那夥計所說的是否確切。

眾人七嘴八舌地道：「是什麼畫如此不尋常，竟能引來這麼多無妄戰士、禪戰士？」

「就算畫了金山銀山也不至於如此啊？」

「金山銀山若是畫在紙上就沒有什麼了，倒不如說是美女……」

掌櫃伸出他那又厚又短的手掌，在每個夥計的頭上都敲了一記，道：「讓阿旺說下去。」

眾夥計便都噤聲了。

那又黑又瘦的阿旺這才接著道：「你們全都沒有猜到那畫上畫的是什麼。」

「是什麼？」這一次插話的卻是掌櫃。

掌櫃催問，阿旺自然不敢再賣關子，他道：「畫中所畫的是一個人。」

先前猜是畫了個美女的夥計不由得意地笑道：「果然是畫了一個人。」

阿旺「哧……」的一聲，「畫中畫的可不是女人，而是一個男人，而且是一個非比尋常的男人，可以說整個樂土沒有誰不知此人。」

被阿旺「哧」了一聲的夥計很不服氣地道：「除了冥皇，又有誰能讓整個樂土都知曉？」

阿旺嘆了一口氣，「畫上畫的人就是當今冥皇。」

屋裏人一下子都靜了下來，大夥你望著我、我望著你，都說不出話來，連阿旺也被這樣的氣氛所震住了，到嘴邊的話也給生生咽了回去。

半晌，掌櫃才低聲道：「你看清了畫中畫著的冥皇在做什麼嗎？」

眾人都眼巴巴地望著阿旺。

阿旺搖了搖頭，低聲道：「我只遠遠地看見那畫中的冥皇像是在對著一座山躬身施禮，但那座山卻很不像山，山沒了山頭，也過於規則。那時，已有裏三層外三層的人在觀看那幅貼在牆上的畫，我想擠進卻一點也擠不進。也幸好擠不進，正當我想尋入縫隙走近時，忽聽得一陣『劈啪啪』亂響，就見有鞭子在人群上空飛舞著，每一鞭揮出，就有人受傷——其實揮鞭的也就不過五個人。鞭子擊傷了不少人，更有被擠傷壓傷踩傷的，我又黑又瘦，那些揮鞭的人大概不容易看到我，所以讓我有驚無險地逃回來了。」

他想調侃自己幾句以緩和屋內壓抑的氣氛，說完之後就笑了，卻發現自己笑得很僵硬，而且除他之外，誰也沒有笑。

現在，衆人心中都大致明白是怎麼回事了。

冥皇乃樂土至尊，地位何等之高，除了天與地，有什麼值得冥皇下拜？那模樣獨特的山峰，必定是另有諷意，這幅畫的矛頭顯然是直指冥皇。既然如此，無妄戰士、禪戰士大量出動也就不足爲奇了。

掌櫃把粗短的手指壓得「啪啪」直響，他幾乎是惡狠狠地道：「從現在起，誰也不得邁出店門一步！」頓了頓，又補充道：「還有，對任何人都說我已病了，自昨天開始就病了，一直病臥在床。」

他未免太膽小怕事，但他的確堅信此事會爲禪都帶來一場腥風血雨，而事實上，他卻預料錯了。

此事是發生在西城一帶，西城一帶是西禪將卿弄影統轄的範圍，所以向冥皇稟報此事的也是卿弄影。

卿弄影神采文秀，不像是一員禪將。此時，他跪伏於冥皇身前，本就白皙的臉色更是蒼白如紙，但他總算能將稟報的事說清楚：「西城一帶已加派人手巡守查看，一有可疑人物即刻加以收押，東城、北城、南城也有所舉措。那幅畫，已用百尺綢布覆蓋，但未揭下，因爲這或許還有線索可查。」

「畫上畫的除了本皇之外，還有些什麼？」冥皇緩緩問道，由他的語氣聽不出有什麼怒意。

但卿弄影仍是惴惴不安，卻不敢抬頭看冥皇神色，只能回稟：「除了聖皇外，還有一座山，好像是……好像是……」

「說！」冥皇沉聲道。

「好像是劫域伽葉山。」

說完這句話，卿弄影覺得自己連血液也在漸漸地變冷，額頭卻滲出了細密的汗水。

「本皇聽說，那幅畫將本皇畫成正向劫域伽葉山躬身行禮之狀，是也不是？」冥皇道。

卿弄影全身汗濕，幾將虛脫。他一得知此事，立即親自奔赴紫晶宮，沒有耽擱片刻，但最終冥皇還是在他稟報之前，就知道了有關情況，這如何不讓卿弄影心驚？更何況冥皇所問的，卿弄影實在難以回答，說「是」，有輕慢冥皇的嫌疑；說「不是」，則又是欺君。最後他總算急中生智，「繪作此畫者，真正是罪該萬死！」

冥皇忽然哈哈一笑，「錯了！」

這一聲「錯了」，頓時讓卿弄影手足無措，不知如何是好。他萬萬沒有想到在這種時候，冥皇還能笑出聲來。

「請聖皇指點迷津。」卿弄影道。

「伽葉山乃玄天武帝降生之地，可謂是大冥先祖福地，卻為劫域群魔所佔據，實是本皇之過。本皇自問有愧於先祖，方面對伽葉山向先祖謝罪！本皇已決定一旦『滅劫』之役大獲全勝之後，立即揮師直入劫域，剷除伽葉山群魔！繪作此圖者，可謂是本皇知音，竟知本皇有問鼎伽葉山，告慰先祖之意。」

卿弄影直如醍醐灌頂，眼前霍然一亮，對冥皇之舉重若輕佩服得五體投地。

本來，繪作此畫者的用意十分明顯，那就是貶抑嘲諷冥皇。如果大冥王朝各路人馬全力追查此事，就算最終查出了真相，也必弄得樂土紛紛揚揚，人盡皆知，由此繪作此畫者的目的也已達到了。

不料冥皇卻棋高一著，竟巧解此畫用意，化腐朽為神奇，將一幅原本旨意在於嘲諷冥皇的畫，解釋成對一個臥薪嚐膽、進取不息的冥皇的謳歌，這比借助強制力量打壓敵對力量不知高明多少。

雖然冥皇是為了維護自身，但面對這突如其來的變故，竟未被憤怒沖昏頭腦，反而不失明智地出此奇招，不能不讓卿弄影嘆服。

「末將知道該怎麼做了。」卿弄影恭恭敬敬地道。

這一次，他對冥皇是真正地敬服之至。

卿弄影一步步地退後，直至退到門口，方轉身離去。

冥皇平和從容的神情慢慢地變了，慢慢地陰沉下來。他終伸手按著皇座扶手，慢慢地站起身來。

「喀嚓……」一聲輕響，以上等木料製成的皇椅扶手竟從他手掌所著力處齊整地斷開，而冥皇卻兀自未知。

他的目光，森寒無比！

兩種截然相反的說法很快在禪都乃至樂土傳開：一種說法，就是禪都驚現一幅揭示冥皇暗中屈服於劫域的畫，畫中的冥皇正對劫域恭然施禮。而正在緊鑼密鼓的「滅劫」之役其實不過只是一齣戲，最終冥皇必然會暗中放過大劫主。另一種說法，則是禪都的確出現了一幅奇異的畫，但畫的寓意卻是指冥皇雄才大略，已有鞭指劫域伽葉山之意，以便使玄天武帝降生之地也歸於樂土。如此一來，就算冥皇原本真的有心要放過大劫主，現在卻不能不掂量掂量這麼做的後果了。

天司祿府中的姒伊平日雖足不出戶，但她消息之靈通卻決不在任何人之下。

那幅畫，是劍帛人的傑作，稱冥皇暗中屈服於劫域，極可能暗中放過大劫主，這也是劍帛人有意散佈的說法。其目的自然是欲促使冥皇不得不假戲真做，將「滅劫」之役進行到底，直至挑起樂土與劫域的全面衝突。

姒伊沒有料到冥皇的應變能力這麼快，大劫主生死如何，也許姒伊比任何人都關心。與此同時，她還暗暗牽掛著一個人，那便是戰傳說。

戰傳說前去祭湖應約是兩天前的事，無論是勝是敗，都應該有了結果。

由於受紅衣男子的約束，姒伊無法讓人相助，但卻還是暗中派人隨戰傳說前往祭湖。如今，不但戰傳說未回禪都，連她派出去的人也沒有回禪都。

因祭湖由無妄戰士駐守，於是姒伊便又讓天司祿尋機向無妄軍團打聽祭湖方面的消息，孰料天司祿卻沒有什麼實質性的收穫。

看來，冥皇似乎也有所舉措，紅衣男子與戰傳說約戰祭湖湖心島，不可能不驚動無妄戰士，就算將守在祭湖的無妄戰士全殺了，也同樣會有所波動，但偏偏無妄軍團就是波瀾不驚，就像是沒有發生任何事一般。

這決不正常！

無論是出於什麼樣的目的，至少有一點是可以肯定的，那就是紅衣男子與戰傳說決戰祭湖的事，冥皇已知曉。在冥皇的旨意下，無妄軍團才以沉默掩蓋了一切真相。

「冥皇究竟是出於什麼樣的目的才這麼做？」姒伊無法猜透。

物行已回天司祿府，他曾向姒伊建議派得力人手，前往祭湖探個究竟，卻立即被姒伊否決了這一提議。

並非她不想儘早知道戰傳說的情況如何，而是她不想進入大冥王朝佈下的圈套。無妄軍團越是平靜，祭湖就越可能設有圈套。

剩下唯一能做的，似乎就是等待了。等待「滅劫」一役的結局，等待戰傳說的消息。

戰傳說臨去祭湖前，曾將爻意託付給姒伊，讓她多加關照。戰傳說已知這天司祿府的真正主人，可以說不是天司祿反而是姒伊，而相較之下，姒伊也比天司祿更可靠些。

姒伊答應戰傳說他不在天司祿府的時候，她會多陪陪爻意。姒伊很巧妙地以「陪」代替了「關照」這樣的字眼，如此，就不會讓人明顯感到她在天司祿府喧賓奪主，同時又答應了戰傳說的請求。

此刻，姒伊便與爻意在一起。

她們都有特殊的身分，都是高貴的公主。只是，爻意不知姒伊是劍帛人的公主，姒伊卻已聽說爻意曾自稱是火帝的女兒。只是這一點太不可思議，姒伊也不知該不該相信。

爻意望著眼前白衫白裙、飄然如蟾宮仙子的姒伊，心頭竟不由浮起一絲傷感與遺憾。

她遺憾的是，為何蒼天總是如此冷酷，一個幾近完美無缺的女子，卻偏偏要讓她成為盲人。

姒伊卻在想：「如果爻意知道天司殺有意要將他的女兒許配給戰傳說，不知她會作何想法？聽說爻意的容貌絕世無雙，連天司祿都這麼說，卻不知究竟美到了何種程度？」

兩個女人各懷心思，寒暄之後，一時竟都無話了。

房中靜了下來，可以聽到一隻蜜蜂在一次又一次地試圖由窗子飛出，於是一次又一次地將白窗紙撞得「咘咘」輕響。

兩人都不願如此尷尬地沉默下去。

「戰公子……」兩人幾乎同時開口，說的竟是同樣的話。

姒伊畢竟更爲老練，她已接著往下說了：「戰公子武學修爲奇高，又富有智謀，一定不會有性命危險的。」

爻意點了點頭，「的確，他還活著。」

姒伊一怔，愕然道：「妳已有他的消息？」

這一次，她是真的吃驚不小。

爻意道：「沒有，但我能感覺到這一點。」

感覺?!旁人的生死又豈能感覺出來？姒伊不信。但聽爻意的語氣，卻是很有信心，決不會是虛假之言，正因爲如此，才讓姒伊更吃驚。

「但願如此吧。」姒伊終於道。

冥皇派出地司危對付大劫主之後，「滅劫」之役就受到了越來越多的人的關注。武界各股力量有的已直接參與「滅劫」之役，如六道門這等門派。而這樣的門派在冥皇再加派天司殺之後，更增添了不少。

但也有門派一直對此役持觀望的態度，並不打算介入其中。

亂紅山莊就是其中之一。

亂紅山莊地處萬聖盆地之東，偏居一隅，兩面臨水，一面靠山，是易守難攻的地勢。而亂紅山莊也的確一貫以「守」爲本，鋒芒內斂，毫不張揚。

事實上，樂土四大山莊中，除了地處西部、傳聞其莊主有不二法門背景的七喜山莊外，其餘三大山莊都是鋒芒內斂的。

但鋒芒內斂卻並不等於軟弱無能，四大山莊無一不是雄霸一方的角色。就連被公認爲實力最弱的稷下山莊，也能在樂土風雲詭變中巍然不動，坐擁武界一席之地，更不用說被視爲是四大山莊中實力最強的「亂紅山莊」了。

這些年來，樂土但凡有什麼族派崛起太快，無須多久，就會遭受莫名打擊，然後迅速沒落。

十九年前，望水族勢力方盛，其族長落落大度，極具雄襟，一時間，各路豪傑紛紛投奔望水族，連阿耳諸國也與望水族暗中結盟，互有來往。

正當世人以爲望水族將日進千里，成就不世偉業時，望水族忽起內訌，實力削弱，後又與阿耳諸國反目成仇，剛成氣候的望水族很快便一蹶不振。

十六年前的十日盟比望水族崛起得更快，但衰敗得也更快！十日盟之所以稱爲十日盟，是因爲它從結盟到實力可躋身樂土十大族幫，不過只有短短的十日。如此驚人的速度，可以說是驚世駭俗，讓人聳然動容！

而他們的衰退則更快。

十日盟副盟主東獨的情人——豔絕樂土的「小羅夫人」，突然亡於盟主邪客的床上，全身赤裸，下身一片血污，全身卻無其他任何傷痕。

東獨乃當年樂土最年輕的絕頂劍客，心高氣傲，一笑傾城的小羅夫人最後投懷送抱，使這個驕傲的人更爲驕傲了！

對於東獨這樣的人來說，面對死亡，他可以連眉頭也不皺一下就能接受，但面對「情婦被踐踏」的恥辱，就是讓他去死，也不會接受！

十日盟的風光成爲曇花一現已成必然！

繼望水族、十日盟之後，還有十年前的異門，六年前的神道。似乎這些年來，那些鋒芒太盛的族派都如中魔咒，皆因這樣或那樣的理由而沒落。

誰也不知這是一種巧合，還是有神秘的力量在牽導著這樣的結局。誰也不知亂紅山莊的內斂，是與世無爭，還是因爲不想重蹈望水族、十日盟之覆轍。

亂紅山莊莊主爲釋亂紅。

以自己的名字作爲山莊的名稱，這只有兩種可能，一種是因爲釋亂紅自戀，另一種可能就是釋亂紅太霸道。

但釋亂紅對這兩種說法都予以堅決否認，他解釋說，之所以將「亂紅」作爲山莊的名稱，不是因爲別的，而是因爲他太懶，懶得再費心思爲山莊另取一個名稱，就將自己的名字信手拈之而來。

「何況，以『亂紅』作爲山莊名稱有何不好？」釋亂紅還反問道。

的確是一個不錯的名字，亂紅飛過秋千去。聽起來，就讓人有一種縹緲的感覺。

似乎是爲了證明自己的說法，釋亂紅還讓人在山莊內遍種紅楓。如今，已是深秋，楓葉已紅透了，滿眼的繽亂炫目，與「亂紅」二字的確相得益彰。

也許釋亂紅真的是一個很懶的人，同樣是四大山莊莊主的東門怒，在樂土人眼中已經是一個很懶散的人，但東門怒至少還有四位美夫人。

一個男人如果有四個年輕貌美的夫人，就決不可能太懶，除非他不是真正的男人。而釋亂

紅則是一個夫人也沒有，好像他真的已懶到連女人也不想碰一碰了。

釋亂紅的人與他的名字很相符。他的名字予人以柔柔的感覺，見到他的人，也是如此。如今他已年逾四旬，卻沒有多出一絲的贅肉，衣衫總是裁剪得極爲合體。與他交談時，這種柔柔的感覺就更明顯了。他幾乎從來都不動怒，也不太笑，就那麼和風細雨。

他很少離開亂紅山莊，甚至在亂紅山莊內也很少走動。他雖然生存於這個世間，但予人的感覺卻是他自有他的另一個世界——否則，他又豈能數十年如一日這樣孤獨地活著？

釋亂紅很懶散，那麼他手下的人就必須很勤快了。否則，亂紅山莊憑什麼立足？

「滅劫」之役一開始，就有各種各樣的訊息源源不絕地傳到釋亂紅耳中。好像有一股看不見的洪流，把越來越多的族派捲入了「滅劫」一役中。

也許，是因爲不少人見冥皇既然已先後派出地司危、天司殺，那麼剷除大劫主就只是時間遲早的事。

既然是穩操勝券的事，爲什麼不借機插上一手，也好擴大本族派的影響？

亂紅山莊卻置身事外。

就在一天前，地司危親自登門拜訪釋亂紅。

地司危自是爲「滅劫」一役而來的，他希望釋亂紅能爲「滅劫」之役出一份力，但卻被釋亂紅以「亂紅山莊勢單力薄，愛莫能助」爲由，客氣而又堅決地婉拒了。

送走了地司危之後，亂紅山莊便四門緊閉，並召回各路弟子，看樣子是打定主意要在這「滅劫」一役中明哲保身了。

亂紅山莊兩面臨水，一面倚山，可以通往山莊最便捷的路就是水路。本來通往亂紅山莊有一座木橋一座石橋，但自送走了地司危之後，釋亂紅竟讓人索性將石橋、木橋全拆了，只在兩條河上各留一艘小船。

釋亂紅是鐵了心決不插手「滅劫」之戰了，誰也不知他爲何寧可得罪地司危，也不願與大劫主對抗，難道是因爲懾於大劫主的實力？

天司殺的增援對「滅劫」一役的影響是非同小可的，不僅僅因爲天司殺本身的驚世修爲，更因爲眾人由此看出冥皇的決心。不少還有些猶豫不決的人自天司殺到萬聖盆地後，便堅定了態度。

天司殺領命之後，即一路直奔萬聖盆地而來，與地司危相見時，已是一身風塵，雙眼卻仍光芒迫人，炯然有神。

天司殺與地司危雖然私交不深，卻也彼此敬佩。

兩人相見之後，地司危還待天司殺休整後再與之商議，天司殺卻一刻也等不得了，地司危只好當即將各方面的情況向他述說了一遍，天司殺這才知道，就在他離開禪都趕往萬聖盆地的途

中，大劫主身邊的樂將已亡於一次伏擊中，與樂將一同被殺的還有其他十數名劫域人。

大劫主、牙夭、殃去卻脫險而去。

殺了樂將的是一個名爲晏聰的年輕人，而伏擊的主力人馬卻是天機谷及六道門的人。

第三章　火宗神器

六道門擅長追蹤，天機谷擅長設伏，這些天司殺都是知道的。由他們攜手組織伏擊，的確極難應付，恐怕這也是六道門第一次與天機谷合作。

六道門算是大門派，而天機谷卻不過只有百餘號人，且天機谷亦正亦邪，論在樂土武界的地位、聲望，是遠不如六道門的。

這一次六道門甘願與天機谷聯手，大概是因爲六道門先失門主蒼封神，如今景睢又被大劫主擊殺。其實力已遠不如前，蒼封神的死又可以說是不夠光彩，所以六道門就再難以端著名門大派的架子了。

雖然有所收穫，但六道門與天機谷卻也付出了不少的代價。如果不是晏聰及時趕到，六道門與天機谷恐怕將犧牲更大。

對於「晏聰」此名，天司殺就一無所知了。但此子既然能殺大劫主麾下的樂將，自然有其過人之處。

天司殺忍不住問了一句：「晏聰出身何門何派？」

「他本爲六道門弟子——也就是爲報家人之仇投入六道門查出真相，最後導致六道門門主蒼封神被殺的那個年輕人。」地司危道。

地司危這麼一說，天司殺便明白了。雖然他對「晏聰」這名字感到陌生，但對六道門門主蒼封神被殺的大致前因後果還是知曉的，不由有些吃驚地道：「此子真不簡單！」

也不知他是感慨晏聰打入六道門揭穿蒼封神真面目一事，還是指殺了樂將一事，或是二者兼而有之。

地司危點了點頭，「他還曾救過我與蕭城主一命。」當下便將前幾日與大劫主那一戰的情形大概說了一遍。

地司危身爲雙相八司之一，卻還需要一個名不見經傳的年輕人相助方能脫險，這當然不是一件風光的事，但地司危毫不避諱地將此事說了出來，足見此人坦蕩磊落。

地司危接著又分析了目前局勢：大劫主自突出萬聖盆地之後，就一直在危山十九峰之間徘徊。危山十九峰並不高峻，就連主峰也比映月山脈的天機峰低，更不用說與樂土最高峰九怒峰相比。但危山十九峰的名氣卻不在天機峰乃至九怒峰之下，其中原因就在於危山十九峰地貌獨特，多洞穴。

世人相傳「危山溶洞九十九，數完溶洞白了頭」，所謂九十九只是虛指，但危山十九峰洞穴之多可見一斑。

在這些洞穴中，不少洞穴多層多支，一旦進入其中，便如進入一座沒有盡頭的地下迷宮。若是有人刻意隱身於危山十九峰中，要將之尋出，無異於大海撈針。

天司殺大感棘手，忍不住道：「若是大劫主此魔一直隱於危山十九峰，那我等豈非束手無策？」

地司危點頭道：「以六道門的追蹤術，在危山十九峰間也難以做到始終把握大劫主等人的行蹤，所以當務之急，就是要將大劫主引出危山十九峰。」

「引出危山十九峰？有多大把握？」天司殺見地司危雙目凹陷，眼中血絲密佈，情知他這幾日定已是殫心竭慮，費盡了心血，幾乎都有些不忍心問及這一點。

地司危嘆了一口氣，有些沮喪地道：「好像沒有特別有效的方法。」頓了頓，又補充道：「大劫主畢竟是魔道第一人，就算明知離開危山十九峰對他不利，也不可能一直以這種方式與我們周旋下去的。」

把希望寄託在對手的驕傲自負上，這實在是無奈的選擇。

或許是覺得地司危所說過於悲觀，天司殺最後道：「如今各路人馬已逾二千，而大劫主在失去樂將之後，定已草木皆兵，難以久持。一旦他離開危山十九峰，就將陷於重重包圍之中——

真不明白大劫主為何在萬聖盆地突圍時沒有選擇向北？向北突圍穿過萬聖盆地後，前面就是一馬平川，禪都遙遙在望。大冥王朝必不敢全力對付大劫主，必須保留緩衝的餘地，以保禪都萬無一失。在這種情況下，大劫主有機會能突出重圍，返回劫域的。」

天司殺哈哈一笑，「幸好地司危大人不是大劫主，而大劫主也沒有地司危大人這等智謀與冷靜。」

地司危搖了搖頭，「大劫主未取此徑，未必就是他沒有想到這一點，也許是另有原因。」

天司殺想到了什麼，神色變得有些陰沉，沉默了片刻，像是下了很大決心般壓低聲音道：「這幾日你可曾聽到什麼傳言？」

地司危有些驚訝地道：「傳言？」

「與冥皇有關的傳言。」天司殺補充道。

地司危怔了怔，一時無言。

他與天司殺位列雙相八司，一言一行都有千萬分量，況且一旦事情涉及冥皇，更非同小可。地司危與天司殺雖然素來相互敬佩，但在這種時刻仍難免有所保留，不敢輕易袒露心肺。

天司殺既然已開了口，就不會就此打住，他接著道：「就在我趕赴萬聖盆地途中，已聽說禪都出現一幅古怪的畫，畫中有冥皇與劫域伽葉山，並有謠言稱冥皇與劫域有某種牽連，故此次『滅劫』之役，一定將無疾而終。」

地司危雙眉倏挑，他望著天司殺，緩緩地道：「天司殺大人相信這樣的傳言嗎？」

天司殺道：「自是不信。」神情卻顯得有些茫然：「可是這謠言又是因何而來？」

生性豪爽的天司殺在這種時刻也不能不閃爍其詞了，由他的神色不難看出他的言不由衷——至少，他還有心裏話並未說明。

地司危只是道：「待我們殺了大劫主，這樣的謠言自然不攻自破。」

他其實已從天司殺的神色中「讀」出天司殺話中未盡之意，但基於與天司殺同樣的理由，地司危沒有點破天司殺未盡之意。

氣氛因此而顯得有些尷尬，好在就在這時有人來報：玄流道宗宗主藍傾城，率領五十餘名道宗弟子來到萬聖盆地。此刻藍傾城已在客棧前堂。

地司危與天司殺相視一眼，皆有喜色。

玄流曾經是唯一一個試圖與不二法門分庭抗禮的門派，實力自不待言。雖然玄流因內亂分爲三宗，但三宗的實力仍不容小覷。此次藍傾城率眾而來，不啻是爲「滅劫」之役增添了一支生力軍。

「小夭！」

戰傳說大叫一聲，猛地醒來，只覺心神仍十分的恍惚。他聽到自己的聲音在回蕩，嗡嗡作

響。很快黑暗消退，視覺完全恢復，他發現自己置身於一間很大的密閉屋子裏，屋子很空闊，卻沒有窗戶，所以裏面顯得昏暗。

屋子裏幾乎沒有任何的擺設，唯有屋子的一角舖著一張厚而暖的墊子，他就仰臥在墊子上。

戰傳說翻身坐起，立即想到了之前自己所經歷的一幕幕，心頭猛地一跳，自己還活著，那小夭呢?!

「在那樣的情景下，我與小夭應絕無脫險的可能啊？」戰傳說心頭一陣陣地發緊。

「吱呀！」是木門開啓聲。

「小夭！」戰傳說聞聲立即扭轉身子，向聲音傳來的方向望去。

屋子唯一的一扇門被推開了，有人正由門進來，卻不是小夭。雖然那人背著光，但戰傳說還是立即認出那人是紅衣男子。

戰傳說的心猛地一沉，神色微變——紅衣男子在，而小夭卻不見了，這意味著什麼？

「你醒了？」紅衣男子的聲音響起：「你已昏睡一天了。」

戰傳說的腦海中迅速閃過，紅衣男子被自己一招擊傷飛跌而出的情形，之後他便昏迷過去，醒過來時，紅衣男子就在附近，這絕非好兆頭。

戰傳說滿懷警惕地道：「小夭現在什麼地方？」

紅衣男子忽然冷笑一聲，「如果我要殺你們，你們早已斷送了性命。我沒有殺你，你應該慶幸才是，居然敢如此對我說話！」

戰傳說知道對方所說的是事實，於是道：「你爲什麼不殺我？」

紅衣男子哈哈一笑，「實不相瞞，就在剛才，我還在問自己爲什麼不殺你，卻始終沒有找到殺你的理由。現在你問我，我也一樣說不出理由，但我能放你一條生路，你至少應該對我客氣一點，是也不是？」

戰傳說的聲音變得和緩了些：「我之所以赴祭湖之約，就是爲了救小夭，現在對她的安危，我豈能不問？」

紅衣男子走近戰傳說這邊，望著他道：「她沒事，如果我要加害於她，又何需等到現在？」

的確如此，如果他要加害小夭，在戰傳說到達祭湖之前，紅衣男子就可以下手了。或者在戰傳說自毀面容之際，他只要順手一抹劍，小夭就將香消玉殞，但他都沒有這麼做，除了他根本就沒有傷害小夭之意這種解釋外，實在沒有更好的解釋了。

戰傳說可以感覺到自己全身上下可以說是安然無恙，內息的運行非但沒有異常，反而比原先更爲順暢澎湃了。其原因恐怕又是涅槃神珠那似乎永遠取之不盡、用之不竭的力量在發揮作用。

「我沒有想到你會不殺我。」戰傳說道。他說這樣的話時，並非出於感激那麼簡單，更多的反而是感慨。

他看出紅衣男子的臉色很蒼白，蒼白的臉色與紅色的衣衫相映襯，顯得格外醒目。連他的聲音、笑容都顯得很疲憊，看得出戰傳說將紅衣男子傷得不輕。

紅衣男子淡淡一笑道：「我也漸漸地發現許多事情與想像中的常常不同，我沒有想到你能夠在一招間就將我擊傷，也沒有想到你真的會自毀容貌。」

戰傳說忽然發現他與這紅衣男子的關係很特殊，既不像仇敵，也不是朋友，卻又不是陌生人，他們本應兵戎相見的，但事實上卻在心平氣和地交談著。

紅衣男子道：「你的修爲與我相比，本應在伯仲之間，甚至，應該比我略低，但你卻一舉擊敗了我，我曾百思不得其解。後來，我才發現你已經擁有了涅槃神珠的力量。」

戰傳說心頭一動，慢慢地站起身來，正視著紅衣男子，緩聲道：「你如何能斷知這一點?!」

「因爲我是異域廢墟的人。」紅衣男子的眼中閃著奇異的光芒：「涅槃神珠乃火鳳宗神物，融合了火鳳宗開宗四老的力量，異域廢墟的人又豈能不知?」

戰傳說唯有默默地聽著。

「傳說當年火帝栗怒，爲了不讓他的女兒爻意公主與木帝相見，他將自己的女兒封於天幕棺中，並將涅槃神珠一併放入其中，以使爻意公主即使在天幕棺中也安然無恙。對於這樣的傳說，異域廢墟的人一直深信不疑，因爲傳說中的爻意公主以及涅槃神珠，對異域廢墟來說，都很重要。」

說完這些之後，他發現戰傳說的神情極爲古怪。

戰傳說的驚愕、感慨在所難免，紅衣男子的說法徹底地證實了爻意的說法，證實了爻意的確來自遙遠的武林神祇時代。

「因爲涅槃神珠的緣故，你才沒有殺我？」戰傳說道。

「火帝當年渾噩無知，竟信任光紀，與木帝爲敵。木帝曾有三次機會能殺了火帝栗怒的，但念及爻意公主，木帝卻三次放過了火帝，結果火帝沒有亡於木帝之手，卻亡於他一直支持的光紀手中。而火帝的所作所爲，大大地牽制了木帝的力量，若非如此，木帝也不會在與光紀角逐中失利。但木帝胸襟如海，即使僅爲爻意的緣故，他也願拋開與火帝的一切怨隙——何況，火帝栗怒爲光紀所殺之後，火鳳宗死傷殆半，土崩瓦解，火鳳宗與木帝的仇怨，根本就無從談起。這一切，想必你一定知曉。」

戰傳說苦笑一聲，「正好相反，我對這些事可謂一無所知。」

紅衣男子很奇怪地望著他：「涅槃神珠融合了火鳳宗開宗四老的力量與智慧，可以說你也許是火鳳宗重新崛起的唯一希望。你能得到涅槃神珠，就必有一番淵源，火帝栗怒怎可能讓涅槃神珠輕易流落旁人手中？更何況，你所擁有的炁兵形象，與火鳳宗的神器『長相思』一樣。火鳳宗兩件珍寶同時落入你手，這決不可能是巧合！」

戰傳說只有苦笑，紅衣男子說不可能是巧合，而他知道「長相思」、涅槃神珠相繼為他所擁有，的確是出於巧合，但這樣說，紅衣男子會信嗎？

「現在我可以告訴你為什麼沒有殺你了，因為我想知道火鳳宗是否仍有一雪當年火帝為光紀所殺之恨！這樣的問題，如果連同時擁有涅槃神珠與『長相思』的人都不能回答，那麼天下間應該就沒有人能夠回答了。」紅衣男子終於說出了戰傳說一直不解之惑。

戰傳說不能不以實相告了，「我與火鳳宗毫無淵源，不過，我的確同時擁有了涅槃神珠的力量以及『長相思』。」

紅衣男子望著戰傳說，沉默了片刻，竟點了點頭，「我信。」

戰傳說一怔，他不明白紅衣男子何以如此輕易地就相信了自己所說的話。但他感到紅衣男子的目光很特別：輕狂、自負、敏感——揉合這種特徵，使他顯示出能操縱一切的信心，以及若有若無的邪氣。

紅衣男子慢慢地背轉過身去，背向著戰傳說，喟嘆道：「既然你不是火鳳宗的人，卻同時擁有涅槃神珠與『長相思』，那麼，火鳳宗將永遠沒落了！」

他背向著一個曾與他生死搏殺的人，竟沒有絲毫的防備。

難道他沒有想到自己已受了不輕的傷，而戰傳說的修為並不在他之下？

戰傳說望著這俊美而輕狂的年輕人的背影，「你是說，失去了這兩件神物，火鳳宗就再無希望了？」

「他們本就沒有什麼希望了。」紅衣男子道，「但火鳳宗如果利用涅槃神珠的力量，再與異域廢墟聯手，日後還能在武道蒼穹中擁有一席之地。」

「異域廢墟有所圖謀？」戰傳說沉聲道。

「異域廢墟只是想取回本就該屬於它的一切！」

「這樣的想法，是否在異域廢墟已存在了兩千年？」戰傳說道。

「不——錯！」紅衣男子道。

「一個存在兩千年卻一直沒有實現的念頭，你何以就如此相信它終會實現？」

紅衣男子驀然轉身，目光如冰寒之劍般直視戰傳說：「我既然敢放過你一次，就必然有取你性命的把握！沒有人可以褻瀆異域廢墟的信念！」

他的臉色顯得愈發蒼白！

戰傳說沉默了片刻，竟沒有再說什麼。

他不是不敢再說什麼，而是不忍心說。紅衣男子的反應如此強烈，只能證明他太在乎，也許連他自己都意識到了戰傳說所說的，但他卻絕對不願承認。

戰傳說轉移了話題：「現在你該可以告訴我小夭的下落了吧？」

「她去爲你採藥了。我告訴她雖然你不會有性命之憂，但要讓你醒過來，還必須有一味藥。」

「你爲什麼要騙她？」戰傳說道。

「不爲什麼。」紅衣男子道，「我只做我想做的事。她也沒有理由不相信我，如果我要加害於她，她根本就無法抗拒。」

戰傳說道：「你一向很自信？」

「我擁有可以自信的實力，縱是禪都我亦可以從容進退。我讓你見幾個人，你就會明白我爲什麼如此自信了。」說完，他輕輕地互擊手掌，「啪啪」兩聲脆響。

很快，便聽得一陣細碎的腳步聲響過，有兩個人出現在門外，垂手恭立，「請問主人有何吩咐？」

戰傳說望著門外的兩人，竟呆住了！以紅衣男子的修爲，有人對他如此恭敬當然毫不奇怪，但這兩人卻是戰傳說曾在祭湖見到無妄戰士中的其中兩人！

「你們去將小夭姑娘找回，就說她的戰大哥已經甦醒過來了。」紅衣男子對那兩名無妄戰士道。

「是！」那兩名無妄戰士恭應了一聲後便離去了。

異域廢墟與大冥王朝一直暗中對峙，紅衣男子既然是異域廢墟的人，爲何能讓這些無妄戰士言聽計從？

不過紅衣男子讓無妄戰士將小夭找回，這讓戰傳說多少心安了些。

紅衣男子道：「這兩人都是真正的無妄戰士，此處離祭湖離禪都大概都是五十里的距離，守在祭湖的無妄戰士共有三十二人，其中三十人已死，只有這兩個無妄戰士活了下來。」

「你殺了他們？」戰傳說有些動容地道。

紅衣男子搖頭道：「殺這樣的人，我會儘量避免親自動手。我只是用了點手段，讓其中的十二名無妄戰士成了絕對效忠於我的人罷了，我讓這十二人做任何事，他們都決不會皺一下眉頭，包括殺他們的同伴！所以，這三十名無妄戰士是死於自相廝殺之中。」

他說得輕描淡寫，彷彿所言不是關係三十條性命的事。

「此人如此心狠手辣，我能活下來，的確該稱萬幸了。」戰傳說心頭不由感慨萬千。

「小夭說她的父親是爲千島盟人所殺，而她又誤將我當做是千島盟的人，所以才會在我衝出銅雀館時對我出手。當時若不是你及時出現，恐怕她就會白白地斷送了性命，因爲我並非千島盟人。」

對於紅衣男子不是千島盟人這一點，戰傳說自是確信無疑。

既然紅衣男子不是千島盟的人，那與小夭與戰傳說可以說都是本無怨仇的。戰傳說在祭湖湖心島之所以憤怒至極，只是因爲紅衣男子假稱他已玷污了小夭。

紅衣男子緊接著又說了一句讓戰傳說震動非小的話，他道：「其實殺了小夭之父殞驚天者，也不是千島盟的人！」

「什麼？」戰傳說脫口驚呼。

其實，在此之前，昆吾已向戰傳說提起過此事，讓戰傳說有所觸動。而現在這一觀點又從紅衣男子口中說出，更讓戰傳說深受震撼。昆吾與紅衣男子兩個立場截然不同的人，先後提出這樣的觀點，決不會是巧合那麼簡單。

紅衣男子接著又道：「我曾在銅雀館中與千島盟人共處三日，一直在暗中留意著他們的舉動。他們的目標是天司祿府中的劍帛女子，根本無意對付殞驚天。我曾暗中聽到暮己提及殞驚天時，倒頗有讚賞之意，他很佩服殞驚天的敢作敢爲，連冥皇也敢得罪。」

戰傳說黯然神傷，緩緩地道：「殞城主是因我而被害的。」

紅衣男子冷笑一聲：「難道你真的看不出殞驚天之死，是冥皇一手造成的嗎？就算殞驚天最後不是死於冥皇手中，他也應對殞驚天之死負最大的責任。對於一個忠心耿耿的部屬，冥皇非但沒能加以祖護，反而誣陷迫害，此人怎配坐擁樂土?!」

「得道者多助，失道者寡助，這就是天理，冥皇也逃不過天理的。」紅衣男子的目光忽然變得格外得亮，他望著戰傳說，很鄭重地道：「如果你我聯手，日後武道蒼穹盡可歸於你我囊中，你可相信？」

戰傳說微笑道：「你這種說法，不知是高看我了，還是過於自信。」

紅衣男子的眼神又流露出了那份年少輕狂與自負：「我相信除你之外，沒有人配做我的朋友！所以我不殺你，是希望我們能攜手創出一片天地。當然，也許今日我不殺你，日後你將成為我最大的對手——但這又有何妨？」

戰傳說剛要說什麼，卻聽得小夭在門外喊道：「戰大哥！」

戰傳說心頭頓時湧過一陣暖流，他不由向紅衣男子笑了笑，由衷地道：「多謝了。」

紅衣男子卻沒有笑：「我沒有殺你，你不謝我，卻為了小夭謝我？」

戰傳說笑道：「如果我們能成為朋友，那我又何須對一個朋友言謝？如果我們會成為敵人，我就更沒有理由稱謝了。」

紅衣男子終於也笑了，笑得自負、輕狂，略有些邪意：「總之，你已欠了我一個人情。」

「我會還這個人情的。」戰傳說道。

「我希望你今天就還這份人情。我從來沒有朋友，所以從來沒有人欠我人情。」

「怎麼還？」

「陪我飲酒。」

一壺酒，幾份精緻的熟菜，甚至還有一對紅燭。這些都是那兩個無妄戰士送來的，也不知他們是從什麼地方取來這些東西。

「我希望你們能成為朋友。」說這話的是小夭，她的目光既不看戰傳說，也不看紅衣男子，而是落在那輕輕跳躍的燭火上。

戰傳說、紅衣男子同時望向小夭，等著她繼續說下去。

「因爲你們之間本就沒有仇恨，你們都是那種即使是隱身於千萬人之中，也能讓人一眼看出的與眾不同的人。」小夭飛快地瞥了戰傳說一眼，接著又道，「戰大哥，你知道爲什麼在你自毀容貌的時候，他要突然對我出手嗎？」

戰傳說搖了搖頭，望向紅衣男子。他的確不知，當時他以爲是紅衣男子言而無信，但現在看來，應該不會是這個原因。

「因爲他並非真的想讓你自毀容貌，其實，在戰大哥未來祭湖之前，他就已經對我說過他會借我要脅你，看你會不會爲我作出……犧牲，我說……說戰大哥一定會的，他……他……」小夭的嬌臉一片紅暈，竟說不下去了。

「我問她是不是你的女人，她說你只將她視做朋友。我說我不相信男人可以爲一個不是自己情人的女子作出犧牲，她說那是因爲我沒有認識你。」紅衣男子將小夭未說完的話說完，「我對她的話有些不信，所以就與她約定，我會在見了你之後試探一次，現在看來，她說的一點不假。」

戰傳說終於明白紅衣男子何以突然向小夭出手，他這麼做，恐怕就是爲了制止戰傳說自毀容貌，戰傳說一見他突然對小夭出手，必然會不顧一切出手相救，即間接地阻止戰傳說自毀容貌的舉動——而且這樣的方式也的確最有效。

只是恐怕紅衣男子沒有料到戰傳說能一出手就將他擊傷！

戰傳說伸手觸摸了自己的臉頰一下，他的手觸到了一條約有一寸長的傷痕，這道疤痕多半會永遠地留在他的臉上，戰傳說對此自是毫不在意。

小夭被紅衣男子擄掠之後，曾對此人恨之入骨，同時她還擔心紅衣男子會以她爲誘餌，將戰傳說引入某個圈套，又懼怕紅衣男子對她有非分之舉。

在此後的七天中，她所擔心的事都沒有發生，紅衣男子對她沒有任何非禮之舉，除了限制她的行動外，再也沒有其他苛刻的地方。

在得知她是殞驚天的女兒之後，他對她更客氣了不少，向她解釋之所以要與戰傳說決戰，只是因爲想弄清戰傳說的身分——而引起他這份好奇的，一是戰傳說有與木帝威仰一般無二的容貌，二是戰傳說擁有炁兵「長相思」，而「長相思」本爲火鳳宗的神器。

小夭見紅衣男子並無不端之舉，又知道他不是千島盟人，兩人間的隔閡慢慢地便消除了些。尤其是在得知紅衣男子曾在銅雀館中殺了不少千島盟人後，小夭對他又有了些親切感，因爲小夭一直將千島盟人視爲她的殺父仇人。

所以，當戰傳說在禪都為小夭的安危擔憂時，小夭自己其實過得頗為平靜。甚至，當戰傳說如約出現在祭湖湖心島時，她的心頭還湧起幸福感，她感到自己是被她的戰大哥所珍視的。

之後，紅衣男子假稱已污辱了小夭，而使戰傳說怒不可遏以及此後的種種變故，小夭都歷歷在目，以至於當紅衣男子突然向她出劍時，她明明已猜到紅衣男子的真實意圖，只是為了迫使戰傳說在最短時間內轉移注意力，但她仍是想到，即使在那一刻自己真的亡於紅衣男子的劍下，仍是幸福的，因為戰傳說是那般在乎她的安危。

她甚至有點感激這神秘的紅衣男子，如果不是他，她又怎能知道戰傳說可以為她不顧一切？

小夭斷斷續續的敘說，讓戰傳說終於明白，為什麼當他第一眼見到小夭時，會有一種異樣的感覺，現在才明白，那是因為當時他所見到的小夭，神情有驚喜、有激動……卻沒有悲憤與不安。

戰傳說不由感嘆一聲，對紅衣男子道：「你只是為了知道我的身分，卻讓我擔驚受怕了整整七天，難道除此之外，沒有別的更合適的方式打探我的身分了嗎？」

紅衣男子道：「我最相信的是自己的眼睛！在你沒到祭湖之前，我已暗中打聽過你的身分，你是戰曲之子，以及你這段時間的遭遇，我都打聽了一番。但這些都是由他人口中傳出的，而且，僅僅知道你是戰曲之子，對我來說並不夠，因為令尊戰曲的身分本身就是一個謎。」

戰傳說苦笑一聲，「你對我已知悉甚多，我對你除了知道你來自異域廢墟外，就一無所知了，而這一點，還是你主動透露的。」

「我不妨向你透露更多一點，異域廢墟有最可怕的四名年輕高手，被稱為『風、影、霧、電』，而我便是其中之一。」

「你是……？」

「我是『影』。」紅衣男子道。

戰傳說默默地點了點頭，沉吟了片刻，方道：「對於異域廢墟，世人除了感到它的神秘之外，就再也無所瞭解，你為什麼要告訴我這些？」

影端起一杯酒，卻未飲，而是將之舉於眼前，細細地端詳著，嘴角處浮現出神秘的笑意：「其實我將這些告訴你都無關緊要，因為很快整個樂土都將知道異域廢墟的『風、影、霧、電』。」

戰傳說微驚：「異域廢墟將有所舉措？」

影哈哈一笑，「你不是說異域廢墟已沉寂太久了嗎？不錯，的確沉寂太久了，整整兩千年了！正因為沉寂太久，當世人有一日聽到它的聲音時，必然是一鳴驚人，這便是所謂的厚積而薄發！」

戰傳說正色道：「異域廢墟是否將要陷樂土於血光之中？」

影正視著戰傳說道：「恐怕這是在所難免的了。」

「爲己之利而陷樂土萬民於血光之災中，這恐怕有違天道吧？」戰傳說沉聲道。

「大冥王朝以武立國，又豈會懼怕血光？」影的嘴角有了冷酷的笑意，「異域廢墟偏於一隅，忍辱負重，時時處於大冥王朝的威壓之下，千百年來一直不能公然涉足樂土，這番苦難，又該由誰來償還?!據說你曾爲冥皇陷害，難道還未看出冥皇的昏庸？」

戰傳說道：「冥皇的確昏庸，但這並不應該成爲將一場災難帶給樂土的理由。」

影以近乎挑釁的語氣道：「但這已經是必然發生的事實！沒有人能夠攔阻，沒有人能夠改變！大冥王朝的無限風光很快就要結束了！」

戰傳說毫不示弱地道：「恐怕未必！」

影的目光與戰傳說的目光在空中相遇，竟予人以火花四濺的感覺，莫名的壓力幾乎讓小夭喘不過氣來。

影冷冷地道：「我說過，如果我們不能成爲朋友，那麼你就很可能會成爲我最大的對手，我的預見果然沒錯！」

「錯了。」戰傳說卻道，「你們最大的對手不是我，也不是任何人，而是你們自己！兩千年的時光應該可以化解許許多多的東西，爲何卻未能化解你們的仇恨？」

影未動，端著的酒杯中的酒卻突然濺出。他的聲音有些嘶啞地道：「化解仇恨？哈哈哈……如果你進入異域廢墟，看到一些你聞所未聞的東西，你就會明白，有一些仇恨是永遠也不會化解的，它只會越積越深！」

戰傳說不語，但由他的眼神卻明白無誤地表示出他根本沒有被影所說服。

影眼中的光芒卻漸漸收斂，他輕聲道：「你擁有火鳳宗的涅槃神珠與『長相思』，擁有與木帝幾乎完全一樣的容貌，又曾被冥皇全力追殺——照理，你有太多的理由要與冥皇針鋒相對才是，沒想到事實卻正好相反。」

影忽然笑了笑，「無論日後你是否會成爲我最重要的對手，至少，此時此刻我們還不是對手。你欠我一個人情，陪我飲酒就算還我這個人情了，從此你我再不相欠。你我乾了這一杯！」

說罷，也不待戰傳說開口，他已先將杯中的大半杯酒一飲而盡，卻忍不住一陣劇烈的咳嗽，戰傳說正想說點什麼以緩和氣氛，孰料影越咳越厲害，最後「哇」地吐出一口鮮血來。

戰傳說一下子怔住了！

影的臉色越發蒼白，但終於止住了咳嗽，他掏出一塊潔白的手帕，慢慢地擦去嘴角的血跡，笑著道：「你的火鳳氣訣著實厲害。」

戰傳說這才知道他所受的內傷還在困擾著他，心頭暗自不解，何以那一剎那能擊出那般可怕的一式，自己隨即暈死過去會不會與此有關？

影又接著道：「我被稱做血影，這一次倒真的名符其實了。」

僅僅一杯酒就使他咳出血來，顯見他傷得實在不輕，卻猶自在此談笑風生，戰傳說不能不爲之感慨，只覺自己越來越難以看懂此人了。

他剛想勸影，卻被對方以手勢阻止了，「這二十年來我從未說過這麼多話，踏出此屋之後，你我從此毫不相干了，眼下，就莫辜負了這杯中酒。」

戰傳說唯有也端起酒杯。

這時，外面的天色早已黑了下來。

天司殺、地司危、蕭九歌、藍傾城，四人中任何一人，無不是在樂土名聲顯赫的人物，當這樣的四個人物會聚在一起時，無論如何都會予人以風雲際會的感覺。

此刻，他們便相聚在萬聖盆地。

氣氛有些僵持，因爲誰也想不出確切可行的辦法將大劫主引出危山十九峰。

地司危道：「我本希望將大劫主引出危山十九峰後，再將他牽引著穿過落日峽谷，隨後由亂紅山莊的人切斷他的退路，那麼他便插翅難飛了，可惜亂紅山莊莊主釋亂紅卻拒不出手。」

天司殺實在是滅大劫主心切，見眾人一時想不出可以引出大劫主的辦法，竟又爲一旦引出大劫主後無人斷其後路而感慨了。

藍傾城凜然道：「藍某倒願領道宗的弟子斷其後路！」

天司殺嘆道：「我對這一帶的地形還算熟悉，危山十九峰雖然多洞穴，卻少有林木，不少地方是光禿禿的一片，尤其是在接近落日峽谷這邊更是如此。若斷大劫主的後路，選擇時機必須恰到好處，但以地形來看，若隱於附近而不被大劫主發現，幾乎不可能，危山十九峰一帶多石少土，連掘土隱身也難以做到。唯一有效的途徑就是由亂紅山莊渡河過來切斷大劫主的退路，從亂紅山莊渡河過來不過片刻間的事情，以亂紅山莊的實力，應該可以在斷大劫主退路後支撐一定的時間……」

他苦笑著搖了搖頭，不願再說下去了。

「引大劫主離開危山十九峰的事，或許在下可以試一試。」四人心頭暗自一驚，什麼人竟然能在他們毫無察覺的情況下神不知、鬼不覺地接近？

循聲望去，卻見一個長相俊朗、目光堅定的年輕人正站在門外，淡淡的笑容顯得自信卻不狂妄。

地司危脫口道：「晏公子？」臉上有掩不住的喜色。

的確，他對這自信卻又顯得毫不狂妄的年輕人有著本能的喜愛，如果樂土能多出幾個這樣的年輕人，那麼大冥王朝長治久安就不在話下了。

地司危對晏聰的偏愛，倒並非因爲晏聰曾間接地救了他一命，而是感到晏聰身上有一種特別的氣質，會讓人覺得他有著堅定不移的意志。

天司殺一聽地司危稱對方爲「晏公子」，立即便想到了地司危曾提到的殺了樂將的晏聰，不由將眼前的晏聰與戰傳說暗暗作了一番比較。雖然他已決定要將女兒月狸許配給戰傳說，心理上難免偏向戰傳說這邊，但他也不能不承認晏聰與戰傳說之間實在難分高下，甚至晏聰比戰傳說更有捨我其誰的氣概。

至於武道修爲，戰傳說曾殺了劫域哀將、恨將，晏聰卻殺了樂將、鬼將，而晏聰是在樂將與大劫主同行時候出手的，難度自然更大，所以晏聰的修爲應該不低於戰傳說。

就在天司殺想著心事的時候，地司危已將晏聰引了進來，並將晏聰向天司殺、藍傾城作了介紹。

藍傾城善於察言觀色，由地司危的態度已看出他對晏聰很器重，故言語間對晏聰也極客氣，倒是天司殺，似乎是責怪晏聰不該與他心目中的乘龍快婿戰傳說一樣出類拔萃，顯得略有些冷淡。

晏聰心思敏銳，當即便感覺到四人中，唯有這雄偉若山的天司殺對自己似乎有些隔膜，心頭不由奇怪，暗自思忖其中的原因所在。他何嘗會想到天司殺的反應竟然與戰傳說有關？

天司殺望著晏聰道：「不知晏公子有何良策？」

晏聰道：「諸位前輩如果信得過在下，現在便著手準備，明天天明之前，大劫主一定會在落日峽谷出現。」

他的語氣鄭重而肯定，目光沉穩自信，讓人不由對他的話有了信任感。

不過在場的可不是簡單人物，而且此事關係重大，不能有絲毫疏忽。

蕭九歌還是追問了一句：「就算能將大劫主引入落日峽谷，但因爲峽谷東入口難以掩蔽人馬，所以就很難有什麼方法切斷他的退路，大劫主一旦退回，重新回到危山十九峰，再想將之引出，就更難了。」

晏聰點了點頭道：「此事我考慮過了，可以借助於聖水教。」

「聖水教？」這一次，無論是天司殺、地司危，還是蕭九歌、藍傾城，都吃了一驚。

藍傾城道：「聖水教的勢力一直是在海上，與樂土武道極少有牽連，劫域對他們也根本難以構成什麼威脅——他們能出手相助嗎？」

晏聰道：「聖水教與在下有些交情，應該沒問題。」

天司殺與地司危不由交換了一個眼神，他們實在有些疑惑，晏聰如此年輕，何以能與聖水教也攀上什麼交情？

地司危對晏聰有些偏愛，暗忖：就算再如何完美的計畫，也難以經受住連番追問，於是道：「既然別無他策，不如試一試。」

天司殺看了看藍傾城，又看了看蕭九歌，終於點了點頭。

蕭九歌隨後道：「也好，免得時間拖久了，卻一直沒有舉措，會導致人心渙散。藍宗主你

看如何？」

藍傾城也點了點頭。

天司殺心頭暗忖：「晏聰此子如此自信，多半很有把握，如果這一次能成功，他的聲望定然會超過戰傳說了。」

危山十九峰一洞穴內，大劫主及牙夭、殃去等人正在默默地分享著一隻烤得半生不熟的黃麂。

由於烤肉會有煙冒出，一旦引來追蹤者就麻煩了，因此烤這隻黃麂之前，大劫主已讓人將洞穴的出口以樹叢遮擱住了，以免大量的煙直接飄出洞外。

但這麼一堵，卻讓他們自己被煙嗆得又是咳嗽又是流淚，無奈之下，只好在麂肉還未熟透時便將火撲滅了。

隱蔽於危山十九峰的日子，他們就一直在這樣的半饑半飽中度過。好在他們都是有一身武道修爲的人，除了饑餓的感覺不好受之外，倒沒有其他不適。

在危山十九峰中偶爾也會見到幾戶人家，多半是獵戶，照理在這些獵戶家中可以找到吃的——兩天前，他們好不容易在危山十九峰中找到一戶人家，那戶人家雖空無一人，卻有燉好的肉、煎好的餅，大劫主讓人將屋內所有能吃的全席捲一空後揚長離去，沒想到那些食物中早已下了毒，竟讓大劫主又折損了三人。

大劫主這才真正意識到「地利人和」之重要，就算他懷有絕世修為，也只能處處被動。現在，除了親手捕來的獵物之外，其他來歷的食物他一律嚴禁手下的人食用。

自從被天機谷與六道門聯手伏擊了一次之後，大劫主已意識到只要他稍有疏忽，就會引來災難。

危山十九峰周遭這一帶，或許的確無一人可以與大劫主相匹敵，但只要大劫主一公開露面，一定很快就會有成百上千的樂土武界人物聚集過來，群起攻之。

就像天機谷與六道門的那次伏擊中，天機谷與六道門的實力的確不足為懼，但就大劫主對天機谷、六道門弟子大肆殺戮的同時，也發現有大量的樂土各路人馬聞風而動，若不是他果斷地突圍，恐怕等待他的將是無窮無盡的鏖戰。

樂將之死，就是因為大劫主放棄求援的結果，這捨卒保車的一步，也是不得已而為之。

牙夭咀嚼著似乎永遠也咀嚼不爛的麂肉，只覺雙腮一陣陣地發酸發澀，腹中已是空無一物，但口中的食物卻無論如何也咽不下。

他偷偷地瞥了大劫主一眼，只見大劫主面無表情，不知喜怒。

壯了壯膽，牙夭終還是說了他早想說的話：「主公，小的想斗膽問主公一件事。」

大劫主的目光掃向牙夭這邊，讓他不由心頭一顫，下意識地退了一步。

大劫主收回目光，沉聲道：「你是想問本劫主為何要留在樂土，而不回劫域吧？」

「是……是！主公明見。」

自己的心思被大劫主一下子說中了，牙夭既驚訝又惶恐，笑容也變得很不自然了。

大劫主哼了一聲，「沒有人能困住本劫主，本劫主之所以沒有離開樂土，當然是因為天瑞甲還沒有到手的緣故。哼哼，縱然樂土人集結了千軍萬馬，又能奈我何？連大冥的冥皇也在劫域的掌握之中，要脫身離開還不是輕而易舉的事?!」

牙夭心頭暗暗叫苦，心道：對你來說，要脫身恐怕真的無人能擋，但卻苦了我們這些人，長此下去，我們定將一個個都步樂將的後塵了。心頭這麼想，口中卻是半點也不敢透露出這樣的意思。

他有些「嫵媚」地陪笑道：「主公乃千金之體，不同於我等輕賤之軀，不若主公先回劫域，我們留在樂土，就算赴湯蹈火，也要將天瑞甲找到！主公意下如何？」

頓了頓，他又湊近了一步，低聲道：「只要不被地司危、蕭九歌這些人所糾纏，返回劫域之後，只要傳出『玄天令』，冥皇還不是要立即乖乖地聽令？」

言罷，他有些忐忑地望著大劫主。

大劫主的臉上浮現了笑容，他望著牙夭道：「很好，此計甚妙。」

牙夭眉開眼笑之際，卻聽大劫主繼續道：「樂土人的目標就是本劫主，只要本劫主開始突圍，他們對你們自然就不再在意，這樣你們便可以借機脫身，不再受這餐風露宿之苦了，是也不是？」

牙夭魂飛魄散，本就削瘦的臉一下子變得更瘦了。這樣的深秋，他的手心卻已出汗，雙膝一軟，「撲通」一聲跪了下去，惶然道：「主公明察，小的怎敢存有此心？」

除了殃去之外，其他人也莫不變色。雖然牙夭算是大劫主的親信，但對大劫主來說，翻臉無情是再正常不過的事，眾人見牙夭驚惶至此，也難免有唇亡齒寒的危機感。

洞穴內一時鴉雀無聲！

大劫主的神色慢慢地和緩了些，他甚至露出了一絲笑意：「本劫主怎會不知你一向忠心耿耿？你不必緊張，起來吧。」

牙夭反而更緊張了，他追隨大劫主已有多年，知道大劫主動怒之後，極少能夠主動控制住的，所以當大劫主忽然變得平和時，牙夭更為惴惴不安。他趕緊站了起來，不安地側立一旁。

就在牙夭心神不定之時，在洞穴外負責警戒的人快步跑入，向大劫主稟報道：「主公，有兩名走散的鬼卒在左近出沒，請主公定奪！」

「走散的鬼卒？」大劫主如鷹隼般的雙目驀然閃過異芒：「是在九幽地火噴發時走散的鬼卒？」

那稟報者不敢肯定地道：「或許是。」

牙夭則總算暗自鬆了一口氣，這一變故可以轉移大劫主的注意力。

大劫主雖未立即作出決斷，心裏卻知只可能是在九幽地火噴發時走散的鬼卒。當時他爲了得到天瑞甲，不得不置鬼將的安危於不顧，結果天瑞甲被人搶先一步得到，而鬼將也被晏聰所殺。

大劫主是在追蹤靈族羽老未果之後與牙夭、樂將等人會合的，會合時才得知鬼將已死，並且有部分鬼卒生不見人死不見屍。在當時的情況下，也很難辨斷這些鬼卒究竟是失散了，還是亡於九幽地火之中。

如今，有兩名鬼卒出現在左近，帶給大劫主的反而不是驚喜，而是疑慮重重了。他首先想到的，就是鬼卒何以能夠穿越樂土人的重重封鎖?

大劫主嘴角浮現出一抹冷笑，他對牙夭道：「你去將他們帶來——記住，如果你被樂土人發現，就不用回來見我了！」

牙夭頓知這是大劫主給他的一個將功補過的機會，牙夭很識趣地什麼也沒多說，便隨那進來稟報的人悄然出了洞穴。

足足一刻鐘後，牙夭才領著兩名鬼卒悄然返回。兩名鬼卒一見大劫主，便齊齊跪在大劫主面前。

大劫主居高臨下地望著他們，目光深邃莫測，讓人無法弄清他在想著什麼，洞中的氣氛緊張之至。

大劫主終於開口了，「鬼將戰亡，何以你們卻還能活著來見本劫主？四周處處都是樂土人，難道你們竟有如此高明的手段，可以避過樂土各路人馬的封鎖？若是你們以自己爲誘餌，誘使我們劫域人暴露行蹤，那可是投靠樂土的一件奇功啊！」

眾劫域人都不由爲這兩名鬼卒捏了一把汗，在目前的情況下，大劫主的確不得不格外小心謹慎。

那兩名鬼卒相互看了一眼，其中一人聲音低啞地道：「鬼將是被一個名叫晏聰的人所殺，晏聰不但殺了鬼將，還生俘了不少鬼卒兄弟。」

聽到這兒，大劫主的臉上籠罩了一層寒霜，目光凌厲森寒，讓人不敢正視。

兩名鬼卒的臉色也漸漸地變得蒼白，那鬼卒接著往下說道：「後來，被生俘的兄弟的行蹤爲樂土人發現，遭至圍攻，晏聰任憑我們與樂土人廝殺。最後，只有四名鬼卒兄弟在那場廝殺中活了下來，雖然活了下來，卻無法逃脫晏聰的控制，此人的武道修爲極高，而且詭計多端，極有城府，我們僅有的四人根本無法作任何的反抗。奇怪的是，明明知道對我們擒而不殺會招來其他樂土人的非議，但晏聰卻堅持不殺我們。起初我們也不明白他爲什麼要這麼做，直到昨夜，我們才知真相，他之所以留下我們的性命，只不過是想利用我們對付主公！」

大劫主一點也不顯得驚訝，他以出奇平靜的聲音道：「他讓你們怎麼對付本劫主？是在見

到本劫主時行刺，還是以你們引我們現身？」

那鬼卒道：「晏聰自然也知道主公神功蓋世，刺殺主公絕對是癡心妄想。但此人心計極深，他讓我們有意在危山十九峰一帶出沒，目的就是要引起主公的注意。只要主公將我們帶來，他的計謀就成功了一半。」

包括牙夭在內的眾劫域人皆微微變色！

大劫主沉聲道：「如此說來，我們的行蹤已因爲你們而暴露了？」

那鬼卒顫聲道：「如果晏聰只是採用這樣的手段，那也就算不上可怕了。主公乃天縱之才，又豈能沒有料到這一點？能追蹤牙總管的又有幾人？而且我們也不知主公會是在危山十九峰的哪一峰的洞中，晏聰的人若是一直跟隨我們，只怕未能發現主公，反而被主公所發現了。」

大劫主淡淡地道：「你們對晏聰倒敬佩得很。」

「屬下絕無此意，但此人的確難以對付。他將我們最後四名鬼卒分作兩撥，先讓我們兩人在危山十九峰遊走，一旦有機會能見到主公，就必須設法將主公引向落日峽谷。」

「引向落日峽谷？哈哈哈……想將本劫主困死於落日峽谷？」大劫主不屑地道，他實在看不出晏聰這麼做有什麼高明之處，「但——他又怎麼能對你們完全放心？」

一鬼卒慘然一笑，「他當然放心，因爲他已在我們體內下了毒，如果我們不照他所說的去做，就得不到解藥而毒發身亡。我們四人體內所中的毒各不相同，毒發的時間也不相同。」

大劫主竟不爲鬼卒的話所動，他的聲音依舊那麼冷漠：「那麼，誰將最先毒發身亡呢？」

「屬下就是最先會毒發身亡之人。」那身形略矮點的鬼卒道。

大劫主面無表情地道：「哦，那你將會在何時毒發而亡？」

那鬼卒道：「應該……就是在此刻吧……」

「是嗎？」大劫主冷冷地道。

卻無人回應。

那鬼卒本是跪著的身子忽然一歪，頹然無聲無息地倒地。另一鬼卒臉色越發蒼白了。

無須大劫主吩咐，牙夭已搶步上前，小心翼翼地查看撲倒在地的鬼卒。當他將倒在地上的鬼卒扳轉過來時，可以看到那鬼卒臉色青得駭人，早已失去光彩的雙目猶自睜得大大的。

饒是大劫主心硬如鐵，此時也不由有些動容，他對那活著的鬼卒道：「此刻離你體內毒發應該還有一段時間吧？」語氣已不再如剛才那般冷酷。

那鬼卒慘然一笑，「應該還有一個時辰。」

大劫主點了點頭，大概他自信以他的內力，只要有時間，沒有逼不出的毒，所以他心情又放鬆了些，轉而問道：「晏聰此計雖然毒辣，但若是本劫主見你們突然毒發身亡，又豈能不起疑心？」

那鬼卒道：「我在半個時辰前就封住他的穴道，然後將他帶到晏聰指定的地點。在沒有達到目的之前，晏聰是會解他所中之毒的，再由另一鬼卒兄弟代替他與我同行，晏聰這麼做自是爲了可以牢牢控制我們四人，所以他將我們四人毒發的時辰安排得交錯開來，環環相扣。」

大劫主冷笑道：「可惜晏聰忘了以本劫主的內力，沒有什麼毒是逼不出的！」

那鬼卒慘然一笑，「此毒十分獨特，一旦以內力相逼，非但不能將毒驅除，反而會加速毒發身亡。」

大劫主身子微微一震。

雖然他並不會對一名普通鬼卒的性命十分珍惜，但鬼卒在他面前死去而他即使有心相救也無能爲力，這才是讓他最爲震動的。

「晏聰就是料定我們必然會爲顧及自己的性命而不得不聽從他的擺佈，但他又豈知我等對主公一片赤膽忠心，縱是肝腦塗地，也在所不惜?!」

大劫主對那尙跪在地上的鬼卒道：「你起來說話吧，晏聰打算讓你們如何騙我前去落日峽谷？」

鬼卒站起身後道：「他知道我們曾爲他生俘這件事主公尙不知情，就讓我們在見到主公後，聲稱一直在暗中追蹤他，並在追蹤的過程中瞭解到他已殺了樂將。我們離開主公這麼多天，當然怕主公怪罪，所以就想幫助主公殺了晏聰，爲樂將、鬼將報仇，以將功折罪。他是孤身一人，主公一定會因爲恨他殺了鬼將、樂將而欲取其性命——這便是晏聰所謂的引主公前去落日峽谷的辦法。」

大劫主皺了皺眉，很失望地道：「這就是晏聰的心計?也不過如此而已!如果你們真的照他說的去做，本劫主一定可以看出其中的幾處破綻——他的計謀根本無法得逞!」

那鬼卒道：「看出了破綻，主公就一定不會前去落日峽谷對不對?」

大劫主不假思索地道：「這個當然。」

「主公甚至還可能因為我們對主公不忠，而要重罰我們，是也不是?」那鬼卒接著道。

大劫主目光一沉，「有什麼想說的你直言便是，怎如此囉唆?」

大劫主顯得有些惱怒了，如果不是想到眼前這鬼卒已身中奇毒，恐怕他將更為嚴厲。

那鬼卒輕嘆了一口氣，「讓主公起疑，正是晏聰要達到的目的。」

「什麼?」大劫主這回是真正地吃了一驚，試問，有誰會希望自己的計謀被他人看出破綻?難道這其中還另有玄奧不成?

「想將主公引往萬聖盆地其實只是天司殺他們的意思，晏聰卻不如此想，因為他已得到了天瑞甲，現在他最希望的就是主公與大冥王朝相互牽制，呈相持不下的狀態，那麼他就可以從容轉移天瑞甲……」

「你是說，天瑞甲落在了晏聰手中?!」

他的話被大劫主打斷了。

再也沒有什麼事比這更讓大劫主震動的了，他之所以遲遲不願折返劫域，就是一直不肯放棄尋找天瑞甲。

「確切地說，是靈族得到了天瑞甲，而晏聰則是靈族重要成員。」那鬼卒道。

「威仰駕前四靈後人組成的靈族？」大劫主不無感慨地長嘆一聲，「原來是他們，我道爲何奪走天瑞甲的人能夠與我們一樣在天瑞甲靈氣重現的時候及時出現，甚至還搶先了一步！靈族是威仰駕前四靈的後人，而威仰與蒼龍之間本就有著神秘的聯繫，靈族能夠找到天瑞甲所在也就不足爲奇了。」

在眼看可以得到天瑞甲的時候功虧一簣，大劫主一直耿耿於懷，更難以接受的是他竟一直無法弄清對方的身分來歷！

「原來是老對頭。」大劫主道，他所說的倒也不假，這是傳承了千年的怨仇。

此刻大劫主的心情是既憤怒又興奮，憤怒的是靈族爲何還沒有斷絕希望，依舊爲早已戰亡的威仰的遺志奔波效命；興奮的是總算有了天瑞甲的線索，既然晏聰是靈族的人，只要找到晏聰，就可以一路追查下去，再也不會如先前那般縱然有一身改天易地的修爲，也沒有發揮的空間。

現在，無須鬼卒再多說什麼，大劫主也已知道晏聰的真正計謀了。晏聰先設下了一個有破綻的圈套，假意要引大劫主前去落日峽谷，大劫主多半能識破這是一個圈套，那麼他自然就不會穿越落日峽谷，而是繼續留在危山十九峰。

只要大劫主留在危山十九峰，包括天司殺、地司危、蕭九歌、藍傾城在內的樂土各路人馬就不會撤去，當所有人的注意力都爲大劫主所吸引時，晏聰以及靈族就可以爲所欲爲了。

靈族是威仰駕前四靈的傳人，而大冥王朝的開創者則是玄天武帝光紀，威仰與光紀之間向來是生死仇敵，靈族在將大劫主視爲對手的同時，對大冥王朝的勢力同樣是充滿戒備的。

那鬼卒道：「晏聰多疑且極富心計，很快他就能察覺到異常，請主公早作定奪。屬下已是將死之人，願最後一次爲主公盡一份力，請主公現在殺了我，將我的屍體拋置於顯眼處，晏聰見了我的屍體，就會相信我已見了主公，主公因爲怪罪我欲把主公引向落日峽谷而殺了我。如此一來，他便會自以爲計謀得逞，那麼主公便可以攻他個出其不意！」

大劫主雖然無情，但此鬼卒如此忠心耿耿，他也難免有些感動，道：「本劫主又豈能殺你？」

那鬼卒復又跪下，恭恭敬敬地向大劫主叩拜道：「有主公這句話，屬下爲主公所做的一切都值得了。屬下已中了晏聰的毒，遲早都是死，既然主公不忍下手，那屬下就自行了斷。」

話剛說完，他忽然抽出一把短刀，猛地刺入了自己的胸膛。

大劫主臉上的表情一下子凝固了！他那如石雕般冷峻的臉上第一次出現了感傷的神色。

他望著那尚未死去的鬼卒，低聲道：「我會讓晏聰付出代價的！」

那鬼卒張了張口，卻不能再說出什麼，身子一軟，終於撲身倒地。

大劫主慢慢地站起身來，眼中閃爍著駭人的光芒，讓人難以正視。

此時，每個人都猜知大劫主穿越落日峽谷的心意已決！

戰傳說沒有想到自己會與一個本打算殊死一戰的對手對飲，更沒有想到與此人對飲時還頗爲投機。最初他與自稱「血影」的紅衣男子還不時有所爭執，針芒相對，但到後來，卻是談笑風生，彼此間似乎都願意暫時把一切的矛盾壓下。

到後來，似乎雙方都有了醉意——至少戰傳說有了醉意。

當戰傳說猛然清醒過來時，已是天亮時分了，昨夜的一幕幕情形像是很清晰，又像是很模糊，但有一點戰傳說是記得的，那就是他曾說了許許多多的話。

想到這一點，戰傳說不由得爲之一驚。

屋子裏已不見血影的身影，小夭卻在，正坐在戰傳說的身邊打盹。這樣陌生的環境，又是與血影這樣神秘而冷酷的人共處，小夭竟然能夠入睡，恐怕是因爲與戰傳說在一起時，她的心神就格外放鬆的緣故吧。

戰傳說清醒過來時，小夭也很快醒來。

戰傳說苦笑道：「沒想到我們竟都睡著了。」

小夭道：「昨晚那兩個無妄戰士又爲你們送來三次酒，再後來你就醉了。血影讓我別叫醒你，他說他要先離去了，我們留在這兒決不會有危險。」

戰傳說用力地搔了搔頭，不解地道：「奇怪，爲何我這麼容易醉，他卻一點事也沒有？」

對於血影，無論是戰傳說還是小夭，都覺得很是神秘。他的舉止加上又有異域廢墟的背景，實在讓人捉摸不透。

不過祭湖之行，倒讓戰傳說再一次體會到自己的驚人潛力——這種潛能幾乎有無窮無盡的感覺。對於這一點，戰傳說也不知是喜是憂，每一次有所突破之前都會昏死過去，雖然一直沒有出事，但誰人能保證永遠都這麼幸運呢？

兩人略作商議，最後決定還是回禪都。

戰傳說祭湖之行，就是爲了救小夭，現在小夭救出來了，卻又有了新的問題：原先認定殺殞驚天的兇手是千島盟人，現在被徹底地否定了，如果連兇手的身分都不能確知，那爲殞驚天報仇又從何談起？

當然，血影的話未必就一定可信，但不知爲何，戰傳說對血影這一說法幾乎沒有任何的懷疑，也許是因爲血影在有機會殺他的情況下卻沒有出手的緣故吧。何況血影曾殺了不少千島盟的人，他與千島盟是敵非友，也沒有理由爲千島盟開脫罪責。

當他們返回禪都時，都不由地想到了那兩個已不知所蹤的無妄戰士，覺得以血影之狠辣，那兩個無妄戰士多半是難以倖免了，卻不知血影是以什麼手段牢牢地控制這些無妄戰士的。

戰傳說與小夭不緊不慢地趕路，畢竟只有五十餘里，到了午後，禪都已遙遙在望了。

禪都周圍一帶極少有民舍，這是爲了防止一旦有敵軍圍攻禪都時，會以禪都周圍的民舍爲依託屏障。

沒想到在禪都還有三四里的地方，竟已有人在等候著戰傳說、小夭。

這些人多作僕從家將裝束，只有一個與戰傳說年歲相仿的人衣飾光鮮華貴，一望可知是出身名門望族的人物。路中停著兩輛馬車，他們便在馬車旁站著，不時向戰傳說、小夭這邊張望。

當戰傳說、小夭接近他們後，便見有一人越眾而出，向戰傳說這邊迎來，遠遠地便施禮道：「戰公子，我們等候你多時了。」顯得很是歡喜。

戰傳說隱隱覺得眼前這人的確有些面熟，卻一時難想起在什麼時候見過。

那人倒很善於察言觀色，「在下是天司殺大人手下，與戰公子在天司殺府曾見過的。」

戰傳說經他提醒，果真記起自己第一次前去天司殺府的時候，此人也在席間。不過這黑而篤厚的中年人在席間很沉默少言，不像那身形頎長的溫勞燕那般擅言。戰傳說第一次進天司殺府的時候，因不知天司殺用意，難免緊張，以至於此刻除了記起此人姓「師」外，竟記不清此人的名號了。

戰傳說有些不敢肯定地道：「是……師先生啊？」

那人笑了笑，「正是師某，我是奉天司殺大人之命在此等候戰公子的。」

說到這兒，他開始爲戰傳說引見那位衣飾華貴的年輕人：「這位是天司殺大人的侄子，禪都皆稱『天樂公子』。」

天樂公子向戰傳說微微一笑，「伯父天司殺大人曾幾次向我提到戰公子，對戰公子可是推崇有加。今日一見，果然是神采不凡。」

天樂公子與戰傳說年歲相近，卻顯得比戰傳說老練多了，也許因爲他出身高貴，在禪都多半結交甚廣的緣故吧。

對方是天司殺的侄子，加上戰傳說覺得這天樂公子雖然是名門望族中人，卻並不盛氣凌人，倒很是謙和，心中不由就有了幾分親近，當下忙道：「天樂公子過譽了。」

天樂公子道：「伯父知道戰公子祭湖之行是爲了救小夭姑娘，他很牽掛此事。三天前，伯父奉冥皇之命參與『滅劫』之役，在與大劫主一戰中受了傷。他吩咐我們在這兒等候戰公子，說是有重要的事情必須告訴你，而且他還吩咐，必須在你未回天司祿府前就將你接到天司殺府。」

戰傳說大驚失色道：「天司殺大人受了傷？傷勢如何？」

天樂公子輕輕嘆了一口氣，低聲道：「應該沒有性命之憂吧。」

戰傳說不由心頭一沉，想必天司殺縱然沒有性命之憂，也一定傷得很重。

「天司殺大人要對我說的又是什麼事呢？他讓這些人在我未入城之前找到我，而不是在回到天司祿府之後，這又是爲什麼？難道是與靈使有關的事？」

第四章　天樂公子

馬車終於停下，戰傳說與小夭下車時，發現自己置身於一別院中，院子裏有不少高大的樹木，卻已凋落了大半，院中鋪了一層黃色的樹葉，踩在上面，發出「沙沙」的聲音。

四周很靜謐，目光越過院牆，可見雕簷畫棟在樹木的枝葉中隱現。戰傳說不由有些感慨，他初次來天司殺府時，就感到天司殺府不像天司祿府那麼奢華，但縱是如此，天司殺府也算得上規模恢弘了。

他雖是第三次進天司殺府，此時卻仍判斷不出自己是在天司殺府的什麼方位。

天樂公子從另一輛馬車中下來時，恰好有一清瘦老者由別院的門前經過，被天樂公子叫住了，天樂公子與那老者交談了幾句，那老者看了戰傳說與小夭一眼，便離去了。

天樂公子轉而對戰傳說道：「伯父正在等候戰公子——他現在是想接迎戰公子也難以做到了。」

戰傳說暗忖：天司殺一定傷得極重了，卻不知大劫主結局如何？口中已道：「我們這便去見天司殺大人。」

在天欒公子的相陪下，戰傳說、小夭穿過幾道門戶，來到一房門前。門外有兩個中年男子，見了天欒公子便施了施禮，天欒公子指了指戰傳說道：「這便是大人要見的戰傳說戰公子。」

那兩人忙恭立一旁，「戰公子請！」

天欒公子、小夭也欲隨之而入時，卻被那兩個中年人不失客氣地攔住了，他們道：「大人吩咐過了，見戰公子時，他不希望有他人在場。」

天欒公子尷尬地笑了笑，有些歉意地望著小夭。

小夭看出天欒公子的爲難，便對戰傳說道：「戰大哥，你見了天司殺大人，便代我問候一聲。」戰傳說點了點頭。

其中一中年男子隨戰傳說入內，而另一人則上前將門掩上了。

穿過了短短的通道，戰傳說便置身於一間頗爲空闊的大堂中，只有幾件簡簡單單的擺設，顯得很樸素。

那中年男子垂著手，很恭敬地道：「大人，戰公子來了。」

戰傳說這才注意到大堂兩側還有幾扇門，想必是連著幾間內室，卻不知天司殺是在哪一

間。

這時，從左側一間房內傳來有些虛弱的聲音：「請戰公子進來吧。」

正是天司殺的聲音。

中年男子將那扇門推開，向戰傳說道：「戰公子請！」隨後他自己便倒退著退了出去。

戰傳說進了內室，內室的光線頗爲黯淡，窗戶幕簾低垂，好在戰傳說現在的功力已很深厚，目力非一般人所能及。

與外面的空闊不同，這間內室的擺設頗多，戰傳說目光迅速一掃，卻未見到天司殺，不由有些奇怪。

沒等他再細想什麼，身後的房門「吱呀」的一聲關上了。不知爲何，戰傳說心頭忽然一跳，但他絕對沒有感受到任何的殺機！

「或許，是自己太多疑了？」戰傳說心中閃過此念。

「天司殺大人……」戰傳說叫了一聲。

「是戰公子吧？」竟很快就有了回音，但這次卻不是天司殺大人的聲音，而竟然是一個女子的聲音。

有那麼一瞬間，戰傳說的腦海中閃過了天司殺的女兒月狸的身影。

戰傳說作如此聯想，其實也在情理之中，連身爲天司殺侄子的天樂公子都被拒之門外，那麼能留在天司殺身邊的女子，當然絕對是天司殺最親近的人，而月狸作爲天司殺掌上明珠的唯一愛女，當然在此列。

卻見一女子自屏風後走出，向戰傳說淡淡一笑，輕聲道：「大人就在密室裏，戰公子請隨妾身來。」

這是一個很年輕的婦人，言語身段都予人一種如水般的感覺。她的容貌與爻意、姒伊相較算不得出眾，只是其膚色格外的白皙細膩，以及那如月牙兒般微微彎起的雙眼，都顯出其嬌弱之美，讓人不由得便生起憐惜呵護之心。

此女子作婦人裝束，又自稱「妾身」，自是已爲人婦了，這使戰傳說對她的身分不由有些迷惑，卻又不便相問。

那女子轉入了屏風後，戰傳說定了定神，也跟隨過去。

倏聞那女子在屏風後「啊呀」一聲驚呼，顯得很是驚愕恐懼，戰傳說凜然一驚，不假思索地一步跨進，口中急道：「夫人怎麼了？」話音未落，忽然幽香撲鼻，緊接著一溫軟而富有彈性的動人嬌軀突然撲入他的懷中，將他緊緊抱住。

戰傳說初時還以爲是那女子因受了驚嚇，驚懼中本能地向他尋求保護，但當他目光望向那女子時，頓覺一股熱流一下子湧入腦中，就像是有一把火突然在他的腦海中熊熊燃起。

那女子僅著貼身薄衫，嬌美誘人的身軀幾乎一覽無遺，在幽淡的光線中，散發出讓人窒息

的誘惑力。每一條曲線，每一寸肌膚，都在表明著某種暗示……更要命的是，那女子竟將她的身子緊緊貼在戰傳說的身上，喘息微吁聲似驚似喜，呢喃不清。

戰傳說何時有過如此驚豔的經歷？一時間竟無法作出任何的反應，而在這樣的沉默與震驚中，反而更能敏銳地捕捉到那女子的聲音、溫度、曲線。

那女子的雙手在戰傳說的身上游移，她的手法很高明，每一個動作都充滿了激情，但卻又不顯得突兀，讓人難以抗拒。

戰傳說的理智終於掙脫了誘惑，他近乎粗暴地抓著那女子裸露著的秀肩，用力地將之推開，聲音低啞地道：「夫人自重！」

他已意識到某種潛在的危險，如果真的只是天司殺要見他，告訴他某件要緊的事，那天司殺身邊的人怎敢做出如此匪夷所思的舉動？他留意著那女子的每一個動作，只要她敢有所企圖，他立即就會出手。

但那女子卻並沒有更多的舉動，只是忽然有些詭秘地一笑，隨即忽然大呼：「救命……」

那一剎那，戰傳說本是火熱的身軀突然一下子變得冰冷，他的心也在急劇地墜落！驚怒之間，他毫不猶豫地出手如電，飛速封住了那女子的啞穴。

這純粹是一種本能的反應，那女子的驚呼對戰傳說來說不啻於一記驚雷。當他猛然意識到這是一個圈套時，第一反應就是制止陰謀的繼續。

幾乎就在他點了那女子啞穴的同時，一片呼喝聲四起，同時夾雜著「砰砰」幾聲門窗破碎的聲音，有幾個身影自不同的方向難分先後地強自闖入。

門窗洞開，屋內一下子明亮了不少。

戰傳說此時卻恨不得是伸手不見五指的黑夜，在驚怒交加之時，他的心頭閃過一念，那便是破開屋頂突圍而去！他自忖以自己的修爲，如果這樣做，或許在誰也沒能看清他的容貌時，就已脫身離去了。

但這樣的念頭終只是一閃而過，他終究沒有這樣做。不是擔心會失敗，而是這麼做就等於向陷害他的人做出了屈服與讓步！

戰傳說卻不知道，他咬牙留下來，會爲他帶來多少不利的影響。

一把單刀自屏風的中部穿刺過來，再一攪，屏風被劃成兩半，旋即被人猛力踢飛，戰傳說已被六七人團團圍住。

那女子蹲下身去，雙手抱胸，長髮垂下，遮住了她的面孔。

將戰傳說圍住的人都是家將裝束，戰傳說目光一掃，這些人中沒有一個是他認識的。這些家將都有兵器，不過他們只是將戰傳說團團圍住，卻並不動手。

有人向戰傳說橫眉怒目地喝道：「大膽淫賊，竟敢對木夫人無禮！」

也有人向那「木夫人」問道：「木夫人，是不是這姓戰的小子冒犯妳了？」

「木夫人」點了點頭，卻不肯抬起頭來。

不知怎的，戰傳說心頭倒有些不忍了，竟將自己的外套脫下，擲向那「木夫人」，沉聲道：「將它披上吧！」

那幾名家將都不由得一愣，隨即回過神來，大聲呵斥：「狂妄小子，死到臨頭還口出輕薄之言！」

那木夫人借著戰傳說衣裳的遮擋，慢慢地站起身來，不過，僅一件外裳實在難以盡掩她的誘人胴體。

戰傳說看了她一眼後，轉而對那幾人道：「讓天樂公子來見我！」

說這話時，戰傳說已動了怒氣，他相信這事與天樂公子一定脫不了干係，只是他暫時還猜不透天樂公子為什麼要這麼做罷了。

想到天樂公子的同時，戰傳說也不由得為小夭擔心。他自忖自己未做見不得人的勾當，就算有人陷害，終也能清者自清，但若是小夭也遭受了類似的遭遇，她一個姑娘家怎堪忍受此辱？能在紅衣男子血影的手下保持清白之身已是萬幸，難道小夭還要再遭一劫？

戰傳說並未聲色俱厲，但他的眼神、語氣中所隱含的怒氣，卻讓人皆是心頭一寒！

眼看幾件兵器就要一起招呼到戰傳說身上時，戰傳說的身軀忽然動了動。隨即那六名家將便突然難分先後地倒跌而出，毫無反抗地重重撞在牆上、柱上，頹然跌落，胸口沉悶欲爆，似乎整個身軀隨時會被莫名的力量掙爆得四分五裂。

如此駭然的感覺，讓他們臉色皆煞白若紙。這時，他們才知道，以他們的些許修爲，根本就不可能傷戰傳說一絲一毫，更勿論要取其性命。若不是戰傳說手下留情，只怕他們的結局將更悲慘。

就在這時，戰傳說聽到更多的腳步聲、呼喝聲響起，聽得出正有越來越多的人向這邊趕來。

「戰傳說，你好大的膽子！」

一聲低喝，自那已被踢開的門口處走進一人，衣飾華貴，面目俊美，正是天樂公子！

戰傳說一見天樂公子，便覺自己的腦中「嗡嗡」作響，一股熱血直湧上來。他強迫自己鎮定些，這裏是天司殺府，天樂公子若真是此事的知情者，那他敢在天司殺府這麼做，事情就極不簡單了。

天樂公子的臉色陰沉得可怕，像是對戰傳說有著刻骨之恨。戰傳說忽然覺得要麼天樂公子並不知真相，要陷害自己的另有他人；要麼就是這天樂公子太會演戲了。

天樂公子慢慢走來，邊走邊道：「小夭的父親殞城主與天司命大人是故交，她就是天司命府的客人，當然不會有事。」

戰傳說心頭一震，沉聲道：「這裏是天司命府，而不是天司殺府？」

天樂公子雙手後負，站定了，他點頭道：「當然是天司命府。」

而這時外面人影閃動，看來已驚動了越來越多的人了。

當戰傳說確知這是在天司命府而不是天司殺時，真有點哭笑不得，這事本絕對不會混淆的，偏偏戰傳說竟輕易地中了圈套，將天司命府當做了天司殺府。怪只怪他缺乏警惕之心，否則當他乘車進入禪都時，縱然馬車車廂一直垂著車簾，但他只要掀開車簾略加察看，也應該可以看出路線有異。

也許，是祭湖之行有驚無險，讓戰傳說不免有些鬆懈了。

其實此事若再回頭想想，會發現不少的漏洞，但在事發當時，卻不會有誰輕易地起疑心。

在暗自自責的同時，戰傳說唯一感到欣慰的就是，既然這是天司命府，那麼此事與天司殺多半就沒有關係了。否則，被一個自己信任的人出賣，那將是更大的痛苦。

戰傳說沉聲道：「你以爲這樣無中生有的謊言，會讓別人相信嗎？」

天樂公子很認真地道：「怎麼會是無中生有？你與他人約戰祭湖，爲的就是救小夭姑娘，而小夭姑娘的父親殞城主與天司命大人交情甚厚。木夫人是天司命大人的兒媳，她好心將小夭與你接入天司命府做客，又有何不妥？至於會不會有人相信，哈哈哈……你儘管放心，天司命府中之人說的話，總是有些分量的，而且現在是人證物證俱在，你如何能夠狡辯？再則，我等與你無冤無仇，怎會平白無故地冤枉你？」

頓了一頓，他看了看一旁的木夫人，眼中閃過一絲異芒：「退一萬步說，就算我們有誣陷你的可能，木夫人又怎可能誣陷你？木夫人與其夫君明公子感情甚篤，三年前，明公子不幸英年早逝，木夫人痛不欲生，曾爲明公子絕食六天。最後，當今聖皇也深感木夫人之情義，親自勸慰木夫人，才使木夫人回心轉意。木夫人之忠貞不渝，禪都萬民皆知，難道你想說木夫人陷害你？」

戰傳說嘆了一口氣，「現在看來，連我自己都幾乎相信我是一個見色起意的人了。」

天樂公子很嚴肅地道：「你本就是。」

戰傳說望著天樂公子道：「這是誰的主意？」

天樂公子冷笑一聲，「我已說過，這是事實。」

戰傳說道：「那麼，你想讓我怎麼做？」

天樂公子道：「你手段卑劣，冒犯的又是木夫人，現在是在天司命府，當然要由天司命大人來決定如何處置你！」

戰傳說立即道：「天司命大人何在？」

由天樂公子的話聽來，事情似乎與天司命有關。天司命對坐忘城多少有恩，他與小夭進入禪都後，首先相見的就是天司命。無論天司命是否真的與此事有關，戰傳說都希望能儘快見到天司命。

「天司命大人正在紫晶宮，該見你時，他自會來見你。」天樂公子道。

「那麼，所謂的天司殺大人受了重傷，也是假的了？」戰傳說只是一時疏忽才中了圈套，現在他對圈套的各個環節，卻已是瞭解得大致清楚了。

天樂公子顯得很驚訝地道：「誰說天司殺大人受傷了？天司殺修為驚世不凡，誰能讓他受傷？」

此刻，在戰傳說看來，這張本是頗為俊朗的臉，實在是討厭得很！他忍住說不出的憎惡，「既然你口口聲聲說天司命大人與殞城主交情甚厚，那我要見見小夭姑娘，總無問題吧？」

天樂公子斷然道：「她的確無恙。」

戰傳說目光驀然凌厲如劍，無論何人與之正視，都難免會有心寒的感覺。

天樂公子原先那一切盡在掌握之中的神色頓時消失了，他心頭記起的是眼前這個年輕人曾與天司殺並肩戰勾禍！能與勾禍交手並安然活下來——這意味著什麼，自是不言而喻。

戰傳說一字一頓地道：「如果你不能向我證實小夭姑娘此刻安然無恙，我會讓你悔之莫及！」

天樂公子頓時感到無形的壓力在壓迫著他，他不明白，為什麼明明是自己佔據了主動權，戰傳說將投鼠忌器，卻反而是他感到不安。

「事實上，如果不是看在你救過小夭性命的分上，僅憑你冒犯木夫人這一點，我們就有足夠的理由將你格殺當場！」

木夫人的舉動讓戰傳說實在無法將她與天樂公子所說的曾為亡夫絕食六日的女子聯繫在一起。戰傳說相信這只是天樂公子的一派胡言，所以雖然遭了誣陷，戰傳說卻不是很緊張，他相信很快一切都可以真相大白的。現在，他唯一擔心的就是小夭的安危如何。

想到這兒，他的心不由有些焦躁起來，當即沉聲道：「答不答應，可由不得你！」話出之時，他已倏然暴進，在刹那之間越過了他與天樂公子之間的空間距離，右掌徑直向天樂公子的肩上拍去。

這只是試探性的攻擊，戰傳說既未指望一舉就能擊殺天樂公子，而且他也沒有斃殺天樂公子之意——他何嘗沒有想到此時若他出手殺了人，那將真正地陷於百口莫辯之境了。

雖然只是試探性的攻擊，但因為速度快得驚人，加上戰傳說那操縱一切、凌駕一切的強者氣勢，仍是讓天樂公子神色倏變，急速抽身而退，同時向自己腰間的劍柄摸去。

但就在他抽身而退之時，戰傳說卻如鬼魅附體，單掌依舊向他肩上拍去，就像是天樂公子一直不動地站在原處，任憑戰傳說一掌擊來一般。

天樂公子大驚失色，無暇拔劍，急忙提氣再度全速而退，卻依舊無法阻住戰傳說。如此一而再、再而三，眨眼之間，天樂公子竟已在不知不覺中被逼退了數丈，正好是由房中退出了門外。

他的劍，始終沒能拔出！

而他自身卻因爲一再地在迫不得已的情況下強行提氣，過度地催運已超越了他本身的極限，讓他有了一種面臨崩潰的極度不適感。

當他退出門外時，臉色已變得極爲蒼白，這一半是因爲真力難以爲繼的緣故，一半則是因爲驚駭欲絕使然。

驚駭之中，天樂公子記起了一件他早就該記起的事：戰傳說的武道修爲已達到了擁有炁兵的可怕境界！

想到這一點時，天樂公子幾乎魂飛魄散。

戰傳說的右掌與他的身軀始終相距不過一尺之距，一旦戰傳說催發炁兵，他就唯有一死。

就在他感到絕望時，忽然間壓力大減，致命的威脅不復存在。

「錚」的一聲，他這才抽出劍來，綰起了一團劍花護在胸前，劍勢頗爲賞心悅目，但在失去了對手後，這未免顯得有些滑稽。

天樂公子終於穩住了身形，這才意識到自己已被逼得退出了屋外，而戰傳說不知什麼時候卻已退到了原處，正冷冷地望著他。

天樂公子的心一陣陣發冷，他這才真正意識到自己與戰傳說之間的差距。

天樂公子臉色變了變，半晌終於吐出一句話來：「你放心，若是加害小夭，那我們這麼做就很難讓人信服了。」

話一出口，連他自己都感到這話未免太軟弱，這已近似是向戰傳說示弱。

戰傳說忽然輕嘆一聲，「看來，你決不會是這件事的主謀，因爲你根本不配！」言語中已充滿了對天樂公子的不屑。

不錯，就算是爲惡，也是需要膽識的，像天樂公子這樣的人物，即使是爲惡，也難有什麼作爲。

天樂公子先是一怔，隨後他的臉色就變得極爲難看。

戰傳說道：「我現在已相信你們的確不會加害小夭姑娘，但僅僅這樣還不夠。」說著，他舉步向門外走來，周圍手持利刃將他圍住的人在戰傳說看來，就像是虛設，根本未將之放在眼中。

那些人親眼目睹了天樂公子被戰傳說頃刻間逼出門外的一幕，又有曾被戰傳說在舉手投足間擊潰的經歷，實在沒有多少攔阻戰傳說的勇氣，但在這種時候，卻也只有硬著頭皮上了。

當下幾人齊聲喝道：「天司命府豈能由你說來便來，說走便走？」

戰傳說根本不正視他們一眼，自顧向門外走去。

幾名家將怒喝連連，卻始終無人敢出手。當戰傳說向外走近時，他們也隨之而動，但因爲不敢出手，看上去不像是在圍堵戰傳說，反像是亦步亦趨地追隨在戰傳說身邊的隨從。

天樂公子一咬牙，低喝一聲：「放箭！」

戰傳說眉頭一挑！

尖銳的箭矢破空聲中，由幾個方向同時有快箭向戰傳說射來。

戰傳說哈哈一笑，「區區鐵箭，又豈能阻擋得了我？」竟對疾射而來的箭不加理會，徑直向前走去，亂箭在射至離戰傳說數尺之距時，撞在了戰傳說所催發的浩然氣勁上，根本沒有破入的可能。

眼看戰傳說就要跨出門外的時候，忽聞一聲嬌叱：「何方狂徒敢在天司命府作亂？」

戰傳說一呆——好熟悉的聲音。

一呆之時，眼前驟然有寒芒乍現，恰如陽光突然穿透重重烏雲射向大地一般，光芒不可抗拒，不可阻擋。

凌厲殺機長驅而入，其速快得不可思議。如此快的速度，戰傳說僅在天司殺的愛女月狸身上領略過。

正是這奇快無比的攻勢，讓戰傳說明白爲什麼聽到對方的聲音時會那麼熟悉，因爲他已斷知對方就是月狸！

月狸劍法之快，絕非一般人所能企及！

戰傳說憑空倒飄而起，身法卓絕，讓人嘆爲觀止，仿若他只是一張薄紙，可以隨風舞動。

事實上，戰傳說之父戰曲以劍法見長，在身法上的造詣卻不如其劍道修爲那般驚世駭俗，戰傳說能有如此卓絕的身法，憑藉的是他自身那深不可測的內力修爲。

急速後掠的同時，炁兵光芒乍現，準確無比地封向那道寒芒。

寒芒一沒再現，光芒更甚，戰傳說赫然發現自己竟在同一時間面臨來自五個不同方向的凌厲一劍。

這絕對是幻象！

月狸劍法太快，方會給戰傳說造成這樣的幻覺。

但以戰傳說今日之修爲，其目力可以說已然能洞察秋毫，能讓他產生這樣的錯覺，實是非同小可。

「錚錚錚……」戰傳說炁兵一蕩，已封開四劍。雖然他已將自己的速度提升至極限，但卻仍有一劍無法及時封開，劍身破入了戰傳說炁兵所能封擋的範圍。

眼看戰傳說就要血濺當場之際，他左手再度幽光暴現，一柄一模一樣的炁兵出現在他的左手。右手炁兵因爲角度的原因無法封住月狸最後一劍，但左手炁兵卻不難做到。

「錚」的一聲暴響，月狸的最後一劍亦被及時封擋。

沒有絲毫的停滯，戰傳說擋下月狸的攻勢之後，「無咎劍道」中一式「八卦相蕩無窮道」已傾灑而出。

若說月狸的劍勢快得不可思議，那麼戰傳說劍勢之強，則讓旁人目瞪口呆。

月狸初時還全力封擋，但「八卦相蕩無窮道」變幻無窮，幾乎可以說是無窮無盡，又有戰傳說深不可測的內力修爲爲基礎，漸漸地，月狸已有力不從心的感覺，而戰傳說的劍勢仍是氣勢不減。

一聲輕哼，月狸不得不退出一步。

戰傳說立即止住攻勢，劍勢一斂，旁觀者皆有大大地鬆了一口氣的釋然，彷彿方才進行一場搏殺的不是戰傳說與月狸，而是這些人。

怔了片刻，這些人方回過神來，齊聲喝彩道：「月狸小姐劍法如神！」

月狸對這樣的喝彩不加理會，她這時已看清自己所攻擊的對手是戰傳說，一時芳心大亂，又氣又急地道：「怎麼……是你?!」

一直在一旁冷眼旁觀戰傳說與月狸交手的天樂公子這時及時插話，他嘆了一口氣道：「我等也沒有想到此人會做出這樣的事來。」

月狸雖然性情直爽，但當她突然發現冒犯木夫人的「淫賊」竟是她的意中人時，仍是又氣又惱，又羞又恨，心頭滋味百般，一時間只知怔怔地望著戰傳說，心間思潮起伏，竟說不出話來了。

戰傳說大窘，想要解釋，復一想，這事又豈是三言兩語所能解釋清楚的？他由月狸的神色看出她對此事本是毫不知情的，於是道：「無論月狸小姐是不是信得過在下，在下都請月狸小姐能代爲照顧殞城主的女兒小夭姑娘，此刻她正在天司命府中。」

戰傳說憑直覺相信月狸會答應這件事的，有天司殺的愛女月狸出面，諒天樂公子不敢對小夭怎麼樣。

哪知月狸對戰傳說的話根本不加理會——不過，有時默認也是一種承諾，至於月狸是不是屬於這一類型就不得而知了——只見她徑直走向被稱做木夫人的女子那邊，關切地道：「木夫人，妳先回房歇息吧。」

木夫人沒有開口，戰傳說道：「我封住了她的啞穴。」

月狸看了他一眼，隨後便解開了木夫人的啞穴。木夫人伏在她的肩上嚶嚶抽泣，月狸低聲安慰了幾句。

木夫人止住了抽泣，轉入了一間內室。這時，又有三人步入屋內，雖然只是多出了三人，但屋內卻忽然顯得格外狹窄了。

戰傳說心知這一次來的已不再是天司命府的普通家將了，而應是天司命府中拔尖的人物。他的目光依次掃過那三人，只見其中一人面白無鬚，肌膚潔淨，予人以文質彬彬的感覺。

給戰傳說印象最深的是此人的目光沉穩而深邃，讓人不由得相信縱然突然間山崩石裂，也絕對無法讓此人動容！

正因爲有如此沉穩深邃的目光，文質彬彬的他並不會讓人敢有所輕視。未見他的身上有任何兵器，也許，他的兵器是常人不能輕易見到的，就如同他的性情一樣，在平凡內斂中隱含鋒芒——此人可謂頗有風度。

與他相比，另一個年歲最大者則堪稱形象不堪了。

此人雞胸三角眼，雙頰削瘦如猴，淡眉，膚色是病態的黃，年歲應在五六旬之間，但卻拄了一根暗青色的木杖，想必這木杖就是他的兵器。與他自身的形象一樣，連木杖也是毫無規律地扭曲著。

剩下的那人則顯得極爲的平凡，以至於此時戰傳說雖然是刻意地看他，一時間卻也找不到此人有什麼與眾不同的地方，連他腰間的刀也是那樣的平凡，而且在刀柄上還無比俗氣地纏上了紅綢。

就是這三個人，當他們進入本是頗爲空闊的屋內後，屋子一下子顯得很擁擠了，好像進來的並不是三個人，而是三十個人！

甚至，就算進來的是三十個人，也未必能如這三人一般，給戰傳說以極大的心理壓力。

月狸一見這三人，便道：「戰傳說，你的修爲的確不弱，但有天司命大人身邊的『夏、秋、冬』三侍衛在，諒你也插翅難飛！秋辛侍衛的順風拐模樣獨特，其實暗藏殺機，尤其善於奪人兵器，你的炁兵未必應付得了；夏苦侍衛的暗器傲視禪都，對付你的炁兵或許正好是剋星；至於冬安侍衛的刀法，以多變見長，但與你那取巧的兵的多變卻是不同。」

那「夏、秋、冬」三侍衛未作更多表示，他們的注意力始終放在戰傳說的身上，目光不驚不怒，不喜不嗔，卻絕對的專注。

戰傳說暗嘆一聲，他知道僅憑三人的這份鎮定，就足以顯示出這三人是難纏的對手。

「我們三人已聽說戰公子曾與勾禍一戰，自問無法擊敗戰公子。」容貌平凡至極的冬安道。

「但我們卻有足夠的信心將戰公子留下，直到天司命大人由紫晶宮回府。」容貌醜陋的秋辛道。

「小夭姑娘的安危，戰公子就無須牽掛了，司命大人與殞城主是故友，我們對殞城主也是敬重得很。」夏苦最後道。

連月狸都直呼戰傳說之名而不再稱他為「戰公子」，唯獨他們三人卻還稱「戰公子」，但奇怪的是，在戰傳說聽來，這樣的稱呼卻絲毫沒有讓他感覺到客氣與親近，而只有冷漠。

同時，戰傳說還感到有「夏、秋、冬」三侍衛對小夭安危的承諾，他的擔憂之情頓去。這種感覺很微妙，說不出是什麼原因。

戰傳說苦笑一聲道：「我比你們更想見到天司命大人！」

「夏、秋、冬」三侍衛微微點了點頭，再不多發一言。看樣子，只要戰傳說不試圖逃脫，在天司命未回天司命府之前，他們就會這樣守候著戰傳說。

橫隔於危山十九峰與亂紅山莊之間的江河名爲雲江，因江面上終年霧氣氤氳，船行於江上，如在雲端，故有此名。

今日，雲江一如往昔，江面霧氣繚繞。

沿江的道路上，既有參與「滅劫」一役的各族派臨時搭建的駐紮點，又有游弋的各路人馬，這些游弋的人馬一般都是十人左右爲一群隊，這其中就有千馬盟的人。

「千馬盟」的前身其實本是一群在須彌城以西、異域廢墟以東出沒的馬賊。

在須彌城與異域廢墟之間，有一片面積廣袤的地區是權力的真空地帶，區區一百多號人的馬賊，也可以橫行無忌。

但這群馬賊在短暫的得意之後，忽然發現這片區域實在是太貧瘠，他們的勢力之所以橫行無忌，並不是因爲他們足夠強大，而只是因爲別的勢力根本無意與他們爭奪這片區域的控制權。

異域廢墟的存在，隔斷了大冥樂土與諸如密象國這樣的西方諸國的直接聯繫。樂土的商隊要前往密象國，都寧可向南借道於南方阿耳諸國，再由阿耳諸國轉向密象等國，這間接促進了阿耳諸國的繁榮，而對於「千馬盟」來說，這卻是相當不利的，沒有商隊經過，他們這些馬賊根本就難有作爲。

最要命的是，千馬盟的當家人廣相照一直抱定著劫財不劫命的宗旨，既然如此，這群馬賊可以說幾乎完全處於「失業」狀態，甚至還不得不幹起救命施財的事。

由大冥樂土前去密象國等西方諸國，走這條途徑畢竟比借道阿耳諸國近許多，商隊不敢由此經過，對那些欲前往密象國學巫術的人來說，卻常常寧可選擇此路。

密象國盛產巫師，不少樂土人在以武立國的大冥王朝中難有作為，便想另闢捷徑，在習武難成的情況下，便去習練密象國的巫術。而這些人往往多是在樂土很不得志的人，窮困潦倒，對於他們來說，穿越貧瘠的西向荒漠是他們唯一的選擇了。

廣相照偏偏常常遇見這樣倒在路上奄奄一息的人。每次他都會讓手下的人將這樣的人救醒，漸漸的，他們當中有不少人就是這樣被廣相照救起來然後加入千馬盟的。

千馬盟的人數越來越多，但他們的日子卻越來越難過。最初取「千馬盟」這樣的名稱，廣相照是將「千島盟」改了一字，他說這樣的名字響亮而易記，很快就可以聲名遠播，卻沒有料到日後千馬盟在日益困頓後，竟不得不開始養馬，再將馬匹與須彌城交換錢糧以度日。

到後來，做馬賊這樣的事倒讓廣相照他們荒廢了，「不務正業」地養了大批馬群，成了名副其實的「千馬盟」。

不成功的馬賊廣相照卻擅長養馬，經他馴養的馬匹高近丈，鬃至膝，尾垂地，蹄如丹，頗受歡迎。

最後，廣相照索性放棄了馬賊的日子，憑著與須彌城的交情，在須彌城所轄範圍內購下了一片山林，建成了千馬盟盟壇，成了樂土不大不小的門派。

由於千馬盟的來歷特別，故千馬盟弟子雖然不少，但絕大多數都是修爲平平的人，甚至有些弟子根本不諳武學，這在樂土諸族派中是極易爲人所輕視的。

千馬盟這一次之所以也參加「滅劫」之役，恐怕多少是想改變世人覺得千馬盟只會養馬的偏見。

千馬盟盟壇在須彌城左近，與危山十九峰相去甚遠，値得廣相照慶幸的是，這一次他豢養的上等良駒幫了他的大忙，讓他以及與他同行的四十名千馬盟弟子能夠在滅劫之役結束前趕至。

千馬盟弟子的身法是無法與其他一些源遠流長的樂土武道族派的弟子相提並論的，要他們徒步在短時間內遠涉千里，有些勉爲其難。

千馬盟的人的確趕上了「滅劫」之戰，但廣相照想要達到的目的恐怕難以實現了，眾人對他們騎來的四十一匹馬的關注程度，遠遠比他們千馬盟上下四十一人更甚，這讓廣相照大爲氣餒。

所以，千馬盟游弋巡視得格外頻繁。

廣相照恨不能立即撞見試圖突圍的大劫主，然後與之轟轟烈烈地大戰一場，讓樂土武道從此知道千馬盟並不只是會養馬。

秋天的陽光即使在下午也不熱，但卻很亮，廣相照騎在高頭大馬上，太陽正面照射著他，讓他雙眼不由得微微瞇起。他的皮膚粗糙如礪石，儘管近幾年的生活已安逸了不少，不再那麼漂泊不定，但這卻不能消去荒漠風沙在他身上留下的痕跡。

他的身後，是他的十名弟兄。他對千馬盟的弟子一向以兄弟相稱，也的確是待之如兄弟，這十名弟兄所騎的馬比廣相照的坐騎還要高大駿美。

危山十九峰一帶的路並不適合騎馬，好在這些人都有很高超的騎術，倒也不以為意。

「照我看，放一把火將危山十九峰燒了，看他大劫主還能不能躲在危山十九峰不出！」緊隨在廣相照後面的那人大聲道。

「其實就算大劫主出現了，對付大劫主似乎也輪不到我們千馬盟。」另一人頗有自知之明地道。

廣相照也是一個喜歡熱鬧、耐不住寂寞的人，見自己手下的弟兄說得有趣，忍不住也想插一句話。

就在他剛欲開口時，忽然間，有一股寒意自心頭倏地升起，一下子瀰漫開來，彷彿連他的聲音也突然間被這股寒意所凍結，竟說不出話來。

是起風了嗎？廣相照下意識地舉目四望，驀然間發現天地忽然間黯淡下來，刺目的陽光竟然不見了。

廣相照一怔之時，卻聽得走在最後的千馬盟弟子嘶聲叫道：「小心！」

其實已無須此人提醒，怔神之中，廣相照已聽到了利刃破空之聲。

原來，那悄然襲來的寒意，是因殺機而起。

一個身影迎著廣相照凌空飛掠而至，那身影在廣相照的視野中以無可言喻的速度飛速擴大，迅速佔據了他的所有視線，亦遮擋了陽光。

廣相照根本無法看清對方的身法，也無法看清對方的攻勢、兵器，電光石火間，他心間只來得及閃過三個字——大劫主！

他的手還未來得及摸上自己掛在鞍前的鐵槍，突然就向前撲倒過去。

在那一剎那間，廣相照相信自己一定已被大劫主一招擊殺，所以才會倒下，雖然暫時沒有痛感，那也正常。

廣相照跌飛而出的同時，一道凜冽如狂的氣勁自他身邊呼嘯而過。

右臂忽然一輕，廣相照重重栽倒在地時，赫然發現自己的右臂已蕩然無存。但除此之外，卻未在身上其他部位發現任何傷口。

何況，他也沒有心思去理會除右臂整條胳膊已與身體分離之外，還有沒有其他傷口，因爲這時，他已看到一幅淒厲、可怖、慘烈、足以讓他一生一世無法忘卻的情形：他赫然看到有九顆頭顱突然不分先後地高高拋起，而失去了頭顱的頸口處，卻有熱血噴射而出，在空中組成了淒厲悲慘的畫面。

拋飛的頭顱升至一定的高空，終於無力地下落。而已失去了頭顱的軀體，卻還好好地端坐在馬背上，那樣的情形，實是讓人過目難忘。

一共有十名千馬盟的弟子跟隨著廣相照，而被一掌斬下的卻只有九顆頭顱。那麼，除了廣相照與那九名已死無疑的弟子之外，剩下的那人情形又如何？

這樣的問題，廣相照已不會思索，他的腦中一片空白，好像他的頭顱也被斬飛了一般。

失去了頭顱的軀體在短暫的凝固定格之後，終於如同九棵被伐倒的樹木一樣，緩緩地、無助地倒下。

而廣相照的目光卻已落在了一個身軀高大、偉岸如山的人身上，那人正將一柄巨刀入匣，刀身發出幽幽的光，而那幽幽的光給人的感覺卻根本不是明亮，而是黑暗，就如同可以把一切都吞噬其中的黑夜。

只一刀，廣相照手下弟兄的性命就被它無情地吞噬了！

經廣相照馴養調教出來的馬都是百裏挑一的良駒，而這些曾讓廣相照引以自豪的良駒，此次卻失去了往日的靈性。在牠們的主人被斬殺之後，竟沒有作出任何的反應，既未哀鳴，也未驚逃，不知是牠們已為來者驚天地、泣鬼神的氣勢所懾，還是因為來者殺人的速度太快，完全超出了牠們的反應？

失去的思維終於重新回到了廣相照的身上，無邊的悲痛、憤怒也一下子鋪天蓋地席捲周身。

他竟猛地躍起，全然忘了片刻之前，還在疑慮自己是否還活著，也全然忘卻了害怕，本能地要以右手去拿握落在地上的鐵槍，卻握了個空，這才猛然記起自己已失去了右臂。

他索性不拾，向那偉岸雄魁如山的人斷聲喝道：「還我兄弟命來！」竟然赤手空拳向人人聞之色變的大劫主——被稱爲魔道第一高人的大劫主疾衝過去！

他的斷臂處猶在流血，當他向大劫主疾奔過去時，湧出的鮮血迎風飛起，再濺落地上，在地面上形成了長長的一條血線。

大劫主只是淡淡地、輕蔑地看了他一眼，然後便翻上了一匹剛剛失去主人的馬，雙腿一夾，竟向落日峽谷方向疾馳而去。

緊接著，又有幾道人影掠出，準確無比地落在了馬背上，緊追著大劫主而去，空留下一地的屍體以及一個悲憤欲絕的人。

廣相照沒有絲毫的驚懼，儘管他已全然明白自己的修爲與大劫主相比，實在相去太遠。但他的確絲毫沒有感到驚懼，有的只是憤怒！甚至全然忘了千馬盟來危山十九峰的目的，忘卻了他們在這一帶游弋巡守的目的。

廣相照忽然悲呼一聲，拾起鐵槍，狠狠地向尚未被劫域人騎走的一匹馬刺去，「噗」的一聲，鐵槍沒入大半，血箭標射而出，那馬驚天動地一聲長嘶，猛地竄出，但只衝出三四丈遠，就轟然倒下了，一陣抽搐後，終於斃命。

廣相照嘶聲道：「那魔頭殺了千馬盟的兄弟，你們這些畜牲爲什麼任憑他們擺佈啊?!」

廣相照愛馬成癡，正因如此，方能有一手出色的馴馬術。他明知畜牲無知，卻還是殺了自己心愛的馬，實是因爲失去兄弟之痛，無從發洩。

「盟主……盟主……」

如瘋如狂的廣相照忽然聽到有人以微弱的聲音在叫他，起初他還以爲這是幻覺，身首異處的兄弟又怎麼可能還能出聲、還能如先前一樣叫他盟主?

等他靜下心來仔細聆聽時，才發現這並不是幻覺，聲音是由隊伍最末端的那頭傳來的，廣相照這才隱約記起在大劫主揮出那殺機凜冽的一刀時，曾有人提醒他小心，那聲音就是來自隊伍的最末端。

如此說來，除自己之外，還有人活著?!

這一下，廣相照心頭又悲又喜。

他趕緊循聲上前查看，最終在路旁兩塊岩石之間找到了一個渾身浴血的人。

「小帛?!」

廣相照認出了這人。被他稱爲「小帛」的人加入千馬盟已有六年了，卻還只是一個二十歲的年輕人。

小帛長得很清瘦，所以就顯得更年輕而稚嫩，他是在前往密象國求學巫術的途中餓昏，被廣相照救起的。那時候，他只是一個文文弱弱的少年，卻也從此成了千馬盟的一員。

小帛靦腆少言，不喜歡打殺，他是最支持廣相照將千馬盟由馬賊轉化爲以養馬爲生計來源的正當族派的人之一。

廣相照喜歡他的機靈，卻對他的過於文弱不滿意，所以這次前來危山十九峰，將他也帶在了身邊，目的就是爲了讓他見識見識戰鬥的場面，改變過於文弱的性情。

小帛臉色蒼白若紙，微微地點了點頭。

平時廣相照總是覺得小帛太膽小，沒有身爲武道中人的豪放粗獷，但這一次，他卻寧可小帛臉色的蒼白是因爲驚懼所致，而不是其他原因。

但他失望了。

他看見小帛一隻手撐在地上，像是欲起身，卻沒能如願，而他的另一隻手卻用力按在了自己的右胸上，一直不移開。

這時，廣相照看清了鮮血正從他右掌所壓著的地方不斷地湧出——他臉色的蒼白，顯然是因爲受傷太重的緣故。

廣相照心頭一沉，正要救治小帛，卻聽小帛道：「快……盟主……通告天司殺大人他們……」

一語驚醒了廣相照，他忙對小帛道：「你挺住！」說著，他便要取出煙火傳訊，卻聽「啪啪」幾聲，在遠處已有煙火騰空升起。不過片刻，更遠的地方又有煙火升起。

毋庸置疑，大劫主正全速向落日峽谷方向前進，所以，當他突破一道道的封鎖時，便不斷有人向天司殺、地司危、藍傾城他們傳出訊號。

廣相照苦笑一聲，將煙火扔至一旁。現在看來，他們千馬盟到危山十九峰來，所起的作用似乎就是爲劫域的人送上幾匹上等的好馬，而付出的代價卻是九條性命。

這等感受，實非言語所能形容。

意興索然之下，廣相照甚至都忘卻了思忖以大劫主那驚世駭俗的身法，何以多費周折，從千馬盟手中奪走馬匹？按理，以大劫主身法之快，根本無須借助馬力！

「盟主，是我……救了你啊，盟主曾救過我一命，現在……我終於……還了盟主的救命……之恩。」小帛的聲音有些微弱地道。

廣相照道：「你不要開口說話了，那樣會損耗你的內息的。」

這時，附近各族派的人已被驚動，迅速向落日峽谷這邊趕來。

小帛笑容蒼白：「盟主……一定奇怪我怎麼……能夠救得了盟主，我用的是……是巫術中的蠱術，在盟主的坐騎身上下了蠱，只要盟主……有危險，我便催發蠱術，讓坐騎倒下。」

小帛不理會廣相照的勸阻，繼續往下說道。

蠱術是巫術中較爲低級的一種，而在獸禽身上下蠱，則又是蠱術中較爲簡單的一種。在密象國中，連一些獵手也要學一點簡單的蠱術，爲的就是在捕獲的獵物身上下蠱後，可以借助這被擒的獵物找到更多的獵物。

小帛的父親就是一個曾前往密象國修煉了幾年巫術的巫師，可惜天分有限，未能大成，但他卻仍癡迷於巫術，便將希望寄託於其子小帛身上。

向小帛傳授了一點基本的巫術之後，便在小帛十四歲那年帶著他前往密象國，若不是在小帛餓昏途中時，正好遇到廣相照，那麼小帛就將命喪荒漠了。小帛被救了起來，但與他同行的父親卻沒能被救起。

小帛曾發誓此生不再學巫術，也不再用曾學過的巫術，沒想到這次卻還是爲廣相照破例了。

小帛稱一旦廣相照有危險，他便以蠱術使其坐騎撲倒。他作這樣的準備，可見他對廣相照與大劫主之間的實力差距是看得很清楚的。廣相照想到了這一點，但他又怎會對此在意？

趕赴落日峽谷的人，都爲千馬盟的九具屍體所驚悚。在此之前，他們沒有聽到任何兵刃交擊的聲音，這便等於說劫域的人一出手便擊殺九人，而千馬盟卻不能作出任何的反抗，而且這還是在千馬盟十一人呈「一」字形排列隊形的情況下。

心驚之餘，有人吆喝道：「追趕大魔頭要緊！」

聞者再無心多加逗留，匆匆離去。

而廣相照已顧不得追殺大劫主的事了，他以殘剩的單臂將小帛扶住，只覺小帛的身子越來越涼，連雙眼也像極度疲倦而難以睜開。

廣相照大驚，急忙呼道：「小帛……小帛……」

「他還有救。」

忽然有一個清朗而醇和的聲音道。

廣相照一抬頭，看到了三個年輕人，二男一女，皆是神韻不凡的人物。說話者是一個刀眉星目的年輕男子，黝黑健康的膚色配以樸素合體的衣衫，威武中又顯出一份樸實。

廣相照以前一直都在西部荒漠中遷徙流轉，對樂土武道中人實是知之甚少，此時面對眼前這三個年輕人，他也並不認識。

心頭惑然之際，那黝黑膚色的年輕人已接著道：「在下乃九靈皇真門弟子花犯，願助前輩一臂之力。」

廣相照恍然大悟，原來是九靈皇真門的人，怪不得這三人如此年輕，卻隱然有大家風範。他卻不知除了與他說話的花犯之外，另外的風淺舞與凡伽都不是九靈皇真門的弟子。

廣相照曾是馬賊首領，遇見四大聖地的傳人，心頭仍不免有些忐忑，而花犯稱他爲前輩，卻讓他感慨欷歔。如果不是一下子折損了九名兄弟，那麼此次危山十九峰之行還算是成功的，否則九靈皇真門的人怎會稱一個馬賊的頭領為「前輩」？

對於四大聖地，廣相照如何不知？而且他也曾聽說「金童玉女」中的「金童」就是花犯，被譽為年輕一輩中最出色的人物。有花犯此言，廣相照心頭踏實多了。

依天司殺、地司危的原計劃，在靠近落日峽谷西入口一帶周遭並不打算部署人馬，以防大劫主有所警惕，在未進入落日峽谷時便開始退卻。但晏聰卻力排眾議，堅持要在這一帶佈置人馬，遵循「用人不疑」的原則，天司殺、地司危最後同意了晏聰的意見。

焰花傳訊而至，證實晏聰的承諾已開始兌現：大劫主的確離開了危山十九峰，正向落日峽谷而來。

無人知曉晏聰究竟是用什麼計策做到這一點的，但這並不重要，重要的是「滅劫」之役終於到了最關鍵的時刻。

一切都依照原先的部署，迅速而有條不紊地運作起來。

與此同時，劫域所屬正以驚人的速度向落日峽谷逼近。

廣相照的駿馬在劫域人的駕馭下風馳電掣，以迅雷不及掩耳之速一連穿越了五道封鎖線，斃殺三十一人，傷十七人。

縱然依照晏聰的計謀，這些人都只是象徵性地截殺大劫主，他們都不是「滅劫」之役的中堅力量，但大劫主所率的劫域人摧枯拉朽般地長驅直入，仍是讓人心神震撼。

在接近落日峽谷的三里之內，道路一側全是光禿禿的山岩，根本無法隱蔽人馬伏擊，而另一側則緊挨著雲江。

依晏聰的意思，本不想在這一帶安排任何人馬，但天司殺卻認爲，既然已有五道封鎖線了，在這兒再多安排一些人馬也未嘗不可，大劫主若要改變穿過落日峽谷的計畫，早在突破五道封鎖線的時候就會改變了；若是不改，那麼在此再安排一路人馬也應該不會影響大劫主的計畫。

天司殺之所以希望在這一帶安排人馬，其實是擔心大劫主一旦進入落日峽谷後，斷其後路的力量太弱，聖水教的勢力的確不弱，但對晏聰是否真的能請動聖水教的力量，天司殺實在有些不敢確信。

聖水教久居海上，與樂土武道各族派少有瓜葛，年紀輕輕的晏聰真能說動聖水教嗎？

守候在這一帶的是道宗的四十餘名弟子，藍傾城並不在其中，爲首的是欒大。

欒大在對付支持石敢當的道宗弟子時不遺餘力，自石敢當被「毒殺」後，欒大在道宗很受藍傾城重用，這一次藍傾城參與「滅劫」之役，將欒大也帶來了。

欒大品性鄙俗，雖然得藍傾城賞識，但在道宗弟子中卻並無威望。當示警的煙火接二連三地升起時，欒大心頭忽然升起一個驚人的念頭：他要獨戰大劫主！

此念一起，欒大不由爲之激動不已。

由那些示警煙火升空的時間密集程度來看，前五道封鎖線定然是一觸即潰，這使欒大忽然有了一戰成名的強烈欲望。

他雖然自知絕對不可能勝過大劫主，但自忖在劍道修爲上也浸淫了數十年，只要能將大劫主阻截一時半刻，與其他人的一觸即潰相比，何愁不名揚一時？

「那時，道宗上下還有誰敢小視我欒大？」

欒大爲自己的念頭所激動，就像痛飲了美酒之後，周身的血液都開始沸騰。一種類似於微微暈眩的感覺漫過他的身心，讓他雙目熠熠有光，面部肌肉因興奮與緊張而繃得緊緊的，本就闊的嘴臉更顯得闊了。

道宗弟子察覺到欒大神色有些異樣，都有些詫異，卻無人相問。

眾道宗弟子的目光都投向了大劫主必經之路，他們所在的地方地勢比那通道高，正好可以居高臨下地將下面的情形看得一清二楚。

「來了！」不知誰低聲說了一句。

氣氛立時緊張起來。

馬蹄聲如自遠而近的驟雨般，密集地敲擊在每個人的心間。

要獨自與大劫主一戰的念頭，就如同揮之不去的咒念般控制了欒大的心靈，他太渴求道宗上上下下都承認他的地位，偏偏又無法達成這一迫切的願望，在失落中，他的心理難免失衡。

欒大的目光亮得有些邪異，亦投向馬蹄聲傳來的方向，但事實上，他的目光卻似無所見，空茫茫的一片，唯有腦海中在想像著、幻現著大劫主策馬飛馳的情形。

所以，當其他道宗弟子驚訝地發現劫域人馬出現之際，竟有一團暗黑之氣籠罩著他們七人七騎，難以看清時，唯獨欒大對這異常的情形視若未見。

明亮絢麗的陽光下，卻出現了一片與陽光格格不入的暗黑之氣，並且暗黑之氣捲裹著七人七騎向落日峽谷這邊飛速逼近，這樣的情景，著實有些詭異。

眾道宗弟子微微色變時，欒大忽然低吼一聲，也未與其他道宗弟子招呼，已倏然掠出，倏起倏落，轉眼間已落在道路中間，「錚」的一聲拔劍而立。

突如其來的變化讓道宗弟子皆爲之一愣，暗忖在原計劃中並無這一步啊，一時不知是否該隨之而動，予欒大以支援。

欒大仗劍而立，凝神向前方望去，只見一團暗黑之氣快速向他這邊席捲過來，他竟無法看透這團暗黑之氣，只能聽到馬蹄聲自暗黑之氣中傳出。

欒大的雙眼漸漸瞇起，一股無形的壓力隨著那暗黑之氣的迫近而不斷地加大，手心慢慢有了冷汗，握於手心的劍在「嗡嗡」作響。

隨著那團暗黑之氣的逼近，莫可抵禦的強大氣勢也全速壓迫過來。

欒大忽然覺得自己無比的渺小與脆弱——這樣的感覺，是突然萌生的，但一旦萌生，則根本無法將它壓下，而只能是越來越強烈。

欒大感到正向自己全速逼近的已不是數人數騎，也不是一團神秘莫測的暗黑之氣，而是整個世界！

而他自身，卻孤獨無助地獨立於整個世界之外。

欒大忽然絕望！

未出手，他就絕望了，對自己的武學修爲他本是頗爲自信的，但這一刻，他卻突然變得毫無信心，忽然發現自己一向自詡的劍道修爲竟是一無是處，不堪一擊。

欒大依舊站立於原處，姿態也沒有絲毫的變化，是隨時準備發出凌厲一擊的姿態。

但他自己卻明白，他已根本沒有勇氣出擊！現在，他只想立即退走。

但眾目睽睽之下，豈能在毫無作爲的情況下就安然退走？一旦此事在道宗傳開，那麼他還有何顏面立足於道宗？

他忽然恨起了自己，他不明白自己何以那麼愚蠢？爲什麼竟妄想借大劫主來壯大自己的名望？這實在是一個愚不可及的念頭！

只是，悔意來得太晚了。

二十丈、十丈、七丈……那團暗蘊絕強氣勢與駭然殺機的暗黑之氣，如風雷席捲天地間般直壓過來，轉眼之間，已在欒大五丈開外。

欒大的意志與戰意全然轟然崩潰！

在未能分清大劫主的確切所在，還沒有揮出一劍的情況下，他的意志與戰意便徹底地崩潰了！

榮譽、寵信……所有的這一切，欒大已不在乎，現在，他只想抽身便走，哪怕從此再也無法在道宗立足也在所不惜。

只因爲，他所面對的，竟比死亡還要可怕。

如果僅僅是面對死亡，欒大畢竟是道宗有地位的人，算是成名已久，也並不至於太害怕。

他沒有料到世間居然還有比死亡更可怕的東西——那就是生或者死已全然不爲自己所把握，生命、意志、靈魂，都如同風中弱草，被強大百倍的驚世力量完全掌握蹂躪。

欒大的瞳孔開始放大，五官扭曲，他依舊保持著原來的姿勢，一動不動地立著，但此刻，他已不再是一個意氣風發的劍客，而像是已失去了生命的人。

劫域的人依舊全速而進，欒大的出現對他們沒有任何的影響，好像欒大不是一個劍道修爲不俗的劍客，而只是一顆不起眼的石子，可以輕易地將之踐踏、超越。

大劫主以其曠世修爲以及莫可違逆的絕頂氣勢，將七人七騎凝成了一個牢不可分的整體，就如同一駕戰車，長驅落日峽谷！

縱是天司殺、地司危這樣的樂土拔尖人物攔截，大劫主也要將之輾碎於「戰車」之下。何況僅僅是區區一個欒大？

欒大心有退意，但竟不能動彈，莫名的力量將他的心神牢牢地壓制，讓他有極度虛脫感，彷彿只剩下一個空空的軀殼。

眼看那團暗黑之氣就要將欒大也一併吞入之時，欒大忽然一聲大笑，手中的劍驀然劃出一道弧線——卻不是刺向任何人，而是深深地沒入了自己的胸膛！

削鐵如泥的劍輕易地穿透了他的身軀，劍尖自後背凸現。欒大的身軀頹然倒下，並迅速被龐大的暗黑氣團所籠罩。

當他再次重現時，身軀已被馬蹄踐踏得不成人形了。

道宗弟子全驚呆了！他們永遠也不會明白在最後一刻，欒大爲何會笑？也不會明白爲何他沒有出手，卻以劍了斷了自己的生命？

欒大笑的，是他自己！

連大劫主在內，劫域七人七騎終於如樂土人所希望的那樣，進入了落日峽谷。

只是，欒大蹊蹺的死法，讓眾人的心變得沉重起來，忽然發現，即使大劫主進入了落日峽谷，也並不代表什麼。

第五章　落日戰魔

落日峽谷山崖對峙，長近三里，最寬處不到十丈。萬仞絕崖，飛鳥難渡。即使是在大好的晴天，置身於落日峽谷中，也只覺光線黯淡，陰寒逼人，更有凜冽如刀的風穿谷而過，發出陣陣嗚咽之聲。

峽谷終年難見陽光，是謂「落日」。

猿啼聲一聲緊似一聲，是那般的淒涼。

劫域七人七騎輕易地突破了落日峽谷外的所有防線，直入落日峽谷。陰暗的峽谷中，有幾雙目光在默默地注視著劫域人的長驅直入。

經年不息的風不知什麼時候竟停了，讓人窒息的馬蹄聲顯得格外清晰，猿聲已止，整個峽谷中，就只剩下了鐵蹄聲。

包括大劫主在內的七人七騎都被那團暗黑之氣所籠罩著，根本無法看到大劫主的具體所

在。

但對於天司殺、地司危、藍傾城、蕭九歌、晏聰這五大高手來說，他們的目力是常人所無法相提並論的。縱然峽谷幽暗，他們的目光仍是穿透了那暗黑之氣。

劫域七人七騎中，最前面的那人身軀高大，背負長匣，全身充滿了絕強的霸氣，不是大劫主又會是誰？

縱然是再高明的易容術，那絕強的霸氣也是無法假裝的。而衝殺在最前面，也符合大劫主狂霸的性格。

數里長的峽谷，劫域七人七騎已通過了一半。但攻襲卻遲遲沒有開始！

直到眼看著前面已變亮了，另一端已極近的時候，驀然有嘯聲乍起。立時殺氣瀰空，五大高手自五個不同的方位向大劫主傾力攻出。

一直等到大劫主即將穿越峽谷才出手，這是藍傾城的主意。

這麼做，倒不是希望大劫主在眼看就要通過峽谷時會心神鬆懈，而是因爲他料定一旦進入此峽谷，大劫主必然會高度戒備，不會有絲毫的鬆懈。

既然如此，那麼在這一過程中，大劫主必然心力損耗不少，這樣在最後的關頭出擊，自是勝算更大。

五大高手聯手對付大劫主，自然是只能勝不能敗！

眾人認可了藍傾城此計。

其他人倒不怎麼樣，天司殺心頭卻有些不是滋味，五人聯手對付大劫主，而且採取的是襲擊的方式，這本就有失大家風範，現在卻還要採用這樣的計謀。

他心頭有些不以爲然，但「滅劫」之役關係大冥王朝的聲威，若是興師動眾的結果仍是無功而返，那才是更大的恥辱。這麼一想，天司殺也就沒有堅持己見了。

不過，在出擊前，天司殺仍是出聲示警了，這導致五人的出擊已算不上真正意義上的偷襲。

天司殺的「驚魔」、蕭九歌的飛翼刀、地司危及藍傾城的劍、晏聰的刀，難分先後地凌空擊殺大劫主。

這五人當中任何一人都堪稱絕頂高手，五人合擊之勢，實是驚天動地！

其中，尤以天司殺的驚魔之氣勢最盛！

天司殺已聽說了地司危、蕭九歌聯手對付大劫主那一戰的情景，知道大劫主有「烈陽罡甲」護體，極難應付。而驚魔重達一百七十一斤，以這樣的重兵器對付「烈陽罡甲」，或許較爲有效。若是能以驚魔擊潰大劫主的「烈陽罡甲」氣勁，那麼這一役成功的機會就大大增加了。

天司殺出手即豁盡全力，一百七十一斤的驚魔注入天司殺浩然真力，其氣勢可謂是驚天動地，莫可抗違。

蕭九歌的飛翼劍，以及其他三大高手的兵器亦是奇快奇狠！

雙相八司中的天司殺、地司危，樂土四大城主的九歌城城主、玄流三宗主之一——四人當中任何一人，都是樂土武界名噪一時的人物。晏聰雖然聲望不如這四人，但事實上，他的武道修爲已不在他們任何一人之下！

天下間，有誰能夠抵擋得住這五大高手改天易地般的聯手一擊?!

大劫主亦不能例外！

五件兵器在電光石火之間掠過了驚人的空間距離，而且目標一致。大劫主已來不及作出更多反應，竟奮力揮臂擋向驚魔！

縱是鐵石之軀，也無法承受驚魔的傾力一擊！

大劫主此舉讓天司殺驚愕欲絕，在間不容髮的一刹那，他想到了地司危曾提到大劫主的「烈陽罡甲」，難道大劫主這一絕學真的已到了如此可怕的境界？

至少，大劫主以單臂擋向驚魔的那一刹那，沒有任何的猶豫，似乎對一切都已成竹在胸。

大劫主驚世駭俗之舉，不僅讓天司殺吃驚非小，也讓其餘四人大吃一驚，尤其是還從未與大劫主交過手的藍傾城更是如此。

緊接著發生的事卻讓他們更驚愕欲絕！

驚魔劃過驚人的軌跡，不可避免地與大劫主的手臂相接，只聽「喀嚓」一聲，大劫主的手臂應聲而斷。

這是誰也沒有料到的結局，當眾人見大劫主毫不猶豫地以獨臂抵擋時，皆相信大劫主一定能接下這一擊。

天司殺也是這樣認爲的，所以在大劫主有了驚人之舉後，他的驚魔出擊的角度立時作出了改變，以免這一擊被大劫主接下後立即反攻——若非如此，那一擊的力道，就不僅僅是將大劫主的手臂擊斷那麼簡單，而是正好順勢重擊於他的右肩！

與此同時，幾聲輕微而驚心動魄的響聲中，其餘幾件兵器亦難分先後地同時沒入了大劫主的軀體。

當自己的兵器無情地沒入大劫主的身軀時，沒有人感到興奮，所感到的只有驚疑與不信。

這決不可能！

這是地司危、天司殺等人心中共同的念頭，沒有人會相信大劫主如此不堪一擊。

由於事情太過突然，天司殺等人心中的思緒都出現了短暫的空白，只是本能地感到蹊蹺與詭異，感到有潛在的某種危險。

極度的驚愕甚至使地司危等人沒能及時在第一時間留意到沒入大劫主身軀的只有二劍一刀——地司危、藍傾城的劍，蕭九歌的飛翼刀，卻沒有晏聰的刀！

在晏聰的刀即將沒入大劫主身體的那一剎那，他突然感覺到大劫主那絕世無匹的霸氣赫然已不復存在，而在自己的身後，卻驟然有強大得讓人窒息的殺機湧現。

晏聰比其他任何人都更早一步察覺到這一點，這得益於他已修成了三劫戰體！

殺機襲來之速快得不可言喻，而且擁有凌壓天地萬物的可怕氣勢，縱使晏聰如今已是絕強高手，在如此可怕的壓力下，心神也不由爲之所驚悸，所有的反應都近乎是一種本能，一種強者對危險迫近時的本能反應。

雖然是本能的反應，但刀出之時，一式「刀斷無痕」仍是聲勢駭人，晏聰這一刀揮出，對「滅劫」之役的結局起了決定性的影響。

天司殺、地司危、藍傾城、蕭九歌對一舉擊殺大劫主這樣的結局難以置信，但倉促間不可能能明白其中的玄奧。

這聯手一擊幾乎豁盡了他們最高修爲，一往無回，駭然間殺機鋪天蓋地而至。

驚愕回首間，卻見天昏地暗、無邊無際、無始無終的一團黑色的光芒以超乎人想像的速度凌空壓至。

若非親歷，沒有人會相信黑色也可以以光芒來形容。黑色總是混沌的，而光芒則是銳利的、鋒芒畢露的，而此時此刻，它們卻以玄異的方式統一在一起了。

至少，在天司殺等人的感覺中是如此。

黑暗刀！

一定是大劫主的黑暗刀！

可大劫主豈非已被刀劍加身，殞命於頃刻之間嗎？

沒有時間作更多的考慮了，天司殺四人齊齊抽回兵器。

除了天司殺的驚魔之外，其餘三人的兵器一時竟抽之不出！

三人同時內力疾吐，氣勁透兵器而發，就如同刹那間兵器無限膨脹開來，一下子將大劫主的身軀切割得支離破碎，這樣便可輕易地拔出兵器，全力自保。

只可惜爲時已晚！黑色的光芒暴漲，無限擴展，吞噬天地！

血光暴現，血箭怒射虛空，竟有驚心動魄的聲音，如同風吹過一般，並有可怕的兵刃斷碎聲。

天司殺與他的驚魔一起被一股空前強大的力量撞得倒飛而出，一時竟無力把握自己的身法，狠狠地撞向一側的岩壁，極大的力量幾乎將天司殺整個人完全撞入山岩之中。

藍傾城堪堪拔劍回封，立即劍斷！

劍斷之時，有冰冷的風掠過了他的軀體，胸前忽然出現了一道長長的血線，從他的右肩一直延伸到他的左肋。

藍傾城大駭，伸手就要去按住那條血線，卻已無力抬起自己的手臂，彷彿雙手已不再屬於他了。而那條血線卻在迅速地變大變粗，鮮血開始不可抑制地射出，藍傾城低低地吼了一聲，轟然倒下。

地司危是正面迎著劫域人馬前進的方向的，所以相對有利些，但卻也不好受。他的劍拔出，那團黑色的光芒就已至眼前，奇快無比的來勢讓人窒息！

地司危因方才已是全力施為，內息正好出現短暫的空隙，而對手銳不可當的攻勢正趁隙而入，地司危連出十七劍，那團黑色的光芒似虛似實，竟有一股神秘的吸扯之力使他的劍流轉迴旋得極為滯重，而殺機與死亡卻又無時不刻地予他以驚人的壓力。

這種感覺實在不好受，地司危連出十七劍，除一無收穫之外，更覺內息紊亂，喉頭一甜，已狂噴一口熱血。

地司危心頭一寒，以為自己性命難保之時，忽然壓力大減，他急忙全速後掠，直至數丈之外，方穩定身形。

稍定心神之時，一切都在那一刻忽然靜了下來。

由動而靜，不過是很短的瞬間，但此時的情形與先前已是迥然不同。

藍傾城倒在了血泊中，已然氣絕；本就傷勢未癒的蕭九歌腹部已添重傷，他雖然竭力站穩了身軀，但臉色卻是極為蒼白；地司危受了內傷；天司殺被擊退。

唯有晏聰正與他們共同的對手無聲地對峙！

與晏聰正面相對的對手高大魁偉如山嶽，氣勢如虹，手持讓人色變的黑暗刀——赫然又是一個大劫主！

手持黑暗刀的大劫主狂笑道：「如果你們知道『黑暗氣訣』的威力所在，就不應該選擇在落日峽谷伏擊本劫主！在這不見日光的地方，本劫主會變得更強！」

他望了望身中二劍一刀的那人，沉聲道：「你們所攻襲的，根本就不是本劫主，所以你們才能得手！」

眾人的目光卻不由隨之投向那邊，赫然發現那人奇醜無比，只是身形與大劫主一樣高大無比，他竟是大劫主身邊的殃去！

殃去一身血污，連臉上也濺滿了鮮血，顯得更爲醜陋可怖。他的軀體承受了致命的摧殘後，竟還未倒下。

當大劫主的目光投向他這邊時，他那醜陋的臉上竟顯露出了一絲笑意，張了張口，沙啞著聲音道：「主公……能爲你……而死，殃去很……很高興啊……」

言罷，他那高大的身軀向後緩緩倒去，轟然倒下時，就如同推倒了一座小山。

一向冷漠的大劫主也不由微微動容，他望著已無知無覺的殃去的屍體，聲音低啞地道：「殺了你的人，都得死！」

這時，落日峽谷兩端的人馬紛紛聚集，將大劫主的前路與後路都封堵了。

殃去沒有易容，而蕭九歌、地司危、晏聰三人曾與大劫主有過一戰，照理區分殃去與大劫主應該沒有任何困難，尤其是以地司危等人的內力修爲更是如此。

而且，殃去所透發出的絕世高手的氣勢，是絕對無法僞裝的。正是這唯我獨尊的絕世霸氣，讓晏聰等人最終將殃去認作大劫主。

殃去的修爲與天司殺等人相比或有不及，但他若不是有意讓天司殺等人擊中，也應該不會沒能作出任何反抗便被格殺當場。

殃去是以自己的性命爲代價，爲大劫主贏得一線時間。

同時，修爲至天司殺諸人如此境界時，任何心境的波動對武道的發揮都會有著決定性的影響。當眾人出乎意料地一擊而中後，無不心神大震！

這便爲大劫主創造了難求的良機！

否則，縱然大劫主的修爲再高，也難以一舉傷地司危、蕭九歌；退天司殺，殺藍傾城！

唯有晏聰受益於靈使所授的三劫妙法，方在最緊要的關頭有所醒悟，搶先出手，大劫主因此而受了牽制，那一擊的力量略打折扣，否則後果將更爲可怕。

對於眾人的驚愕與不解，大劫主心知肚明，他冷冷一笑，「以本劫主之修爲，已可將自己的意志與戰意轉移於任何人身上，再以黑暗氣訣產生的強大氣機干擾外人的視線，使外人所見到的人與本劫主一般無二，所以——你們會上當！」

眾人不由暗自倒吸了一口冷氣，大劫主所謂的意志與戰意轉移到其他任何人身上，那只有達到神魔之境的神級與魔級高手方能做到。如果大劫主能夠做到這一點，那麼無論是晏聰，還是天司殺、地司危、蕭九歌，與大劫主都不是一個級別的對手。

這「滅劫」一役，豈非必敗無疑？

若說大劫主所言是虛妄之語，但在殃去身上所發生的這一切卻是眾人親眼目睹的。

在大劫主沒有出手之前，所有的人都將殃去認定爲大劫主，無論是從體型、容貌，還是從他的氣勢來感受，都是如此，這等於在印證大劫主所說的是事實。

大劫主乍見晏聰時，便明白自己是被晏聰的圈套所騙了。晏聰不在萬聖盆地，而在落日峽谷，顯然那兩名鬼卒所言並不真實。

而且若不是晏聰最早作出反應，大劫主相信自己定可早早地奠定絕對的勝局！

除此之外，更早些時候，如果不是晏聰在玄天武帝廟出現，並與他一戰，也許他早已得到了天瑞甲，根本不必隱身於危山十九峰中受這般折騰。

與晏聰之間所發生的種種事情，讓大劫主對晏聰已是恨之入骨，再加上鬼將、樂將都是死於晏聰之手，大劫主只想將晏聰生吞活剝！

可惱的是，在天司殺等人都不同程度地受了傷的情況下，唯有晏聰卻是安然無恙。這讓大劫主的憤恨更甚！

他逼視著晏聰，沉聲道：「你竟然借我劫域的人騙我來落日峽谷，實在是出乎本劫主的意料！」

眾人對晏聰何以能夠信心十足地應承一定能將大劫主引來落日峽谷都感到好奇，同時還多少有些疑慮，等大劫主果真離開危山十九峰時，眾人對晏聰大爲佩服的同時，更爲驚訝晏聰何以如此神通廣大。

此刻大劫主所說的話，聽起來好像是晏聰利用了劫域中人引得大劫主離開危山十九峰。這當然很高明，但劫域的人爲什麼願意任由晏聰擺佈？這又是一個難解之謎。

晏聰淡淡地道：「你殘暴無道，所以你們劫域的人也會背叛你！他們爲我所俘，我未殺他們，或許讓他們有所改變了。」

晏聰稱是大劫主過於殘暴才導致鬼卒的背叛，對於這一點，大劫主是半信半疑。他自知對待屬下的確冷漠無情，有人背叛也是有可能的，但問題是，那兩個鬼卒是以性命爲代價設下圈套的。

第一個是毒發身亡那倒也罷了，而第二個卻是自盡而亡，螻蟻尚且偷生，他們爲什麼可以爲了晏聰的計謀而不惜斷送自己的性命？畢竟他們本是劫域中人，沒有理由對晏聰如此賣命，這個年紀輕輕的晏聰，身上究竟有什麼樣的魔力？

事實上，晏聰之所以可以讓那兩個鬼卒不惜性命地幫他設下圈套引大劫主中計，是因爲晏聰以「三劫妙法」第三結界的修爲，牢牢地控制了他們的心神。

他們對晏聰只會絕對地服從，連靈使那樣的人物，也無法逃過晏聰「三劫妙境」第三結界的控制，何況兩名鬼卒？

大劫主如何能知道此事其中的奧秘？天司殺等人亦是不會想到。

蕭九歌心中卻想起了蒼黍與晏聰在木白山口曾經發生的衝突，以及後來蒼黍與眾鬼卒的那一戰。蕭九歌是蒼黍的師父，又是蒼黍的岳丈，難免對蒼黍有所袒護，所以在此之前，他雖沒有什麼表示，但對晏聰還是頗有微詞的。

是晏聰領著劫域鬼卒與蒼黍所率的九歌城戰士以及六道門弟子一場血戰，九歌城戰士在那一戰中傷亡不輕，更重要的是蒼黍大有挫折感。

如果不是大敵當前，晏聰又先後殺了劫域樂將、鬼將，也許蕭九歌還會責問晏聰何以對被俘的鬼卒那麼信任放縱，竟任由他們與六道門、九歌城的人作對。雖然最終此事不了了之，但蕭九歌對晏聰的不滿卻埋藏了下來。

而今，晏聰卻利用劫域的人將大劫主引出了危山十九峰，這事是由大劫主說出的，當然沒有什麼可以懷疑的。這就等於間接地證明了晏聰留下那些鬼卒的性命是不無道理的，他們也可以改邪歸正！相形之下，反倒是蒼黍目光太過短淺，胸襟不夠寬廣。

對自己的弟子兼女婿得出這樣的結論，蕭九歌心頭當然有些不是滋味，但他畢竟是磊落胸懷，對晏聰的不滿就這樣消解了。

對於蕭九歌的心理，晏聰並不能知曉其細節，但有一點他是知道的：那就是大劫主說出自己是以劫域的人引他離開危山十九峰，這對自己是有利的。

本來鬼卒與六道門、九歌城的那一戰就一直困擾著晏聰，雖然暫時沒有人追究他的責任，但這事若沒有一個合理的解釋，必然會成爲他人生中的一個陰影。

現在，大劫主所說的話，等於間接地爲晏聰洗脫了縱容劫域鬼卒的罪名，晏聰心頭如卸重石。

但他並未因此而得意忘形，大劫主說出這一點對他有利，但若再說出「天瑞甲」一事，則非晏聰所願了。倒並不是晏聰對天瑞甲有什麼非分之想，而是他本能地覺得有關天瑞甲的秘密，還是知道的人越少越好。

何況，能以計引出大劫主，會讓世人對晏聰佩服不已，但如果這計謀的前前後後的詳細情節都爲人所知，或許就會有人覺得晏聰太工於心計了，那可真是得不償失。

所以，晏聰不希望大劫主再將此事繼續說下去，他巧妙地轉移了話題：「即使沒有我晏聰，你也同樣無法永遠躲在危山十九峰，倒是你如此藏頭縮尾，只能讓天下人恥笑！」

大劫主果然被激怒了，如果不是不甘放棄天瑞甲，同時自恃可以牢牢把握冥皇，冥皇不會動真格的。以大劫主的性格，決不會如此忍氣吞聲地隱於危山十九峰中。大劫主如何知道有劍帛人在起著推波助瀾的作用，冥皇已不能不全力對付他了。

殺出危山十九峰雖然是迫不得已的選擇，但殺向落日峽谷這邊時，大劫主感受到一種久違了的痛快！沒想到晏聰一言點中了他的痛處，大劫主心頭頓時無名火起。

怒意已起，殺機頓熾，大劫主狂傲一笑，「本劫主遲幾日早幾日離開危山十九峰的區別，只是在於是否讓你們多活幾日罷了。既然你們已活得不耐煩，本劫主就讓你們成爲黑暗刀下亡魂！」

天司殺沉聲喝道：「你太狂妄了！」

大劫主冷哼一聲，竟不言語，黑暗刀橫於胸前，目光深邃無比，暗黑之氣竟由黑暗刀透出，迅速瀰漫開來。

隨大劫主同來落日峽谷的劫域所屬共有六人，其中並沒有牙夭。殃去被殺後，還有五人，他們開始向戰圈中衝來，而大劫主身旁的那團暗黑之氣越來越濃了。

晏聰忽然心頭一動，猛然間想起一件事來，凜然一驚，脫口呼道：「快！他的同伴！」言出之時，已率先出手，向衝在最前面的一劫士疾揮出一式「逶迤千城」！

天司殺等人不明白晏聰爲何急於對付隨大劫主同來的劫域人。而大劫主也不會讓晏聰的計謀得以實現，晏聰刀出之時，他亦已隨之而動，黑暗狂捲而出，自斜刺裏截殺晏聰。

刀未接實，強橫無匹的氣勁猛烈撞擊，如驚天怒濤瘋狂地衝向四面八方。峽谷兩側絕崖對峙，空間狹小，狂野無儔的氣勁無從流瀉，竟自形成一股龍捲風般的氣旋，在落日峽谷中橫衝直撞，嘯聲驚心動魄。

而晏聰與大劫主的刀終於劈開了重重氣勁的阻隔，正面相接。

「轟……」絕非金鐵相擊時所應有的沉悶暴響聲中，晏聰與大劫主同時倒退而出！單獨交手，晏聰竟沒有明顯落於下風。

在此之前，大劫主與晏聰在玄天武帝廟中已交手一次。當時，大劫主的黑暗刀未出鞘，就已在數招之間重創晏聰，如果不是機緣巧合，晏聰當時便難逃一劫，應已隔世為人了。

那一戰大劫主雖然輕易取勝，卻也暗暗吃驚，他本以為晏聰如此年輕，自己一出手便可以取晏聰性命，沒想到事實並非如此。

今天距離玄天武帝廟一戰並沒有多少時日，此刻再戰晏聰，晏聰的修為竟然再度突飛猛進。縱是祭起了黑暗刀，也難在晏聰身上占多少便宜，這更是讓大劫主震驚不已，只覺晏聰太不簡單！

方才他為了能夠將奇襲的效能發揮至極限，可以說已是將自身修為提至無以復加之境了，雖然一舉擊殺了藍傾城，傷了地司危、蕭九歌，但他自身也損耗甚巨，所以此時出手已難免打了折扣，方與晏聰拚了個旗鼓相當。

大劫主另有克敵制勝的奇謀，所以他截下晏聰之後，並未立即反攻，而是凝神以對。

大劫主此舉更肯定了晏聰的猜測，他冷笑一聲道：「你又想故技重演不成？」

大劫主神色微變，晏聰所猜沒錯，他的確欲故技重演，還有五個屬下可以利用。此刻，他正默默地運行「黑暗氣訣」，只要在峽谷中形成一個受「黑暗氣訣」籠罩控制的「暗蒼穹」，晏聰、天司殺等人就必然死無葬身之地！

「這晏聰未免太精明了，竟看出了本劫主的計畫！」大劫主暗自咬牙切齒。

眾人眼見那黑暗氣芒越來越甚，再想到晏聰的話，心頭皆是一凜，相互對視一眼，皆不約而同地猝然發動攻勢！

月狸離去時神情有些恍惚，以至於「夏、秋、冬」三侍衛在她離開這間屋子時說了什麼，她並未留意。

她本已將戰傳說視作未來的夫君。她很自負，當心生這樣的念頭時，就相信事情必然會朝著她所希望的方向發展的。

孰料戰傳說竟會對木夫人做出不軌之舉，月狸的心，一下子變得空落落的。

她的鎮定與冷靜，其實全是強撐著的，正如她自己對父親天司殺所言，能讓她動心動情的男子實在是難求。如今終於有了戰傳說讓她心儀，何嘗想到那只是她一廂情願地美化了戰傳說？

她甚至想到了戰傳說身邊同時有爻意、小夭兩個絕色女子相伴，若不是戰傳說風流多情，怎會如此？如果不是今天的事，她是不會這麼想的。

戰傳說稱爻意、小夭是他的朋友，她就信她們是他的朋友，如果這樣的事是發生在戰傳說與另一個女人之間，那麼月狸也會懷疑是那女子在陷害戰傳說，可這女人偏偏是木夫人。

禪都誰人不知木夫人的忠貞？像木夫人這樣的人，怎可能會做出這等事來？

如果不是怕顯得過於失落痛苦，她是一刻也不願在天司命府多待了。

月狸離去後不久，戰傳說便見到了天司命。見到天司命的同時，他還意外地見到了小夭。

之所以說是意外，是因爲他本以爲天樂公子一直不讓他與小夭見面的。

天司命一進此屋，便沉著臉對「夏、秋、冬」三侍衛道：「還不退下?!」「夏、秋、冬」三侍衛無聲地退下了。

小夭望著戰傳說，卻沒有說什麼，看樣子她也知道這邊所發生之事的大致情形了。

她會不會也不再信任戰傳說？

天樂公子向天司命施禮道：「天司命大人……」

天司命打斷了他的話，很是冷淡地道：「是天樂公子啊，怎麼過問起天司命府的事來？本司命知道有人有意要把你栽培成四禪將之一。不過，休說你還沒有成爲四禪將之一，就算已經是了，似乎也管不到天司命府內的事吧？」

天樂公子一臉錯愕與尷尬，他苦笑道：「天司命大人誤會了……」

天司命輕哼一聲，「戰公子乃大俠戰曲之子，名俠之後，本司命的兒媳也是清白貞潔的女子，我不希望有人壞了他們的名聲，否則就是與本司命爲敵！」

戰傳說微微一怔。

天樂公子還要再說什麼，天司命已道：「送天樂公子！」

立即有天司命府的人進來，毫不客氣地將天樂公子「送」了出去。屋中只剩下戰傳說、小夭、天司命。

天司命望著戰傳說道：「如今，萬聖盆地一帶，『滅劫』之役正如火如荼，天司殺與地司危大人皆爲『滅劫』一役身先士卒，更有數千樂土武道中人參與『滅劫』一役，戰公子有一身驚人的武學修爲，莫要辜負了。」

戰傳說本是急於向天司命解釋在自己身上所發生的一切，但聽罷天司命的話，他忽然覺得自己一句話也說不出來了。

對於「滅劫」之役，他是知道的，也知道此戰關係重大，可以說直接關係著樂土的盛衰。戰傳說忽然發覺與之相比，自己受點委屈又算得了什麼？在這樣的事情上糾纏不清，實非男兒所爲。

天司命接著道：「今日我在紫晶宮見冥皇之時，曾力諫冥皇將你召爲皇影武士，沒想到冥皇卻不同意。」

戰傳說對能不能成爲皇影武士，自是毫不在意，倒是對天司命爲何要舉薦他爲皇影武士有些好奇。而冥皇不願用他，是再正常不過了，試問，又有誰會用一個自己曾一心要將之置於死地的對頭呢？

天司命繼續道：「冥皇說將戰公子封爲皇影武士，是大材小用，未免太可惜，他願意將更重要的權職交與戰公子。」

戰傳說與小夭皆大感意外。

戰傳說忍不住道：「冥皇何以知道我能擔負要職？」

「戰公子與天司殺大人並戰勾禍，以及後來在天司祿府逼使勾禍退卻，這兩件事早已讓戰公子享譽禪都了。冥皇明察秋毫，豈能不知？」

戰傳說心頭飛速轉念，口中道：「據我所知，皇影武士的地位很高，若說比皇影武士的權位還要高，那豈非……」

「恐怕至少可與雙相八司相提並論了。」天司命很鄭重地道。

天司命一見戰傳說，並未追究戰傳說「冒犯木夫人」的事，反而談起與此毫不相干的事來，讓戰傳說大惑不解。

沒想到這時天司命卻話鋒一轉，終於言及「冒犯木夫人」的事了。

天司命道：「木伶是本司命唯一兒子的妻子，她可稱得上是淑賢聰慧，可惜我兒無福。雖然她願爲我兒獨守此生，但我卻如何忍心讓她就此孤寂一生？千島盟的民風一向是女子一生不得嫁二夫，我大冥樂土卻不墨守此陋規，否則也不會有萬聖盆地的十里畫廊了。故我曾多次勸木伶另擇良枝而棲，但她總是再三推辭。戰公子若是有意於木伶，也不應如此唐突，只要戰公子真心待她，本司命必以親生兒女之禮，將木伶嫁於戰公子。」

戰傳說不由哭笑不得。

樂土的民風與千島盟的確頗有不同之處，對於改嫁的女子，樂土人並不會加以歧視。娶了改嫁女子的男人，也不會覺得是一種恥辱，整個樂土民風皆如此，也就習以爲常了。正因爲如此，在樂土寡居的女子就顯得格外少了，而那些爲情獨守一生的女子，亦備受人尊敬。

在這方面，樂土可以說比千島盟開化多了，其中最能集中反應這一點的，就是萬聖盆地的十里畫廊。

十里畫廊是一個非常獨特的場所，它處於萬聖盆地的中部。萬聖盆地有一條很著名的河流，名爲「綠風河」，綠風河之所以出名，並不是因爲它的寬廣或流程長，而是因爲它起源於萬聖盆地，終止於萬聖盆地，而沒有匯入江海之中。

確切地說，它也不算終止於萬聖盆地，只是在萬聖盆地以外的範圍，它就成了地下河，在地面以下默默流淌。一條本是奔騰不息的河流忽然消失於地下，無疑是頗爲吸引人的，加上綠風河兩岸地勢平坦，綠樹成蔭，風景秀麗，所以綠風河便出了名。

而十里畫廊便是在綠風河的南岸。

十里畫廊本來只有幾家茶樓客棧，後來，大冥樂土與千島盟數度血戰，使樂土平添了許多失去夫君的婦人。

這其中一部分較有錢勢也不願忍受寡居的寂寞者，便在綠風河南岸建起了幾間精緻的小樓，居住其中。平日或結伴賞玩綠風河的景致，或在茶樓中小坐，倒也過得恬淡閒適，這當中卻有幾個膽大的女子自畫了幾幅肖像，掛於自家的小樓前，半真半假地聲稱要擇夫而嫁。

這幾名女子都是敢作敢爲的佳人，在以武立國、民風開化的樂土，這樣的性格是頗有吸引力的，巧笑倩兮的美人圖與如畫的綠風河美景相映，讓不少風流自賞的男子流連忘返，惹出了一些風流趣事來。

最終，這幾名女子竟都找到了自己的意中人，其中以蕭十三娘與天縱奇才的長空陌路之間那段故事最爲曲折動人。

絕世傾國傾城的蕭十三娘與天縱奇才的長空陌路的那段佳話，在更多的寡居女子心頭蕩起漣漪，紛紛效仿。久而久之，綠風河南岸的精緻小樓越來越多，綿延數里，漸漸地就有「十里畫廊」之稱了。

十里畫廊聚集了眾多女子的同時，也吸引了不少男子，這一帶茶樓酒肆的生意也日漸興隆。

自從大冥王朝定都於禪都後，十里畫廊就是萬聖盆地一帶最熱鬧的去處了。

不過，近些年來，千島盟與大冥樂土雖然仍有衝突，但已遠不如以前那麼頻繁，而且衝突爭戰的規模也小了許多，戰亡的樂土人少了，十里畫廊也漸漸地蕭條了。

戰傳說雖然自小在桃源長大，但對於樂土這種豪放的民風，倒是有所瞭解的。

天司命說的這番話在戰傳說聽來，實在有些不可思議。在此之前，他從未與木夫人見過面，又怎可能會對她有所心儀？天司命不可能不知道這一點，但他卻還是這麼說了，其用意何在？

「總不至於是要我『將錯就錯』，索性娶了木伶吧？」心頭這麼想時，戰傳說也覺得有些好笑，真不知木伶這麼做是爲了什麼。

這事與天樂公子當然有關，但與天司命又有沒有關係呢？戰傳說不敢斷言。

想了想，戰傳說還是正色道：「或許天司命大人對我還是有所誤會，但我自知我是清白無辜的，所謂清者自清，我問心無愧便已足夠。如果天司命大人信得過我，便讓我與小夭回天司祿府，若是大人還有什麼疑問，我願意留下把一切查個水落石出，以免大人還心存芥蒂。」

在不知天樂公子、木伶的用意之前，戰傳說並不想深究此事。小夭安然無恙，天司命也沒有興師問罪，戰傳說並未受到太大的損害，只要此事不在更大範圍傳開，不妨就讓它成爲過往雲煙。

當然，照理木伶與天樂公子既然費盡心機設下了這個圈套，就決不會這樣不了了之，只是他們若想有進一步的舉措，就要看天司命的立場如何了。

不過照天司命對天樂公子所說的話來看，他是在暗示、警告天樂公子不要把今天的事傳出去，一般情況下，天樂公子對天司命應該有所顧忌，如果連天司命都否認戰傳說對木伶有冒犯的舉動，那天樂公子的話就很難讓人信服了。

問題在於天司命的態度始終是模稜兩可，讓人捉摸不透。

天司命輕輕地嘆了一口氣，「罷了，天樂公子也是個識趣之人。」言下之意，天樂公子就算要將這件事傳出去，也會懾於他的態度，而不敢那麼做。

戰傳說也不希望此事傳開，但他與天司命的心態似乎又有不同，天司命像是認爲戰傳說的確有不軌之舉，只是爲了顧全戰傳說與木伶的名聲才作此決定。

戰傳說感覺到了這一點，但要澄清此事是十分困難的，如果木伶也一口咬定，他就百口莫辯了。在禪都，相信木伶的人比相信他戰傳說的不知會多出多少。

戰傳說只好道：「我與小夭離開天司祿府已有數日，應該回天司祿府了。」

天司命緩緩點了點頭，神色凝重。

回天司祿府的途中，戰傳說一直悶悶不樂。

小夭忍不住道：「天司命的人一告訴我這件事，我就知道這決不是真的，你不必放在心上。」

戰傳說苦笑一聲，「妳當然知道這是假的，我是與妳一道進天司命府的，而天樂公子卻聲稱是天司殺府，又說天司殺受了重傷。」

小夭道：「破綻太明顯了，所以我都覺得沒有必要爲戰公子你辯解了。我倒想看看天司命府的人能掀起什麼風浪——結果，他們讓我失望了。」

她有意地輕描淡寫讓戰傳說不由啞然失笑，心情也略略輕鬆了些，便道：「妳好像希望我惹上更多的麻煩才好。」

小夭輕聲道：「總之，無論如何，我永遠相信你，也支持你。」

「若是我真的錯了，或者我成了一個惡人呢？」戰傳說見她說得認真，就與她開起了玩笑。

小夭平淡而肯定地道：「當然還是支持你。」

「爲什麼？」戰傳說有些好奇地道。

「就算你成了一個魔道中人，在我看來，你也是一個好的壞人。」

「哈哈哈哈……」戰傳說大笑道，「竟還有『好的壞人』這種說法嗎？」想了想，又有些感慨地道，「的確，我應當是既成不了魔，也成不了神的，最多我只能成爲一個妖吧。」

小夭咯咯而笑，戰傳說卻是一臉嚴肅，小夭好不容易才止住笑，喘息道：「你……你……

是妖……」

自殞驚天遇害後，她還從未如此開顏笑過，戰傳說心道：「但願她能一直這樣開心才好。」

小夭的笑讓戰傳說心頭的陰鬱一掃而空，他道：「天司命說冥皇欲授我比皇影武士更高的權位，妳說比皇影武士更高的權位會是什麼？總不至於成了雙相九司吧？」

小夭想了想，「對了，冥皇一定是想將香兮公主嫁給你。香兮公主的夫君，地位當然在皇影武士之上。」

戰傳說笑道：「有理，有理，怎麼我就沒有想到？聽說香兮公主是傾國傾城之色啊！」

他自十四歲之後的記憶為一片空白，對男女之情似懂非懂，反倒沒有了大多的拘謹，又一心想讓小夭開心些，便有些信口開河了。

小夭的神色卻黯淡了，她的目光望向了別處，「香兮公主若見到你，恐怕也會對你有好感的。也只有她那樣既有尊貴的身分，又十分美麗的女人才配得上戰大哥你了。」

戰傳說察覺到小夭神色的變化，隱隱明白了什麼。

小夭那淡淡幽怨的模樣實在是讓人憐愛，戰傳說少年心性忽起，忍不住逗她，故意嘆了一口氣，「可惜冥皇已將香兮公主下嫁給盛依之子盛九月了。」

小夭的肩頭微微一顫，她望了戰傳說一眼，隨即又飛快地移開了目光，「戰大哥就從未考慮過與身邊的女子……相依相伴嗎？」

「身邊的女子？」戰傳說怔了怔。

「比如……爻意姐姐。」小夭道，「你與她實在很般配的，爻意姐姐她既聰明又美麗。」

戰傳說見她說得認真，也不與之分辯，心中想到若爻意知道異域廢墟是木帝威仰的後人，該是何等的驚喜？先前她一直希望能與自己一同前往荒漠中的古廟，現在看來，這一決定其實是頗有道理的，那座古廟十之八九與異域廢墟有聯繫，這也就等於說，有可能與木帝威仰有聯繫——儘管這樣的聯繫也許是非常間接與不明顯的。

戰傳說、小夭回到天司祿府時，天司祿顯得很是高興，即便吩咐人準備宴席，要爲戰傳說接風洗塵。

其實天司祿對戰傳說的態度，最終還是取決於姒伊對戰傳說的態度，姒伊重視戰傳說，他就不能不重視。

天司祿的熱情讓戰傳說略略放心，推測天樂公子應該沒有把天司命府中發生的事散佈開來，否則天司祿就應該對他有所疏遠了。

天還沒有黑下來，宴席便開始了。

這時戰傳說、小夭皆已沐浴更衣過了，心情也因此而輕鬆了不少。此次祭湖之行，可以說是有驚無險，只是戰傳說的臉上添了一道傷痕，但血影阻止得很及時，那道傷痕並不長，亦不刺眼。

姒伊、物行、爻意當然也應邀入席了。這一次，天司祿宴請的人比戰傳說初入天司祿府時的人還要多，有幾人是戰傳說從未見過的，其中一個總顯得滿不在乎的年輕人引起了戰傳說的注意。

在席間，天司祿是地位最高者，所以眾人多少有些拘謹，即使是說笑，也是極有分寸。唯有那年輕人卻談鋒甚健，可以說是誇誇其談，口若懸河。

在座的除了戰傳說、小夭、爻意、姒伊之外，其他人都比他年長，但他卻毫不內斂，很快便喝得微醺了，借著酒意，那年輕人越發有些輕狂了。

戰傳說暗自猜測這年輕人一定大有來頭，也許又是一個如天樂公子那樣，可以出入禪都豪門的豪強子弟。

天司祿等人一直稱此人爲巢由公子，對這巢由公子言行都是視若無睹，並不與之計較。

戰傳說正在揣摩那巢由公子時，巢由公子的矛頭竟指向他了。

巢由公子端著一杯酒，腳步踉蹌地走到戰傳說席前，笑容可掬地道：「自古英雄好酒色，戰公子身邊已有兩位絕色麗人，這『色』字自然是占了，卻不知戰公子對酒有何見地？」

戰傳說暗自皺了皺眉，心道：好酒色者還能稱爲英雄嗎？

這時，席間的人都望著他與巢由公子，有部分人分明是帶著要看一齣好戲的神情。看樣子，巢由公子這等不羈之舉，禪都人已是司空見慣了。

如今戰傳說自與天司殺並戰勾禍，並成為天司殺府座上佳賓之後，他在禪都已頗為知名了。旁人不知他與冥皇之間的過節，都以為從此戰傳說攀著天司殺這棵擎天大樹，很快就可以飛黃騰達了，所以難免對戰傳說有些妒忌。

現在禪都最難糾纏的巢由公子找上了戰傳說，不少人便抱著要看一齣好戲的心態。

姒伊淺笑不語，天司祿則是饒有興致地望著巢由公子，並不制止。

巢由公子雖然奇談怪論，卻也是並不過激，而且此人給禪都人的印象一貫就是如此。若是巢由公子一本正經，恐怕反而讓人大大吃一驚了。

戰傳說道：「在下自忖稱不上什麼英雄，恐怕也沒有人會認可我是英雄，所以巢由公子此言用在我身上並不合適。」

巢由公子不以為然地道：「戰公子太客氣了，現在天下安寧，要出個大英雄就很不容易了。你總算曾力戰勾禍，也算是個人物了，又何必掃了大家的興？」

旁人隱忍不笑，爻意卻忍不住了，她這一笑，滿室生輝，眾人不由都呆住了。

戰傳說也是哭笑不得，心道：你這是捧我還是損我？不過他對這樣的聲譽的確不太在意，當然也不會為巢由公子的話生氣，當下以退為進：「想必巢由公子對酒頗有見解吧？」

「這個自然。」巢由很認真地道，「酒就是無。」

戰傳說一怔。

眾人也爲巢由的話所吸引了，雖然明知巢由所說的多半是似是而非的奇談怪論，卻也很想聽聽這酒怎麼會是「無」。

戰傳說道：「願聞其詳。」他心想，多半是巢由在故弄玄虛。

巢由將手中的酒杯湊向宴席上的燭火，那酒頗烈，遇火即燃，晶瑩的酒杯中跳躍著一團幽藍色的火焰，煞是奇觀。

巢由望著那團火焰道：「當這團火滅了的時候，這杯中所剩的，就是無色無味的水了，我們所飲的是水嗎？當然不是，那就是這團火嗎？似乎也不是。大醉之後，我們有時憂愁，好像飲下的是憂愁；有時卻激昂，似乎飲下的是慷慨激昂之志。區區一杯酒，何以能承載如此多的東西？非也，非也！人皆以爲酒能助興，其實『興』本就已在自己心間，譬如這杯酒，無色無味，但誰若將之喝下，卻一樣可以讓他或是憂愁，或是歡喜，因爲他相信這是酒。如此看來，酒其實就是『無』，它本是無，若你希望它是憂愁，它便有憂愁，你希望它有慷慨激昂，它便有慷慨激昂。這就是所謂『萬事皆賴於我』的真諦了。」

一番侃侃而談後，有好事者便爲巢由公子大聲叫好，連稱「高論高論」。其實是否真的是高論，又高在哪裡，並無人細究。

卻有人嗡聲嗡氣地道：「我卻是不信。」

戰傳說好奇地向說話聲那邊望去，看到的是一個粗粗壯壯的漢子，大手大腳，濃眉大眼，皮膚黝黑若炭。

巢由搖頭嘆道：「掃興掃興。」慢慢地向那人走了過去。

戰傳說看出巢由有不俗的武學修爲，不由得爲那漢子捏了一把汗。

巢由走到那人身前，有些不滿地道：「你不信嗎？」

那漢子耿直得很，「自是不信。」

巢由便道：「那我就讓你心服口服。你說今日你的心情如何？」

那漢子道：「我孔大孟今天剛喜得貴子，當然是開心得很。」

戰傳說暗道：「你既人逢喜事，又何必要與這巢由公子相執拗呢？由他信口開河便是了。」

巢由點了點頭，「那麼你若飲下這杯酒，就會更開心，你信或不信？」

「不信。」那孔大孟毫不猶豫地道。

巢由哈哈一笑，環視眾人之後，對天司祿道：「煩請天司祿大人做個明證，我讓老孔喝下這杯酒後，若他未更覺開懷，我便輸他十張金葉，若是他輸了，就得罰酒十杯，大人意下如何？」

天司祿笑道：「本司祿願爲你們做個明證。在這麼多嘉賓面前，巢由公子也定會守信的。」

巢由道：「這個自然！」轉而對孔大孟道：「若你贏了，那十張金葉算是給你兒子的見面禮吧。」說著，就笑吟吟地將手中那杯酒遞了過去，此刻杯中的火焰已滅。

孔大孟伸手就欲接過，忽又縮回手去，瞪著眼道：「喝下這酒杯後我是否更開心，又如何斷定？」

巢由胸有成竹地道：「我自會問你，只要你親口承認，那便是了。」

戰傳說心道：「休說孔大孟不可能真的會感到更開心，就算感覺到了，他只要一口否定，那十片金葉就贏定了。」

孔大孟大概也是這樣打定了主意，毫不猶豫，接過那杯酒，將之一飲而盡，隨即穩穩當當地坐著，看樣子是在等著巢由發問。

巢由卻不急著問他，而是背轉過身，對侍立一旁的侍女道：「備好十杯酒。」

侍女剛答應一聲，忽聞「撲哧」一聲，有人先聲笑了，循聲望去，發笑的赫然是孔大孟！此時他正以手用力地捂著自己的嘴，卻仍看得出他是一臉笑容。

眾人見這情形，都覺得既驚訝又好笑。

孔大孟的雙眼都瞇了起來，然後整個身子都開始抖動起來，幾乎就坐不住了，他不由將手按在長几上，長几上的杯盞碗碟也不住地跳動，響成一片。

終於，孔大孟再也忍不住了，他鬆開手哈哈大笑起來，直笑得前躬後仰，樂不可支。

天司祿身邊的獨狼是個性格陰沉、不苟言笑的人，他自己不喜言笑，似乎也不願看到別人開心，戰傳說初進天司祿府時，就幾乎與這個獨狼發生衝突，幸好當時姒伊三言兩語巧妙地化解了。

此時，他見孔大孟如此模樣，不由皺了皺眉，沉聲道：「孔大孟！」

孔大孟並不是天司祿府的人，卻是天司祿府的客人，不過此人地位不高，獨狼是天司祿府的紅人，也不怎麼把孔大孟放在心上，竟直呼其名了。

「孔大孟？」

孔大孟微微一愣，就在眾人以為他要恢復過來時，他卻笑得更不可收拾了，好像「孔大孟」這三個字也十分有趣般。

巢由這才笑道：「老孔，你是否很開心啊？」

「哈哈哈……哈哈哈……我實在開心得很啊。」孔大孟一邊笑一邊抹著眼淚。

「那是否比原先更開心了？」巢由又道。

「我比原先更高興啊……我有兒子了……哈哈哈。」孔大孟抓起一隻茶杯，想要喝口水，卻因為笑得太厲害了，杯子與牙齒碰得「咯咯」直響，茶水都濺了一地。

巢由這才上前拍了拍孔大孟的肩，「老孔，你輸了，請將十杯罰酒喝了吧。」

孔大孟竟慢慢地靜了下來，他有些赧然地看了看眾人，不好意思地道：「諸位見笑了……奇怪……剛才我實在是開心得緊。」

眾人哄堂大笑。

孔大孟老老實實地把十杯罰酒都喝了，卻也未顯醉意。看來他的酒量並不差，也不知怎麼方才就那麼失態。

眾人都知巢由一定是做了什麼手腳，但他是在眾目睽睽之下做的手腳，卻無人發現，當然也不好說什麼。再則，就算巢由做了手腳，他也沒有什麼惡意，只是博眾人一樂而已。

小夭卻想：「那孔大孟與巢由會不會是事先便串通好了的？」

天司祿道：「巢由公子關於酒的高論，實在是讓人耳目一新，難得諸位這麼高興，今日又有小夭姑娘平安脫險、逢凶化吉這樣的喜事，諸位理應痛飲一番啊。」

「據我所知，這位小夭姑娘，就是殞驚天的女兒，殞驚天曾被收入黑獄，天司祿大人爲罪臣的後人脫險而慶賀，就不怕聖皇怪罪嗎？」一個冷冷的不協調的聲音忽然傳入眾人耳中。

大堂內頓時靜了下來，落針可聞。

天司祿的目光投向了說話人所在的方向，說這番話的是一個削瘦的中年人，就在戰傳說的對席。

天司祿道：「這個嘛……季先生就不必多慮了。殞城主雖然曾入黑獄，但本司祿仍覺得他不失爲人中俊傑，何況此事與小夭姑娘可是毫無關係。」

「你……」那削瘦的中年人微微動容，看樣子他似乎沒有料到天司祿會這麼說。

「本司祿知道季先生是地司殺大人身邊的紅人，比地司殺大人的三大刑使還得寵信。但在本司祿眼中，既然都是司祿府的客人，就無所謂地位高低之分，平日縱有恩怨，也不應壞了大家的興致。季先生是客，小夭姑娘也是客。」

這樣的話，已是很不客氣了。

那削瘦的中年人竟然是地司殺的人，地司殺曾領二百司殺驃騎直闖坐忘城乘風宮，結果卻被殺得大敗。地司殺是隻身回到禪都，這被地司殺認作是奇恥大辱，從此與坐忘城算是結下了不解之仇。

那削瘦中年人既然是地司殺的人，對小夭持這樣的態度倒在意料之中。讓戰傳說有些意外的是，天司祿竟可以爲小夭而得罪地司殺的人。尤其讓戰傳說意外的是天司祿對殞驚天的評價。

對殞驚天被禁押黑獄一事，無論心頭真實的想法如何，至少很少有人敢公然宣稱殞驚天無罪，錯的是冥皇。換了天司殺這麼說，戰傳說或許還不這麼驚訝，但天司祿給戰傳說的印象一直是比較軟弱，他怎麼敢在大庭廣眾下說出這樣的話？

那削瘦的中年人緩緩地站起身來，「天司祿大人好像不太歡迎季某，季某方才是好心提醒，大人既然不肯聽，季某也不勉強。地司殺大人那邊還有事，季某先告退了。」

天司祿淡淡地道：「季先生有事，本司祿就不多留了，送客！」天司祿竟沒給地司殺府的人留一點情面！

季姓的地司殺府人雖然拂袖而去了，但他這麼一攪，席間的氣氛就再也沒有先前那般輕鬆熱鬧了，最後草草結束。

那巢由公子對酒有一番奇談怪論，但酒量卻並不十分的高明，他是唯一一個喝得酩酊大醉的人，幾人將他扶下時，他猶自笑言：「酒……就是無……我巢由公子想醉，它就……就是醉……」口齒吐詞卻已不清了。

人散去了大半，姒伊方盈盈起身，面向戰傳說這邊道：「聽說戰公子曾遇到天樂公子，這巢由公子就是與天樂公子等人一起被稱爲禪都七公子的人物，他們可都是有身分的人。」

戰傳說回到天司祿府後，還從未與他人提及被誘入天司命府的事，沒想到姒伊卻知道他遇到過天樂公子的事。戰傳說深爲這劍帛女子的神通廣大而吃驚，但不知她是否知道有關木夫人木伶的事？

戰傳說口中道：「看來，我與禪都七公子還真是有緣。」心中暗忖：自己一日間遇到禪都七公子中的其中兩人，不知是巧合還是其他什麼原因，那天樂公子鬼詐陰險，巢由公子與他並稱禪都七公子，自然是同道中人。如此看來，席間他對自己大談「酒就是無」，看似輕狂不羈，其實另有深意？

戰傳說、爻意、小夭、姒伊、物行一同往外走時，姒伊道：「據說巢由公子在禪都七公子中是最出名的，他如此有名，倒不是因爲他的武道修爲最高，而是因爲他常有出人意表的言行舉止。」

戰傳說笑道：「這一點，我們倒是領教了。」

姒伊也笑了笑，「但如果僅僅把巢由公子視作輕狂之徒，倒真是看走眼了，其實他的『七情六欲訣』就是很高明的武學修爲。」

「七情六欲訣？」戰傳說重複著這一獨特的名稱，想起了什麼，「難道……」

姒伊接過他的話，「不錯，孔大孟莫名狂喜，不過是巢由牛刀小試罷了。」

戰傳說不由沉吟不語了。

第六章　廢墟帝族

戰傳說、小夭、爻意三人如今感覺已有些相依爲命的味道了，雖然三人分開的時間並不太久，但重聚時仍是很高興。

直到只有他們三人共處時，戰傳說才將祭湖之行的大致情形告訴了爻意。

當聽說異域廢墟是木帝威仰後人時，爻意的臉色一下子變得極爲蒼白，喃喃低語一聲：「威郎！」無力地跌坐在椅子上，久久不語，百般滋味齊湧心頭，已分不清是喜悅還是哀愁。

小夭偷偷地看了戰傳說一眼。

戰傳說道：「如果血影所言是真，那麼荒漠古廟一行，倒是值得的。」

爻意無力地苦苦一笑，「只怕……到時只會讓我更爲絕望吧？」

的確如此，如果真的確認了異域廢墟是木帝威仰的後人，就等於徹底斷絕了爻意的希望。

面對著爻意的哀愁，戰傳說、小夭都無言以對。他們能夠從爻意的神色間，感受到她深深的孤寂。

爻意慢慢平復了心緒，她不想戰傳說、小夭太爲她擔憂，便換了話題，「天司祿今天對地司殺府的人似乎有些反常——你們可曾留意到？」

戰傳說、小夭皆點了點頭，天司祿對殞驚天的評價，讓小夭對天司祿多少有了點好感。

爻意道：「如果說我們在禪都會有什麼危險的話，最可能對我們不利的是冥皇，另一個就是地司殺了，其中原因不言自明。」

戰傳說道：「不錯，地司殺對坐忘城之敗一定還耿耿於懷，天司祿既然有爲小夭的平安脫險接風慶賀之意，本不應該請地司殺府的人入席，除非他不知地司殺與坐忘城的衝突。」

小夭否定道：「天司祿與地司殺同爲雙相八司之列，不知道的可能性極小。」

戰傳說道：「那麼，天司祿請來了地司殺府的人，就是有意而爲之了。他明知地司殺府的人與坐忘城有仇隙，卻還是請來了地司殺府的人，但隨又與地司殺府的人發生不愉快——爲了普普通通的客人而得罪地司殺府，這並非天司祿的性格。」

爻意道：「這其中另有玄奧？」

戰傳說鄭重地頷首道：「極有可能。尤其是他稱殞城主雖然入了黑獄，但也算是人中俊傑。這話固然很有道理，但由天司祿口中說出，卻非同尋常，他是大冥重臣，而殞城主被押入黑獄是冥皇所爲，就算天司祿敢得罪地司殺府的人，卻決不敢與冥皇唱反調！」

「那這當中的奧妙又何在？」小夭有些迫不及待地問道。

「或許，天司祿異常的態度，是取決於……冥皇的態度！不妨如此設想，天司祿已從冥皇那兒得到口風，知道冥皇對殞城主對坐忘城的態度已發生了改變，所以天司祿才敢這麼說。」

「冥皇爲什麼要改變態度？其目的何在？」爻意問出了小夭也想問的話。

戰傳說搖了搖頭，「一切還只是猜測而已，箇中詳情，一時難以知曉。」

就在戰傳說等人議論天司祿對待地司殺府的冷淡時，地司殺府中，那削瘦的「季先生」向地司殺如實稟報了在天司祿府的遭遇。

此人姓季名員，在地司殺府中並無職位，但地司殺待他，比對三大刑使更看重，尤其是在坐忘城一役後，三大刑使一死二俘，地司殺對季員就更爲倚重了。

能成爲地司殺的心腹人物者，顯然不可能是靠阿諛奉承或搬弄是非換來的。在關係重大的事情上，季員很慎重，他決不會將事情添油加醋，那樣會影響地司殺對事情的準確判斷。事實上地司殺最看重的，也就是他這一點。

聽罷，地司殺只是淡淡地道：「天司祿一向就是個見風使舵的人，這也不足爲奇。」

季員心頭卻暗自一驚，地司殺說天司祿見風使舵，而天司祿今天得罪的是地司殺府，維護的是坐忘城殞驚天。照此看來，豈非等於說如今的「風」是吹向了坐忘城，而地司殺卻是逆

「颪」了？

地司殺看出了季員的疑慮，「天司祿那老傢伙敢這麼做，是因爲他已知道冥皇對坐忘城、對戰傳說都改變了態度。」

「什麼？」季員大吃一驚，這樣的消息，對地司殺實在是大大的不利。

地司殺不滿地瞪了他一眼，「你怎麼就如此沉不住氣？冥皇做出這樣改變，不是因爲他重新認識了戰傳說，而是因爲這一次大劫主在劫難逃！」

季員算是一個聰明人，但地司殺忽然把話題扯到了大劫主身上，思維跳躍性之大，讓季員有些回不過神來。

地司殺不得不細加點撥：「冥皇之所以一心要殺戰傳說，是因爲大劫主的緣故。如今的局勢迫使冥皇不得不下決心將『滅劫』一役進行到底，一旦大劫主被殺，劫域與樂土的關係將徹底惡化，冥皇就更無須爲劫域對付戰傳說了。」

季員有些期期艾艾、吞吞吐吐地道：「這麼說來，所謂冥皇是因爲戰傳說殺了劫域哀將才追殺他的傳聞……是真的？」

地司殺有些後悔對季員說出這番話，這種事本是高度機密，地司殺從未透露出絲毫風聲。

事實上迄今爲止，真正能確知冥皇爲什麼一心要置戰傳說於死地的，或許就只有地司殺一人。冥皇也不想將這事傳開，而地司殺也的確一直爲冥皇保守這一驚人的秘密——當然，冥皇爲什麼要爲劫域對付戰傳說，地司殺也不得而知。

地司殺今天一反常態，把這驚人的秘密向季員略作透露，其中的心理原因，是很微妙的。冥皇改變對坐忘城、戰傳說的態度，從某種意義上說，就是地司殺的失勢，對於地司殺來說，這難免有些失落。

在失落之中，他下意識地要用什麼東西來證明冥皇對他的器重，以讓忠心於他的人不失望。因此，地司殺說出了他與冥皇之間的秘密。

他能與冥皇共守這樣驚人的秘密，就證實了冥皇對他的信任。

但說出這一秘密之後，地司殺卻有些後悔了。

如果這事傳了出去，再被冥皇知道秘密是他這兒傳出的，那麼他的處境豈非更加不利？

地司殺的臉上掠過了一層陰雲。

也難怪地司殺變得如此敏感，自從坐忘城一戰之後，冥皇雖然沒有怪罪他的不力，但從此以後就一直沒有對他委以重任。這一次「滅劫」之役中，冥皇先後派出了地司危、天司殺，卻唯獨沒有他地司殺的份，這會不會就是一個不利的信號？

季員是一個機敏的人，他感覺到了地司殺的煩躁、不安、狐疑。於是趕緊道：「冥皇與劫域之間的事，我季員是無法明白了，想必冥皇必有高明的用意。至於對坐忘城及戰傳說態度的改變，也許是冥皇的權宜之策，今天大人對我說這番話，是對我季員的信任與抬愛，話入我耳中，就爛在肚裏了，決不會傳出一個字！」

地司殺的神色略略和緩了些，甚至笑了笑，「我當然信得過你，否則就不會對你說了。」頓了一頓，又道，「今天在天司祿府發生的事，就讓它過去吧，來日方長嘛。」

「季員明白。」季員應道，心中卻有些意外，地司殺可不是心胸寬廣之人，他很少會這麼輕易饒恕得罪他的人。

傍晚時分，天司祿在獨狼的陪同下，親自來到戰傳說的居處。

一見戰傳說，天司祿便笑容滿面地道：「恭喜，恭喜啊！」

以他的地位親自來向一個年輕人道喜，不管是出於什麼目的，也是十分難得了。

戰傳說暗道：「難道真的是冥皇要授予我什麼職位了？」口中卻道：「大人說笑了，我何喜之有？」

天司祿道：「戰公子吉星高照，運勢極佳啊。天司殺大人有一女兒，堪稱是絕色。她曾見過戰公子，對戰公子的人品武學都很是仰慕，而天司殺大人也很器重戰公子，他有意要將他的女兒月狸嫁與戰公子爲妻。臨去萬聖盆地前，他把這事託付於本司祿。天司殺大人一言九鼎，只要戰公子願意，點一下頭，這事便定下了。」

此時小夭、爻意都在他房中，聽到這一消息，都有些意外。

小夭顯得有些手足無措，天司祿如何看不出小夭對戰傳說的情義？但姒伊的意見是要撮合戰傳說與月狸的親事，天司祿便依姒伊的意思去辦，至於小夭的感受，他卻顧不得太多了。

戰傳說先是一怔，脫口道：「月狸?!」隨即道，「此事是萬萬不可能的。」

天司祿故作不悅地道：「你是信不過本司祿嗎？」

事實上，他心頭還真有些不以爲然，暗忖：戰傳說真是紅運當頭。月狸容貌絕佳，其劍法之高明，就是在整個禪都也是名聲赫然。更何況其父還是天司殺，多少年輕人做夢都希望能得到月狸的青睞，你戰傳說何以如此狂妄，出口便稱不可能？

「天司祿大人誤會了。」戰傳說不知如何解釋，休說他從未想過與月狸之間會發生怎樣的情感，就算有這樣的念頭，月狸在經歷了天司命府中的那件事之後，怎可能還這麼看重他？可這樣的事卻又是難以向天司祿解釋的。

躊躇之餘，戰傳說唯有道：「天司殺大人託付這件事，是在前幾日他前往萬聖盆地之時，對不對？」

「正是。」天司祿道。

「天司殺大人當時有這樣的想法在下也相信，但我知道這兩日天司殺大人或者月狸一定會改變主意，所以我才說不可能。」戰傳說唯有這樣解釋。

天司祿乾笑兩聲道：「戰公子實在風趣得很。」心頭已微有怒意，覺得戰傳說未免太不識抬舉，對方可是天司殺的女兒，做媒人的又是天司祿，他卻以這樣不知所謂的話搪塞了事。

隨天司祿同來的獨狼的臉本就長，這一下就更長了。自從初次與戰傳說見面便有衝突之後，獨狼心頭對戰傳說就有了成見。戰傳說如此風光讓獨狼心裏頗不是滋味，沒想到戰傳說得了好處還賣乖。

正當戰傳說尷尬間，負責伺候爻意、小夭的婢女小琪在門外道：「大人，天司殺府月狸小姐前來府中，要求見大人。」

房中幾人不由面面相覷！

落日峽谷中。

晏聰的話提醒了天司殺等人，決不能給大劫主催運「黑暗氣訣」的機會。

當下天司殺、地司危齊齊出手，天司殺攻向了大劫主，而地司危則直取隨大劫主而來的劫域弟子。

至於蕭九歌，雖有心相助，卻因受傷太重，已力不從心。趕緊封住了傷口周圍的幾處穴道，隨後察看了倒在血泊中的藍傾城，藍傾城已了無聲息。

蕭九歌見身爲道宗宗主的藍傾城竟這樣亡於大劫主刀下，心頭不勝感慨，暗嘆道宗多舛，藍傾城的修爲恐怕遠不如石敢當吧？可石敢當卻在回天機峰後突然死亡。

石敢當之死的確有些蹊蹺，至少蕭九歌這麼認爲。可石敢當是在天機峰死的，這是道宗內部的事，外人又豈能干涉？

「誰會料到道宗昔日宗主與當今的宗主，竟在短短一個月不到的時間便相繼離世呢？」蕭九歌無限感慨。

當年蕭九歌與梅一笑、簡千癡、花百媚四人被稱做「一笑九歌，百媚千癡」，如今死的死，失蹤的失蹤，只剩下他蕭九歌一人了。

自從龍靈關與千島盟千異一戰戰敗之後，蕭九歌的性情開始慢慢地不知不覺地改變，這樣的改變，連他自已都沒有察覺。那一次戰敗，消磨了他不少的銳氣、豪氣，其武學修爲並沒有明顯倒退，但他那份「捨我其誰」的氣魄卻已消減了不少。

若是從前的蕭九歌，此刻即使只剩下一口氣，他也要與天司殺、地司危、晏聰三人並肩作戰！

這一次參與「滅劫」之役，除了九歌城是與劫域最近的城池這一原因外，蕭九歌也是爲了蒼黍的緣故。

他的女兒嫁給了蒼黍，而蒼黍又是他的弟子，可以說蕭九歌是非常希望蒼黍能夠成爲繼他之後的九歌城新任城主的。

蒼黍資質不錯，本來應該不成問題，但自從其父蒼封神被殺，世人瞭解了蒼封神的真面目之後，蒼黍在九歌城不再那麼有威信了。這讓蕭九歌意識到如果不採取措施，也許將來自己在不得不讓出城主之位時，接手的人未必就是蒼黍，這是蕭九歌所不願意看到的。

所以，這一次蕭九歌帶蒼黍一同參與了「滅劫」之役，爲的就是想提高蒼黍的威望。

就在蕭九歌爲藍傾城之死感慨不已時，天司殺、晏聰已與大劫主正面相接。

天司殺的驚魔劃過虛空，發出驚人的轟鳴聲。

這柄以剛猛見長的兵器被天司殺揮將起來，聲勢著實駭人。修爲不濟者，僅聞其聲，也定然已心膽俱裂。

可是他的對手卻是被視作魔界第一高手的大劫主，面對如此駭人的攻勢，大劫主絲毫不驚，黑暗刀捲起一股暗流，從容迎向驚魔。

兩件兵器全速接近，當天司殺的驚魔破入黑暗刀周圍湧動的暗流之中時，頓感到驚魔被莫名的力量所吸扯，像是有一個無形的黑洞在吞噬著驚魔所凝集的力量，使天司殺感到了空洞空虛。

這種感覺，實在極爲不妙，儘管它只是持續了極短的時間，驚魔便已經與黑暗刀的實體相接。

刹那間，巨響如天崩地裂。巨大的反震力將天司殺的身軀高高拋飛。黑暗刀卻在極短的刹那間順勢反掃，封向了晏聰的一式「刀道何處不銷魂」。

一接之下，晏聰倒抽一口冷氣。

大劫主幾乎難分先後地接下了天司殺與他的攻勢，竟然仍不落下風！而且，晏聰也有與天司殺同樣的感覺，那便是當兵器破入那團暗流時，便有力量被吸扯吞噬的感覺。

天司殺被拋飛之後，驚魔在峽谷的山岩上重重一撞，頓時岩石崩裂，碎石飛濺，而天司殺已再度向大劫主淩空撲至，這一次，他的攻勢更爲猛烈！

晏聰與天司殺都打定了主意，無論如何都必須堅持一定的時間，以便讓地司危可以將大劫主帶來的幾人悉數除去。那樣，就不用再擔心大劫主故技重演，同時也可以由三人全力合戰大劫主了。

大劫主曾在一招之間擊殺藍傾城，傷地司危、蕭九歌，但這並不等於說大劫主的修爲比他們五人合在一起還高出許多；否則先前在萬聖盆地一役中，僅有蕭九歌、地司危、景睢聯手對付大劫主，蕭九歌、地司危豈非早已一敗塗地？

景睢的修爲遠不及晏聰，他畢竟年老體弱，又是身有殘疾，如何能與擁有三劫戰體的晏聰相比？

之所以大劫主先前能夠一擊得手，是因爲大劫主以殃去吸引晏聰等人注意力的方法實在讓人始料不及。

可以說在引大劫主離開危山十九峰時，晏聰的計謀相當成功，而在正面交鋒時，大劫主的手段則十分的高明，兩人堪稱旗鼓相當。

眼下晏聰、天司殺合戰大劫主，雖然不能取勝，卻已經能夠將大劫主牢牢地牽制，讓地司危可以全心對付大劫主的五名屬下。

隨大劫主進入樂土的除了四將之外，只有牙夭、殃去的修爲較高，其他的劫士面對地司危這樣的高手，根本無法與之相抗，很快便有兩名劫域人倒在了地司危的劍下。

而天司殺、晏聰此時卻越戰越吃力，大劫主非但內力修爲深不可測，而且竟然像是越戰越強橫。每一次正面相接，無論是晏聰還是天司殺，都感到比原先更難應付。

如果這不是錯覺，那實在是一件相當可怕的事情！

天司殺不由破口罵道：「邪門，你這魔頭是不是……是不是用了什麼妖法？」

他性情豪邁，也不管這話是否會有損自己的形象。

話音未落，驚魔與黑暗刀已再度撞在一處，勁氣四溢，天司殺一連退出數步。

忽聞蕭九歌叫道：「休要破入那股暗流。」

原來蕭九歌雖然無力參戰，但卻一直在留意著戰局進展，他隱隱覺得黑暗刀有些詭異。那團暗黑氣流何以能在如此強大的氣勁衝擊下還不潰散？等天司殺大呼出聲時，蕭九歌更斷定問題是出在黑暗刀上。

晏聰、天司殺身臨其境，早已感覺到每次與黑暗刀相觸都十分的不適，現在連旁觀的蕭九歌也指出了這一點，看來問題一定就是出在這兒。

故蕭九歌此言一出，晏聰、天司殺都下意識地欲避免直接破入那股暗黑氣流之中。但那暗黑氣流是飄蕩在黑暗刀周圍的，回避暗黑氣流就等於回避黑暗刀，這絕對是極爲危險的。

晏聰、天司殺立即爲他們的失誤付出了代價，他們雖然避免了與黑暗刀直接相觸，卻也使自己陷入了被動的局面，黑暗刀刀勢大盛，暗流更爲明顯，所籠罩的範圍也更廣了。

莫非，當它擴張到一定程度時，便形成了大劫主所謂的「暗蒼穹」？

一個失神，晏聰肩上一痛，已中了一刀。天司殺見晏聰性命有危，一時也顧不得蕭九歌的警示，暴吼一聲，驚魔自下而上呼嘯掃出，生生地將黑暗刀擊得蕩開，助晏聰解除此厄。

大劫主狂笑一聲，厲聲道：「這落日峽谷實是埋葬你們的好地方，與本劫主作對的人，唯有一死！」

「你太狂妄了！」天司殺氣憤不過，沖天掠起，驚魔以千軍辟易之勢重重擊出，勢如雷霆，著實駭人。他已祭起了四大殺招中的「萬魔伏誅」！

「萬魔伏誅」祭出，狂妄如大劫主者也不由心神一凜，再不敢輕視，黑暗刀蓄足九成功力，疾迎過去。

「萬魔伏誅」氣勢大盛，竟第一次將籠罩在黑暗刀周圍的暗黑之氣逼得散開。天司殺也第一次沒有感覺到與黑暗刀相接時有力量被吸扯過去的感覺。

但這並未給天司殺帶來多少好處，大劫主的九成功力實在太可怕了。兩件兵器甫一接實，天司殺驀覺雙臂劇痛。手中的驚魔像是有了自己的生命，已不甘心被他所掌握，竭力欲掙脫，天司殺奮力控制，只覺在一股奇大之力的牽引下，連人帶兵器倒翻過去，口角處有又濕又鹹的感覺。

「我竟受了內傷？」天司殺有些難以置信。

一聲厲嘯，大劫主如影隨形而至，黑暗刀捲起鋪天蓋地的刀影，向跌飛出去、猶未落地的天司殺襲去。

一道黑影自斜刺裏疾射而出，擋於大劫主與天司殺之間。黑影刀一閃，讓人窒息的血腥之氣一下子瀰漫開來。

大劫主竟一刀將那黑影斬作兩截！

借這麼一緩，天司殺已脫離了黑暗刀刀勢的籠罩範圍，這才看清是地司危救了他。地司危將最後一名活著的劫域人在緊要關頭擲向了大劫主，那劫域人被地司危一把抓過就無法動彈，只能任憑他擲出，再被大劫主一刀斬為兩截。

天司殺狠狠地吐出一口血水，望著大劫主道：「也不枉我們樂土人為你興師動眾。」

地司危殺盡了場上除大劫主之外的所有劫域人，現在大劫主必須面對三大高手的圍攻，但他卻不以為意，無限自負地道：「這才只是開始，本劫主的『黑暗氣訣』配合黑暗刀，可以吸納對手的力量爲己用，你們憑什麼與我鬥？」

乍聞此言，天司殺、晏聰、地司危、蕭九歌皆不由心頭一沉。

那團暗黑之氣的秘密總算由大劫主自己道破了，但眾人的心情卻也更爲沉重。如果大劫主所說的是事實，那這「滅劫」一役將如何進行下去？

晏聰忽然冷笑一聲，「如果事情這麼簡單，你就不會在危山十九峰隱藏數日了。」

大劫主神色倏變，不知是驚是怒。

而天司殺、地司危卻精神一振，暗忖晏聰所言有理。無論天司殺還是地司危，都是身經百戰的人物，但面對大劫主這樣空前絕後強大的對手，他們都有些不夠冷靜了。與他們相比，晏聰年紀輕輕，卻能在這種時候保持一份冷靜，出言指出大劫主的要害，不能不讓人佩服。

大劫主沉聲道：「也罷，唯有當死亡降臨於你們身上時，你們才會相信本劫主是不可戰勝的。」

他的嘴角浮現出一抹殘酷的笑意，黑暗刀倏然直指晏聰：「你幾次壞我好事，便由你先祭我的黑暗刀！」

晏聰不再多言，只是將手中的刀握緊了。他與大劫主之間的仇怨，的確是不可調和的。

大劫主眼中驀然有殺機湧現，黑暗刀一沉倏揚，幻作一道代表死亡的黑影，向晏聰平平推至，看似不起眼的刀法，卻因爲絕強的氣勁以及匪夷所思的速度而予人以不可抵禦的感覺。

大劫主甫一發動攻勢，晏聰就爲其氣機所奪，隨之而動，看樣子使出的應是「無缺六式」中的「透迤千城」。這一式講求的是在立於不敗之地的情況下再克敵制勝。

蕭九歌心頭不由爲之一緊：晏聰出手太倉促了！

就在蕭九歌此念甫起之時，晏聰手中的刀突然一幻，角度已變，曲伸之間，猶如靈蛇幻動。

本應正面與黑暗刀相接的刀，忽然不可思議地與黑暗刀擦身而過，閃電般切向大劫主的腰際。

「小心！」蕭九歌的驚呼聲幾乎出口，但話至嘴邊，還是強行咽下了。

他之所以反應如此激烈，是因爲他知道大劫主有「烈陽罡甲」，極難攻破。晏聰的刀勢雖然欺入了大劫主的近身，卻未必是好事，若是晏聰貪功，卻在最後的關頭因爲「烈陽罡甲」而功虧一簣，那麼大劫主就正好可以借機對晏聰施以致命反擊了。

蕭九歌有心欲提醒晏聰，但同時本能地意識到他的提醒絕對比不上大劫主的刀快，結果定是非但幫不了晏聰，反而會使晏聰分神。

果不出他所料，就在他此念甫起之時，大劫主周身暴現金黃色的豪光，正是「烈陽罡甲」已催發的跡象。

但晏聰的刀卻在眼看就要撞上「烈陽罡甲」的那一刹那，忽然暴旋而上，自一個不可思議的角度直取大劫主雙目。

其變化之刁鑽、玄異，實非常人所能想像。

大劫主竟被逼退了一小步，雖然只是一小步，卻讓眾人精神大振。

晏聰高聲道：「他既要護體，又要以黑暗刀催運『黑暗氣訣』，一定難以兩全……啊……」

話未說完，大劫主竟借他略一分神之際，在其變幻莫測的刀影中尋得真身，竟徑直向晏聰的刀抓去。

若是換了其他對手這麼做，晏聰自是求之不得，但他曾聽說過大劫主「烈陽罡甲」霸道無匹，既然大劫主敢這麼做，就必然有一定的把握。那麼若是讓大劫主抓住了兵器，就大事不妙了，所以他才一聲驚呼。

晏聰之所以會在這時候略略分神，是因為他相信自己找到了克制大劫主的方法，興奮之餘，未免有些得意忘形。

正如他所說，大劫主祭起「黑暗氣訣」借助黑暗刀吸納他人力量。這的確可怕，但如此霸道的武學必然不易做到，如果還要同時催運「烈陽罡甲」，就更難做到，所以晏聰想到要迫使大劫主首尾難以兩顧。為了試探究竟，晏聰竟獨闢蹊徑，以手中的刀使出了「大易劍法」。

「大易劍法」是被樂土武道公認爲四種最爲玄奇的武學之一，此劍法是晏聰的先祖晏道幾在進入異域廢墟脫身後所創，憑著這「大易劍法」，晏道幾連戰連勝，一舉成名。但很快晏道幾便突然暴亡，卻爲晏家留下了「大易劍法」。

正是這「大易劍法」爲晏聰帶來了無窮無盡的災難，晏聰爲此被迫以詐死避險，並爲了查清殺害他姐姐晏搖紅的真相而潛入六道門。可以說這「大易劍法」雖然讓晏道幾風光一時，但更多是帶來了災難，包括晏聰在內。

晏家的後人對這劍法是本能地有憎惡排斥心理的，但爲了對付那些可能會加害晏家的人，又不能不修煉此劍法。

若不是不得已，晏聰是不願使出「大易劍法」的。

這一次，他以刀使出「大易劍法」，所以更爲詭異刁鑽。在此之前，他一直是以顧浪子所授的「無缺六式」對敵。

「無缺六式」的刀意剛毅果決，與「大易劍法」的特徵大相徑庭，二者反差如此之大，卻在晏聰身上同時使出，猝不及防之下，大劫主難免被攻得措手不及，但很快他便憑著「烈陽罡甲」輕易地化解了危機。

而晏聰的話讓天司殺、地司危眼前一亮，當下三人再度同時出手，配合默契。天司殺的驚魔以剛猛見長，便正面攻敵；晏聰的「大易劍法」神出鬼沒、百變莫測，極具穿透性，便貼身攻入，迫使大劫主不得不運起「烈陽罡甲」自保；地司危則擔負起接應、擾敵之責。

這一方法果然奏效！

雖然晏聰的刀數次落在了大劫主的身上，卻對大劫主沒有造成實質性的傷害，反倒是他被「烈陽罡甲」強大的反震力震得氣血翻湧。但天司殺的驚魔與黑暗刀正面悍然相接時，卻再也沒有了力量被吸扯的感覺，而那團籠罩於黑暗刀上的暗黑氣流也在不斷地淡化消散。

三人信心大增，至少此時的戰局已不再如原先那麼被動了。

這時候，落日峽谷兩端的樂土武道中人已自兩個方向壓了過來，峽谷中處處閃著兵器的寒芒，看樣子大劫主已插翅難飛了。

大劫主不驚反喜，長嘯一聲，聲撼九霄！

「前來送死的人越多，才越有意思！」大劫主的黑暗刀與驚魔重重撞擊，借著相撞的力道，大劫主快如閃電般沖天掠起，輕易地突破了晏聰、天司殺、地司危三人的圍攻。

他的身軀為金色的「烈陽罡甲」所籠罩，沖天掠起時，如同一道金虹貫空，氣勢迫人。

落日峽谷兩側石岸陡立，但對大劫主來說，根本不可能僅憑地勢就想困住他，所以在落日峽谷的高處，早已埋伏了人馬。若大劫主試圖以這種途徑突圍，就予大劫主以當頭痛擊，縱然大劫主身負蓋世修為，在全無憑藉的情況下，也難以應付居高臨下的攻擊。

晏聰等人以為大劫主欲借此徑抽身退走，因為早有準備，所以也不以為意。

孰料大劫主絲毫沒有要抽身退去之意，只見他掠上驚人的高度後，黑暗刀驟然自上而下凌空下劈，直擊峽谷上方一塊異常突兀重逾萬鈞的巨岩！

「不好！」天司殺、晏聰同時失聲驚呼，雙雙搶身上前，欲阻止大劫主瘋狂的舉動。

卻已遲了。黑暗刀挾雷霆萬鈞之力，重擊於巨岩之上。

天地造化神秘莫測，如此體積龐大的山岩突出於陡崖卻不墜落這本就是奇蹟，而這是千萬年才形成的平衡。如今突然承受大劫主瘋狂一擊，平衡立即被破壞了，一聲沉悶而可怕的巨響後，巨石飛速下落。

所幸巨石下方並沒有多少人馬——這也是晏聰、天司殺唯一感到慶幸的。

但大劫主豈肯浪費這樣的大好時機？巨石下落的角度極快，他的速度卻更快，飛速追上正在下落的巨石後，大劫主雙腳齊出，暴踢巨石，將巨石踢得斜斜飛向另一側。

天司殺瞳孔驟然收縮！

但他已來不及阻止慘然一幕的發生，巨石改變落點，正好向聚集了不少人的地方轟然落下。

地動山搖！鮮血以可怖的速度與軌跡飛濺——卻不聞一聲慘叫。

因爲生命的結束太快！即使有聲音，也被巨石轟然墜落的聲音所完全淹沒了。

蕭九歌心頭倏沉，他知道這一次死亡的樂土武道中人至少有二三十之眾，其中就有他九歌城的人。

悲憤之中，蕭九歌下意識地搶步向前，卻覺眼前一黑，腹部劇痛又有了黏濕的感覺，再也無力邁出一步。

大劫主身法快若驚鴻，已掠過那塊龐然巨石，巨石等若將天司殺等人與其他人馬隔開了。誰都明白這意味著什麼，晏聰、天司殺、地司危不敢怠慢，銜尾追擊。當他們掠過巨石時，赫然發現大劫主正在瘋狂殺戮，黑暗刀刀勢無可匹敵，幾乎每一刀揮出，都有數人倒下。

魔功蓋世的大劫主面對數以百計武功平平的武道中人，無異於狼入羊群。

大劫主所向披靡的氣勢讓人心膽俱裂，恍惚間只覺是殺神臨世，心頭本能地升起懼意。可是峽谷狹而長，前面的人爲大劫主的神威所驚，不由自主地返身試圖逃脫厄運，而後面的人卻一心要親手與大劫主血戰一場，兩股人流一衝突，立時呈僵持狀態。

混亂之中，殺機鋪天蓋地而至，不少人還沒有回過神來，已被黑暗刀無情地奪去了生命。

天司殺怒極大吼：「只知欺凌弱小，算什麼強者？」

大劫主一刀將一名九歌城戰士劈成兩半後，不屑一顧地道：「就憑你們，根本不夠格與本劫主談什麼強者。你們自以爲將本劫主引入落日峽谷便是計謀得逞了。事實恰恰相反，本劫主正想將這些討厭的蟲孑都引入落日峽谷殺個痛快。本劫主折損了四將，就要你們以百倍的代價償還！」

說話之時，他同時連出七刀，又有十數人倒在他的刀下。

天司殺目齒欲裂！他大聲喝道：「驚魔，眼前此魔將是你生平僅遇的最可惡的魔者了。你是以除魔爲使命的，但願今天不要讓本司殺失望！」

驚魔在天司殺的催逼下，驟然豪光暴現，像是感受到主人的空前戰意。

天司殺本就高大偉岸如神，此時加之擁有空前戰意，更有睥睨天地萬物之勢！

驀然掠起，天司殺沉聲喝道：「試一試本司殺的『魔滅蒼穹』吧！」

天司殺赫然祭起了他四大殺招中最強的一式「魔滅蒼穹」！

天司殺鬚髮皆張，驚魔豪光奪目，「魔滅蒼穹」一往無回，捲得虛空之氣也扭曲不堪，天地囂亂，聲勢駭人。

大劫主狂笑一聲：「這才夠意思！」

黑暗刀驟然嘯聲如鬼哭神泣，但大劫主卻並沒有絲毫的動作，黑暗刀也是牢牢地把握在他手中。

靜止之間，竟有如此聲勢，實是聞所未聞。

晏聰在天司殺使出「魔滅蒼穹」時，不由深爲其威力所震撼，料定這一擊縱然大劫主能應付，也必然會應付得很吃力。

但此刻，晏聰卻忽然覺得自己原先的判斷或許是一個錯誤！

無暇細想，晏聰亦隨之而動了。

而黑暗刀在那一刹那間儼然如蟄伏已久的惡魔般驟然爆發！瘋狂刀氣化作一道讓人心膽俱裂的黑色閃電，無情地切割著虛空。那黑色的閃電有著超乎人想像的力量，彷彿它可以吸附一切光線、一切力量、一切靈魂，以至於觀者都感到自己的靈魂也一併被吸附其中，莫名驚悸。

兩大強者的絕霸殺招終於正面相接——其過程似乎漫長得讓人不堪忍受，卻又短暫得讓人無法捕捉。

刹那間，恍如天地已滅！

同時，在洶湧如潮的殺機與強大氣勁的共同作用下，一場可怕的風暴瞬間誕生了。天司殺的身軀赫然被這風暴席捲著倒飛而出。黑暗刀刀氣一沒再現，無限延伸，直取猶在飛跌而出的天司殺！

晏聰及時趕至，一式「刀斷天涯」截下了大劫主志在必得的一擊。

天司殺勉強站穩，卻已口角溢血。

而大劫主卻巍然未動！方才的凌厲搏殺，大劫主已然占了上風。樂土這邊的主力軍又有一人受了傷，這讓眾人的信心不由有些動搖了。以五大高手的聯手尚且落得如此下場，試問還有誰能對付得了大劫主？或許唯有天惑大相、法應大相那樣的人物？

只是，大冥王朝雖然有天惑大相、法應大相，卻也是遠水解不了近渴，危機迫在眉睫！

如今，五大高手中，除了藍傾城已亡之外，其他四人都不同程度地受了傷。這當中晏聰肩上中了一刀，也許是四人當中受傷最輕的了。

每個人都明白，如果「滅劫」之役進展到這份上還讓大劫主逃脫，那麼大冥王朝的聲望將受到沉重的打擊。

天司殺這一擊雖然沒能挫敗大劫主，但也迫使大劫主不得不暫時放棄對其他樂土人的屠殺，這讓原本極爲混亂的場面得以平靜一些，地司危趁機讓眾人有秩序地疏散開來。人馬疏散開來，並不會減小戰鬥力，而且不至於再度引起混亂，自亂陣腳，只能任憑大劫主宰割。

地司危的話很有效果——本來此次「滅劫」之役的組織協調者就是他。

晏聰關切地問天司殺道：「傷得怎樣？」

天司殺搖了搖頭，也不知他的意思是傷勢不重，還是傷勢有些不妙。

天司殺道：「此魔頭真的是越戰越強，邪門！」

晏聰沉吟著，由天司殺的話，他相信大劫主可以借「黑暗氣訣」及黑暗刀吸納他人的功力，否則連番激戰，本不應該越戰越強才對。

「若大劫主的確可以借助這樣的手段越戰越強，那豈非等於說自己這邊絲毫沒有勝算了？」晏聰冥思苦想。

或許應該是這樣，但大劫主既有如此能耐，那麼他早就應該自知可以立於不敗之地了——一個可以不斷納他人力量爲己用的人，將越來越強大，試問又有誰能成爲他的對手？但大劫主的舉動卻又說明他並非肆無忌憚的！

這是爲什麼？

晏聰深深地爲這樣的疑問所吸引，他心知如果解不開這個謎，這一戰就只能是越戰越被動。

「吸納他人的力量會不會是沒有極限的？」晏聰心頭忽然浮現這樣的念頭，精神不由爲之一振。

他立即想到了「三劫妙法」！

當初靈使之所以讓晏聰修煉成「三劫戰體」，並不是因爲靈使對晏聰器重或其他原因，而是因爲靈使不敢冒險。

靈使自己也不知道當他突破「三劫妙法」第三結界時，會有什麼樣的後果。當達到第三結界時，修煉者的靈魂將一片空白，將視他人爲自己的主人，靈使正是擔心這一點才尋找他人修煉三劫戰體，再控制擁有三劫戰體的人。

在晏聰之前，靈使已在另外三人身上做過同樣的嘗試，但這三人皆因爲身體資質不佳，無法承受「三劫妙法」第三結界的力量而爆體身亡。

這就等於說，每個人的身體都有一個承受極限，只不過承受的極限高低不同罷了。晏聰的承受極限就比靈使試用的另外三人高。

那麼，大劫主不斷吸納他人的力量，他的承受極限又如何？如果超越了他的承受極限，又會發生怎樣的情況？

這一切都是未知的，但這也讓晏聰感到自己這方並不是全然沒有任何的機會。

正沉思間，忽聞天司殺有些驚訝地道：「晏公子，你的傷口……」

晏聰為天司殺的話所驚，低頭一看，卻見自己肩上的傷口竟然已漸漸地癒合，若不是親眼所見，誰也無法相信這是片刻之前新添的傷口。

晏聰立即聯想到靈使曾說擁有三劫戰體就擁有了超乎常人想像的戰力，幾近不死不滅。莫非，這傷口的神奇癒合，就與三劫戰體有關？

心頭這麼想，晏聰卻並沒有說出，只是顯得頗為驚訝地道：「怎會如此？黑暗刀實在有些奇特！」

他不想讓更多人知道他擁有三劫戰體，在這種時候提起大劫主的黑暗刀，可以讓人猜測之所以會造成這樣的現象，或許多半與大劫主的黑暗刀有關，而不會想到晏聰本身有何非比尋常的地方。

而黑暗刀又的確是一件詭異莫測的兵器，對於這一點，天司殺已經領教過了，所以晏聰這

麼說，很有效果。

天司殺當即便對黑暗刀起疑了，暗忖：黑暗刀可以吸納他人的力量對大劫主的確十分有利，但促使對方的傷口在很短的時間內癒合，卻不是一件對大劫主有利的事，難道這當中還另有什麼玄機？

見天司殺對自己不再起疑，晏聰略略鬆了一口氣。

與此同時，他察覺到另一件讓他更爲興奮的事：憑著與靈使的心意相通，他已感覺到靈使已經與他相距不遠！

這對晏聰來說，當然是好事。現在的靈使，已是晏聰最可靠最有力的援手。添上靈使這樣的高手，對付大劫主的勝算將加大不少。

但晏聰剛生此念，又有些猶豫了，沒有立即以心靈之力召喚靈使。

沉吟了片刻，晏聰終還是決定將靈使召喚至左近一帶，但暫時不讓他直接進入落日峽谷。

完成此事，憑藉的是他與靈使之間相通的心靈，所以外人根本不知。

如果知道晏聰可以調動指使「不二法門」的靈使，不知多少人會爲之驚絕！

就在晏聰以「三劫妙法」心靈之力召喚靈使的同時，大劫主再度對落日峽谷中的樂土人馬大肆屠殺。

晏聰爲接連不斷的慘叫聲所驚，凝神望去，心中一動，脫口道：「果然如此！」

天司殺、地司危正欲出手，聽晏聰這麼說，天司殺有些焦躁地道：「是什麼?!」

對晏聰在這種時候還不時地怔怔出神，天司殺很是不滿。

「大劫主出手時，總是與我們人馬的兵器正面相接，他一定是借此不斷地吸納力量，集水成渠。這就是他爲什麼越戰越強的原因所在。但他爲什麼常常寧可選擇那些修爲不高的人作爲對手呢?應該不是因爲他懼怕我們……」

晏聰猶自在苦苦思忖如何找到對付大劫主的辦法，天司殺、地司危卻已無法忍耐了，他們再也不理會晏聰，雙雙殺向大劫主。明知自己的攻擊難以對大劫主產生什麼威脅，至少也可以迫使大劫主無法對更多的樂土人下毒手。

但沒想到晏聰的話得到了印證，大劫主對他們兩人的攻勢採取了回避，卻盡一切可能對修爲遠遜於天司殺、地司危的人出手。

天司殺、地司危全力截殺，片刻間已與大劫主交手十餘次，但卻毫無收穫，反倒又有幾人被大劫主利用迂迴作戰的空隙擊殺。

峽谷中的屍體越來越多，血腥氣息在峽谷中很難飄散開去，鬱積在峽谷中的血腥之氣濃得化不開，氣氛壓抑至極。

大劫主的內力在奇蹟般地不斷攀升，天司殺、地司危越戰越吃力，如果不是因爲他們皆意志堅韌，換作別人，只怕早已鬥志全無了。

血腥與死亡籠罩著落日峽谷，身處其中的人，無不感到極為不適，精神面臨著巨大的壓力。

唯有一人卻是例外！

此人便是晏聰。

晏聰竟感到自己體內的力量開始變得充盈，這種無比充盈、強大的感覺，讓晏聰不由自主地只想長嘯！

他甚至能清晰地感受到自己內息的不斷強大，耳目越發清朗，中了大劫主一刀對他非但沒有什麼影響，相反，此刻晏聰明顯地因爲有了更爲強大的感覺而無比自信。

晏聰望著激戰的雙方，望著不時倒下的樂土戰士，心中在默默地思忖著：「怎會如此？怎會如此？怎會如此……」

亡於大劫主刀下的樂土人越來越多，早已超過百數之眾，落日峽谷血流成河。

而晏聰體內的力量也不斷強大，直至無以復加不吐不快之境。一聲清越如龍吟的長嘯，晏聰驀然掠起，刹那間越過了驚人的空間，刀破虛空，直取大劫主！

那一瞬間，天地變色！時間似也驟然凝固。

眾人的血液也已凝固，思維停滯，唯知以極度吃驚的目光望著晏聰擊出的這一刀！

這一刀的力量太強大，彷彿它就是世間的主宰，所以即使你閉上了雙眼，也一樣能夠清晰無比地感受到它的存在。

沒有人會想到晏聰能揮出如此驚天地、泣鬼神的一刀，雖然晏聰的修爲的確已高得不可思議。

晏聰並未意識到自己這一刀有多麼可怕，他只是感到從未有過的絕對自信，感到自己對周圍的一切變化都能洞悉入微。

甚至，包括洞悉風的軌跡。

他一刀斬出，隨後便看到大劫主的眼神中滿是驚訝——甚至還有不安！

隨後，大劫主也出刀了！

「太慢了——大劫主的刀太慢了！」晏聰很是驚訝大劫主出刀何以如此慢。

大劫主的黑暗刀顯然還未抒盡刀意，晏聰的刀已以超乎大劫主想像的速度擊在了黑暗刀上。

「轟……」整個世界頃刻間轟然倒坍——這是落日峽谷中每一個人的共同感覺。

彷彿已具有實體的銳利氣勁朝四面八方激溢！

落日峽谷已不堪承受這驚古爍今的一擊所產生的驚世駭俗的破壞力，山岩崩坍，千百年難易其形的落日峽谷在這一剎那開始發生了巨大的變化。

兩側的山崖開始大面積坍落，而落下的岩體對上方的岩體形成了巨大的衝擊作用，促使更多的山崖坍落。

一場可怕的災難就此形成！

而醞釀了這場災難的兩人各自的情形亦有不同。

大劫主的軀體外所籠罩的金色「烈陽罡甲」忽然金芒大盛，耀眼至極，刺痛了每個人的眼睛，讓人絕對無法正視。

難道大劫主的「烈陽罡甲」竟強至更高境界？

但此刻卻聞大劫主厲吼聲中飽含了極度的驚、怒——甚至，還有懼！這又讓人感到事情應該並非如此。

那耀眼得讓人無法正視的金芒使眾人的視覺暫時地不正常了，無法看到更多的事情。

緊接著，強大的氣勁將他們衝擊得衣衫盡裂，倒跌而出。隨後鋪天蓋地落下的岩石產生了驚天動地的撞擊聲。

災難突如其來，生死僅在一線，這一刻，再也沒有人有時間去顧及大劫主的情形如何了。

唯有天司殺、地司危目力恢復最快，他們同時發現大劫主的「烈陽罡甲」突然變得黯淡，直至完全消失。

而大劫主的臉色難看至極，猙獰如魔！

他們沒來得及再看晏聰的情形如何，就必須與其他人一樣應付瘋狂坍落的山岩。

在這種時刻，縱是絕世高手，處境也相當危險，很可能就是被砸死或被活埋的下場。

守候在落日峽谷之頂的人馬先前聽峽谷中殺聲震天，顯然下面廝殺極爲慘烈，一些人牽掛下面的戰局，都不由走至懸崖這邊，向下方張望。

突如其來的劇震使整個山崖都在震動，猝不及防之下，立即有幾人因爲抓攀不穩，如石子般向崖下墜落。

僥倖未落下的人頓時嚇得面無人色，連滾帶爬退到自認爲安全些的地方，耳邊聽到巨大的撞擊聲在崖下響起，只覺兩腿發軟，心想一旦落下，就算沒有摔死，也要被墜落的岩石砸成肉醬。

正在暗自慶幸時，忽然有衣袂掠空聲乍起！

崖上的人驚魂未定地望去，赫然發現竟是大劫主已掠上山崖，正向一處落腳點遙遙撲來。

那一瞬間，眾人都有些傻眼了，誰也不明白，方才還在崖底的大劫主，何以突然出現在眼前？就像是從地下突然冒出的幽靈一般。

卻不知若不是山岩大範圍坍落，大劫主要掠上崖頂就不會有如此快捷了，他是以下落的岩石爲落腳點掠上山崖的。

崖上本是有人嚴密守候的，這其中就有不少弓箭手，但方才的混亂中，這些人大部分都從懸崖邊上退了回來，正好給了大劫主可趁之機。

大劫主乃樂土人眼中魔道第一高手，眼下又是從天司殺、地司危、藍傾城、蕭九歌、晏聰五大高手的合圍中脫身。如今突然出現在眼前，對眾人心靈的震撼可想而知！

當下一陣弓弦亂響，卻未見有箭矢射向大劫主，原來眾人過於慌亂，還沒有搭上箭，就已張弓了。

大劫主身在空中，大喝一聲：「擋我者死！」

他那讓人膽寒的名氣再加上這一聲暴喝的氣概，揉合成了不戰而使人屈服的力量，崖上的人如潮水般向後退去。

卻有一人影疾掠而出，向大劫主下落的地方徑直衝去。

身形過處，刀芒乍現，白茫茫的一片，無論大劫主如何下落，都難免雙足被斬的下場。

驚駭而退的眾人見有人竟然敢在這種時候獨自挺身而出，都佩服不已，同時也難免有些慚愧，當下便有一大半人止住了後退的腳步。

大劫主的身子眼看就要落入那片刀芒之中時，竟單掌向地上遙擊一掌，無儔掌風狂捲而下，雖未傷著對手，但大劫主的身軀卻已飄升丈許。

再度落下時，黑暗刀幻影無數，以席捲萬物之勢凌空壓下。

這時，眾人已看清出手者是九歌城的蒼黍，不由都爲蒼黍捏了一把汗。

蒼黍何嘗遇到過大劫主這等級別的高手？能出手已是勇氣可嘉了。本以爲仗著大劫主沒有地勢之利，就算不能將之逼落山崖，至少也可以讓大劫主吃點苦頭。沒想到大劫主在這樣的情況下還能從容對敵，轉眼間化被動爲主動，化劣勢爲優勢，蒼黍的銳氣頓時消滅大半。

黑暗刀輕易地破入了蒼黍的刀勢之中。蒼黍大駭，再無戰意，抽身暴退。

面對大劫主這樣前所未遇的強敵，蒼黍所有的心神都用在了對付大劫主之上，全速而退時，竟沒有留意到他所退的方向是絕崖！

雙足一踏，驟然落空，蒼黍的心倏然下沉，驚呼一聲，向崖下落去。

眾人齊齊失聲驚呼！

大劫主穩穩落定，放聲長笑，倏然向眾人踏進。

眾人剛剛鼓起的勇氣又一下子消失了，大劫主前進一步，他們已退出了數步。

就在這時，本已失足落下崖去的蒼黍忽然又騰空掠起，「呼……」的一聲掠過大劫主的頭頂，落在了人群中。

沒等眾人回過神來，只見一個年輕人正牽著另一人自崖下急速掠起，卻是晏聰與蕭九歌！方才還不斷後退的人此時不由歡聲雷動。

大劫主驀然轉身，卻見晏聰與蕭九歌已穩穩落在山崖之上。

那一刻，大劫主心頭無限懊惱，他想到自己本該守在崖邊，只等晏聰出現，就予其致命一擊！他可不會如蒼黍這樣在占盡先機的情況下還不能把握機會。

此念剛起，大劫主忽然意識到自己的心態已發生了微妙的變化。其變化就在於如果是以前，就算失去了這樣的機會，他也決不會有懊惱的感覺，因爲他有足夠的自信在任何情況下擊敗對手，而不需要利用什麼有利的條件。

大劫主想到這一點，眼中射出怨毒之色。他明白，之所以有這種心態的變化，是因爲晏聰的緣故。

晏聰那驚天地、泣鬼神的一刀，竟將他的「烈陽罡甲」生生擊潰了！

之所以會有這樣的結果，是因爲晏聰那一刀的力量太可怕，是大劫主生平所未見，他甚至沒有足夠的信心正面接下那一刀。

所以，他選擇了以「黑暗氣訣」催運黑暗刀，再以黑暗刀吸納晏聰的部分力量。

其實，這麼做時，大劫主並非沒有意識到此舉會有危險，因爲他知道如果自己在短時間內吸納的力量若太過強大，超出自己本身的承受能力，其結果就是立斃當場！但大劫主還是決定一試，他相信自己能夠控制得很好。

但結果卻並非如此，他的黑暗刀與晏聰的刀相接的那一刹那，頓覺無窮無盡的力量一下子漫了過來。

大劫主大驚失色！

危在旦夕間，大劫主唯有將這股力量轉移分化，使之成爲催運「烈陽罡甲」的力量。

但他還是低估了這股力量的強大！

當他這麼做時，立即產生了致命的後果，「烈陽罡甲」催運過甚，當場潰散。這等於是大劫主以自己體內的力量將「烈陽罡甲」破去了！

「烈陽罡甲」一破，大劫主的信心大大受挫，只感到這晏聰的修爲深不可測，此時正好山岩坍落，大劫主便借機逃至了崖頂。

沒想到晏聰這麼快便追至了。

更讓他感到有些膽寒的，是晏聰還是帶著蕭九歌一起脫險的，要做到這一點實是不易。

而蒼黍顯然也是晏聰救起來的。

僅憑這兩件事，就可以看出晏聰在方才那一擊中，並沒有受什麼內傷。

大劫主實在不明白，就在不久前還被自己三招擊敗的晏聰，何以有這般可怕的修爲？

崖上的樂土群豪本以爲是蕭九歌救起了晏聰，同時也將蒼黍救起了，畢竟蕭九歌是成名已久的高手，而晏聰卻可謂是名不見經傳，但當眾人看到蕭九歌的傷、看到晏聰的氣定神閒、看到大劫主的眼神時，才發現事實上是晏聰救起了蕭九歌。

晏聰鬆開挽著蕭九歌手臂的手，向大劫主道：「你的『烈陽罡甲』已散去，不知還有什麼可以讓你挽回敗局？」

晏聰年紀輕輕，但此時所顯露出的那份自信，那份霸氣，讓眾人都看呆了！

那一刻，眾人心頭都不由自主浮現這樣的念頭：「恐怕，蒼穹已到了屬於這個年輕人的時代了！」

環視蒼穹，有幾人敢對大劫主如此說話？敢於與大劫主正眼相視的也絕對不多！

大劫主沉默了片刻，方緩聲道：「晏聰，你殺我樂將、鬼將，本劫主會讓你付出代價的！」

話音未落，他已驟然發難，卻不是攻向晏聰，而是橫掃一刀，向環伺周圍的樂土群豪襲去。

驚呼怒喝聲中，已有兩人受傷，包圍圈出現了缺口。

大劫主如巨鵬般驀然掠起，自眾人頭頂掠過，起落之間，很快便消失在眾人的視野之外。

晏聰沒有出手。

在這裏，如果晏聰沒有出手，又有誰能夠阻擋大劫主的離去？

眾人看出大劫主應該已失利，所以對晏聰沒有出手多少有些惋惜。

卻聽晏聰道：「我曾是六道門門下弟子，六道門的追蹤術天下無雙。大劫主既然與我相戰，那麼從此他就再也無法逃脫追蹤了。我們的人傷亡太多，所以先不必對付大劫主，還是救人要緊。」說到這，他轉向蕭九歌道：「蕭城主，你意下如何？」

蕭九歌有些蕭索地笑了笑，點了點頭，卻沒有說什麼。

自從當年敗於千異之後，蕭九歌就已雄心大減。今天在最危險的時刻還需要晏聰相救，蕭九歌心頭就更不是滋味了，如果不是晏聰，他恐怕已被埋在了峽谷中。

「也許我真的老了。」蕭九歌不無感慨地忖道。

但蒼黍的表現卻讓蕭九歌很失望，他本是把希望寄託在蒼黍身上的。可今日蒼黍與晏聰一比，不知相去多少，蒼黍的性命還是晏聰救的，他們可都是年輕人。

其實，蕭九歌是過於苛求蒼黍了，他能在眾人皆懼於大劫主之威時挺身而出，雖然敗退，但也很不容易了。只是晏聰光芒太甚，將他完全比下去了。蕭九歌對蒼黍期望太高，竟將他與晏聰相比，難免會很失落。

蕭九歌的沉默被蒼黍看在眼裏，此時的蒼黍默默地站在人群之中，像別人一樣，望著處於核心的晏聰與蕭九歌。只不過，蒼黍看晏聰、蕭九歌的心情，與別人或許有些不同。

蒼黍本以爲自己必死無疑，沒想到在下落時忽然被人一扯一送，竟奇蹟般地生還。蒼黍心頭本來是頗爲驚喜的，但此刻，他卻沒有絲毫驚喜的感覺。

他忽然發現自己的死裏逃生，並不能吸引他人多少注意力，而是襯托出了另一個比他還要年輕的年輕人——晏聰。

蒼黍能猜知此刻蕭九歌在想什麼，正因爲這樣，蒼黍的心才隱隱作痛。

晏聰本是一個感覺敏銳的人，他本該看出蕭九歌、蒼黍師徒二人都有些異常，但這一次他卻並沒有看出。

見了月狸後，天司祿有些糊塗了，沒想到月狸竟然真的是來告訴他，讓他不要再對戰傳說提及婚嫁之事。

月狸的氣色很不好，看得出是勉強打起精神的。她先是與天司祿說了不少無關緊要的話，最後才像是隨意地提到這件事，聲稱這只是她父親一時戲言。

天司祿心道：「小丫頭還想瞞過我的眼睛嗎？再說，天司殺也不會拿這樣的事開玩笑。誰不知天司殺的女兒心高氣傲，眼高過頂？天司殺提這事，定是妳先看上了戰傳說，只是不知怎麼又忽然改變主意。」

天司祿心知肚明，卻也不點破。

月狸又坐了一陣，便離去了，留下天司祿一個人發怔，他不知該如何向姒伊說這件事，姒伊可是一心想促成戰傳說與月狸這門親事的。

月狸由一個侍衛陪著往外走，正好遇見了姒伊。

在此之前，月狸曾聽父親天司殺說過姒伊，知道天司祿府中有一個既聰明又美麗的劍帛女子。

姒伊向冥皇獻上靈鶴時，天司殺也在場。姒伊的絕代風采給天司殺留下了深刻的印象，偏偏姒伊卻是盲女，更讓人憐愛。

天司殺故此對姒伊的印象格外深刻，回到天司殺府中，便對月狸提及了姒伊，並說以前一直以爲天下最美的就是他的女兒，現在卻覺得至少有一個女子與他女兒一樣出色。

父親對姒伊讚賞有加，使月狸對姒伊產生了好奇心。

此時，兩人狹路相逢，月狸見姒伊容光明豔，不可方物，卻雙目無華時，便知此女子就是姒伊了。

月狸是一個很自負的女子，所以當父親誇讚姒伊時，她頗有些不以爲然。但此時見到姒伊，月狸卻不得不承認姒伊的確是風華絕代，在她的身上，有一種別的女子所沒有的獨特韻味，這讓月狸不由多看了她兩眼。

兩人即將交錯而過時，姒伊忽然停下了腳步，望向月狸這邊，微笑著道：「妳就是月狸小姐吧？」

月狸暗吃一驚：姒伊既然是盲人，怎麼可能知道自己是誰？在此之前，她們可是從來沒有共處過！

姒伊的笑容友善而親切，讓人感到格外的溫馨。很少有人能夠拒絕姒伊的微笑，月狸也不例外，她雖然有些吃驚，但還是也停下了腳步，「正是月狸，妳是……？」

「我叫姒伊，一直客居天司祿府。」姒伊輕輕擺脫了扶著她的侍女，看樣子像是要與月狸多說幾句。

「原來是姒伊小姐，妳……怎知我名姓？」月狸本想問「妳怎麼認識我？」，但想到盲人是不能視物的。說認識或不認識都有些不合適，恐怕會傷害姒伊——不知爲何，月狸很擔心會傷害姒伊，而在見到姒伊之前，她還對這個女人有著一點點的嫉妒，嫉妒她怎麼讓父親那麼欣賞。

「我雙目失明，平時只能以腳步聲分辨來者是誰。我客居天司祿府已頗有些日子了，府中人的腳步聲我多能聽出，現在我聽到的腳步聲一個很陌生，另一個則是小倚姑娘的腳步聲，小倚姑娘侍候在天司祿大人身邊，由她陪著的客人，一定是貴客，而方才我聽說月狸小姐來府中了，所以我就知道妳是月狸小姐了。」

姒伊說這番話時，語氣很平靜，就像是在與朋友話家常一般，沒有一絲隔閡感。

月狸卻深爲姒伊的心細如髮所驚，她暗道：「難怪爹會說她如何如何的聰明了。」口中道：「姒伊小姐真是心細之人。」

姒伊道：「我心中早就想認識月狸小姐，所以才這麼留心的。」

月狸有些意外地道：「認識我？」

姒伊道：「戰傳說戰公子曾在我面前提起過妳，聽得出他對月狸小姐很是欣賞。姒伊便想，戰公子那樣的年少英雄欣賞的人，一定是十分出色了。」

若是在幾天前姒伊說這番話，月狸一定會心花怒放，喜上眉梢，但現在聽來，卻很不是滋味。

她淡淡地道：「是嗎？可惜我見識寡薄，尙不知有什麼値得戰傳說這樣的年少英雄褒獎。」

姒伊心頭微怔。

她對月狸說這番話是有目的的，就是要促成戰傳說與月狸的親事。在此之前，她已瞭解到天司殺託付天司祿提親之事，也瞭解到月狸對戰傳說是芳心暗許，既然這樣，要促成這件事就不難了。只要告訴月狸戰傳說對她也有好感，月狸一定很開心，更加堅定她「非君莫嫁」的決心。姒伊相信一個年輕、美麗，又出身名門望族的女子若是一心想要嫁給一個男人，那個男人總是很難拒絕的。但她卻不知這當中已有了變數！

姒伊當即岔開了話題，「我客居天司祿府，沒什麼親友，加上雙目失明，行動不便，所以大多是在天司祿府中，往後月狸小姐若來府中，不妨找我。」

月狸道：「我會的。」

兩人又隨意說了幾句，便分開了。

返回天司殺府的途中，月狸思緒很亂。她忖道：「姒伊爲什麼要對我說這樣的話？她說戰傳說是年少英雄，像她這樣聰明的女子也這麼說，難道戰傳說真的是値得爹器重、値得我……愛慕的人？但天司命府的事卻是真真切切的事實啊。姒伊對戰傳說讚譽有加，她與戰傳說都客居天司祿府，她會不會喜歡戰傳說？」

也許是想得太入神了，月狸絲毫沒有留意到正有一騎快馬飛馳而來，馬上的騎士遠遠地便大聲吆喝，以便讓路人可以及時閃開。而事實上，路人只要看清那騎士的裝束，都會自覺地閃至路旁，以免招惹麻煩。因爲那騎士是紫晶宮侍衛的裝扮，而且在他左右臂上纏有紅綢帶，這是樂土六大要塞有重大事宜要飛報冥皇，而稟報的事情又不適合於用靈鴿靈鴿傳遞時，才會用此標誌。

至於這一次爲什麼飛騎來報的人不是六大要塞的人，反而是紫晶宮侍衛，就不得而知了。路人早早地便爲這紫晶宮侍衛讓開了道路，月狸卻仍然沉浸在自己的思緒中。

那紫晶宮侍衛一路狂奔，可以說暢通無阻，所以心神難免有些鬆懈，只顧一面高聲狂呼：「風疾，風疾。」一面策馬狂奔。

冷不丁前面出現了一個女人，正在長街上慢慢地走著，對一切不聞不問，更沒有避讓的意思，那紫晶宮侍衛大急，「風疾」之聲喊得更響。

可那女子似乎一心要與他作對，就是不肯閃開。

前往天司祿府讓天司祿不要向戰傳說提起聯姻一事，月狸當然不想讓旁人知道，所以也沒有帶侍衛同來。

紫晶宮侍衛見這女子是獨自一人走在街上，沒有人相陪，料定不會是名門望族之人。自恃自己是紫晶宮侍衛，又有要事在身，見那女子還不避讓，心頭火起，「嗖」的一聲，揮起鞭子就當頭抽下。

忽聞「錚」的一聲，那紫晶宮侍衛只見眼前寒光一閃，突然失去了重心，整個人向前栽了過去。

墜下時，他才發現地上有兩隻馬腿在滾動著，原來他的坐騎竟已被人斬去一對前蹄。

那紫晶宮侍衛身手自然不弱，一個側翻，已穩穩落定。

剛剛落定，忽覺頸部涼涼的，赫然已有一把劍架在了他的頸上，而他竟不知劍由何處來，又是如何架在了他的脖子上。

紫晶宮侍衛激靈靈地打了個冷戰，臉色變得蒼白。有心想說幾句硬話，卻怎麼也沒有勇氣出口，生怕那把劍再一遞，就了結了他的性命。

好不容易他才吐出一句話來：「手……手下留情……我有急事要稟告冥皇。」

那把劍這才略略鬆了一點，紫晶宮侍衛這才敢稍稍側過臉，看到的是一臉寒霜的月狸。

禪都有誰不認識月狸大小姐？

那紫晶宮侍衛心頭暗叫：「我的媽呀，怎麼惹上她了。那日巢由公子要與她比劍，結果劍還未拔出，她便已在巢由公子兩隻衣袖上各刺出三個洞，難怪我根本沒見她如何出手便栽了。月狸是天司殺的女兒，如果她就這麼一劍殺了我，只怕冥皇也不會將她怎麼樣，而我卻死得不明不白了。」

他堆起了有些僵硬的笑臉，陪笑道：「原……原來是月狸小姐，小的冒犯了，還望高抬貴手，待小的將須彌城線報呈送冥皇之後，再向月狸小姐賠罪。」

月狸呵斥道：「胡說！須彌城有事呈稟冥皇，怎會由紫晶宮侍衛送遞？」

其實月狸知道在禪都內城，一般是不可能有人冒充紫晶宮侍衛的。只是今天她心情欠佳，卻有人在這個時候冒犯她，頓時激起了其萬丈怒焰。她的劍快得連戰傳說都有些難以招架，何況只是一個普通的紫晶宮侍衛？

那侍衛知道若面對一般女子，抬出冥皇就可以將之嚇住，但對月狸這樣的望族千金，卻絕對不是那麼容易奏效。

那侍衛只好解釋道：「這事有些特殊，不便由須彌城的人稟報，而小的又恰好在前幾日護送幾個宮醫去須彌城，所以……所以……」

其實這侍衛是太膽小了些，如果他咬定不說，月狸也不敢真的取他性命，她雖然有些刁蠻，但在天司殺府耳濡目染，亦知若是事關大局，就決不能意氣用事的道理。

「須彌城？香兮公主不是要嫁給須彌城的少城主盛九月嗎？我倒要問問須彌城發生了什麼事？」

香兮公主與月狸年歲相仿，兩人幼時曾是很好的夥伴。

香兮公主身分高貴，一般女孩是無法接近她的，而宮內奉命陪香兮公主玩的，卻因爲敬畏拘束，很難讓香兮公主開心。唯有月狸是天司殺的掌上明珠，也是身分尊貴之人，每次隨父親進宮，香兮公主都很開心。

只是兩人年齡漸長之後，冥皇對香兮公主約束也多了。月狸很少有機會見到香兮公主了，即使偶爾見上一面，也覺得多少有了隔閡。

眼下月狸正爲戰傳說的事煩惱，那侍衛提到了須彌城，自然而然便想到了香兮公主要下嫁盛九月的事。

當月狸自己也爲情感所困時，更有與香兮公主同病相憐的感覺，所以她很想知道須彌城發生了什麼事。

那紫晶宮侍衛猶豫了半天，方低聲道：「小的說出之後，大小姐可千萬別說出去。若過些日子外面都有風聲了，那時就無妨了，否則只怕小的會腦袋搬家。」

月狸大爲好奇，心道：「是什麼事如此嚴重？」口中卻道：「這個自然。」

「須彌城的少城主病發而亡。」那紫晶宮侍衛的聲音壓得不能再低了。

「什麼?!」月狸失聲驚呼，聲音大得讓那紫晶宮侍衛嚇得臉色發白，連叫饒命，慌慌張張地道：「大小姐，小的可再也耽誤不起了！」

月狸知道他說得不假，一個城主的兒子死了，這本不是什麼大事，但盛九月同時還是香兮公主未來的夫君，那便非同小可了。

於是，月狸收回了劍，「你走吧。」

那馬倒在地上不住地哀鳴，自然是無法再騎了。好在這兒離紫晶宮也不遠了，那侍衛撒腿便往紫晶宮狂奔而去。

月狸忽然得知盛九月的死訊，心頭吃驚異常。

「香兮公主若是知道這件事，會如何想？盛九月究竟染上了什麼病，從病發到離世竟這麼快！冥皇不是派出幾名宮醫前往須彌城了嗎？難道他們也救不了盛九月的性命？香兮公主先是被許配給一個陌生人，接著又被迫推遲成親時日，現在她未來的夫君竟然病故……她可真是命運多舛……」月狸不由爲自己幼時的玩伴深深擔憂著，暫時淡忘了自己的煩惱。

第七章　九五之言

與月狸分手後，姒伊一直在思忖自己提到戰傳說時，月狸何以那麼冷淡？

是因爲女性的矜持嗎？

似乎不是，那又是爲什麼呢？

姒伊正百思不解時，天司祿來見她了。

天司祿一見姒伊，便先將月狸的來意說了一遍。

聽天司祿這麼一說，姒伊恍然道：「怪不得我提到戰傳說時，她很是冷淡。看來天樂公子將戰傳說領入天司命府後，一定發生了什麼事，因爲當時月狸也在天司命府。正是在天司命府發生的這件事，才讓月狸的態度發生了改變，至於具體發生了什麼事，卻還有待查清。」

天司祿道：「其實，以冥皇現在的態度，要想讓戰傳說獲得地位，並非一定要走天司殺這條路。」

姒伊笑了笑，「看來，冥皇已不得不下決心對付大劫主、對付劫域了，既然下了這樣的決心，他就不會再將戰傳說視爲仇敵了。冥皇也知道，像戰傳說這樣的人，能不讓其與自己爲敵，總是一件好事。你已得知了冥皇這一態度，所以在今天的宴席上，才不怕得罪地司殺的人，是嗎？」

天司祿並不否認，「正是如此。據我所知，冥皇不僅不願讓戰傳說成爲大冥王朝的敵人，而且還希望能夠重用戰傳說。爲了消除與戰傳說之間的怨隙，冥皇甚至可能不惜犧牲地司殺！」

「讓地司殺成爲替罪羊羔？」姒伊道，「這一次冥皇態度的變化可真夠大的。不過，雖然冥皇有此意，戰傳說會不會答應尙很難說。依我對戰傳說的瞭解，他不太可能會爲大冥王朝效命。」

沉吟了片刻之後，她方接著道：「總之，我希望戰傳說能夠成爲大冥王朝中有實權的人物。」

天司祿道：「我明白了。那麼，現在就應雙管齊下，天司殺那邊也不輕易放棄，是也不是？」

姒伊有些答非所問地道：「其實戰傳說與月狸本就很般配，不是嗎？」

天司祿不知該如何回答這樣的問題，好在他也知道這樣的問題其實並不需要他回答。

他相信姒伊其實是在問她自己。

須彌城城主盛依縱然有一百個不情願，最終還是離開須彌城前往禪都，向冥皇「解釋」爲何請求推遲成親的時日。

這樣的違心之舉，想想便讓人氣憤。明明是冥皇自己有意要拖延成親的時間，卻還要假戲真唱，讓盛依打落牙往肚裏吞。

心情欠佳，不情不願，盛依前往禪都的行程便很是緩慢。他心道：這樣的事反正只是爲掩天下人耳目，遲一日早一日又有什麼區別？就這樣磨磨蹭蹭地到了禪都，花去的時間比平時整整多出了兩天。所以，當盛依進入禪都時，他的兒子盛九月已經病故。

只是，對於這事盛依還一無所知，也絕對不會料到有這樣的事情發生，因爲他清楚其子盛九月的「病重」只是假象，爲迎合冥皇的意思不得不這麼做罷了。

盛依對兒子盛九月的死毫不知情，他在驛館住了一夜，第二天才進紫晶宮面見冥皇。就在他留宿驛館的時候，護送宮醫前往須彌城的紫晶宮侍衛中的其中一人已連夜飛馳禪都。

之所以是由紫晶宮侍衛前來禪都稟報，是因爲須彌城的人對盛九月的死已起疑心，猜測是幾名宮醫做的手腳。

須彌城的人焉能不知少城主盛九月其實根本沒有身染重疾？所以須彌城便扣下了幾名宮醫以及護送他們的紫晶宮侍衛，爲了避免須彌城派出的信使被冥皇迫害，便讓紫晶宮侍衛回禪都稟報。

就算沒有幾名宮醫以及紫晶宮侍衛被扣押，發生了這麼大的事，那紫晶宮侍衛也不敢不飛速回禪都稟報。

當盛依終於見到冥皇時，強忍心頭不滿。稱其子盛九月重病，不能如期舉行成親大禮，請冥皇將日子後延，此時那紫晶宮侍衛正好被月狸擋在了路上。

當那紫晶宮侍衛跌跌撞撞地跑入紫晶宮時，盛依已回到了驛館。冥皇賜給他們父子不少禮，派人專門送至驛館，盛依連看一眼的心情也沒有，他早早地便倒在了床上，想著心事。

與此同時，那紫晶宮侍衛正向冥皇稟報在須彌城發生的事。

此季已快入冬了，但在冥皇越來越森冷的目光下，那侍衛額前卻在不斷地冒出冷汗。

當他將話說完時，全身已力乏，幾至虛脫。

殿內鴉雀無聲。

良久，方聞冥皇一聲輕嘆，「九月何以如此無壽？連本皇的宮醫也無法使之康復啊！」

誰也不敢接冥皇的話。

不少人都想到：如果盛九月真的是病亡，那麼須彌城即使有天大的膽子，也不敢扣押冥皇派出的人。如今，須彌城這麼做了，這預示著在這件事的後面必有某種內幕。須彌城不相信盛九月真的是病亡，所以才扣押了宮醫與侍衛。顯然，須彌城很可能已懷疑是冥皇派出的宮醫加害了盛九月。

至於冥皇會不會真的加害盛九月，又爲什麼要加害盛九月，則是各有各的想法。無論如何，在這種時候，當然是明哲保身，少開口爲妙。

殿內的氣氛很是壓抑。

冥皇似乎也是滿腹心事，又沉默了良久，他才說出一句話來：「先留住盛依，但暫時不要把這件事告訴他。」頓了一頓，又道，「本皇要親自把這件事告訴他。」

聞者皆大覺意外，一時猜不透冥皇爲什麼要這麼做。

盛依一夜都未曾睡踏實，總是在不斷地做噩夢。千奇百怪的噩夢，但醒來時，卻一個也記不起了，只覺得猶有餘悸，手心也是一片冰涼。

「難道昨日面見冥皇時，冥皇已從我的言語中看出了我的不滿，要怪罪於我？」轉而又一想，這件事分明是冥皇有失王者風範，若冥皇還要步步進逼，那便是豁出不要這城主之位又如何？

草草洗漱好，盛依仍是心亂如麻，他從須彌城帶來的隨從爲他送來了一些精緻的糕點，盛依也只是胡亂吃了一點。

正這當兒，忽然有人進來稟報：「城主，聖皇親自移駕來見你了。」

「什麼？」盛依一呆，有些回不過神來，目光向窗外看了看，天剛剛亮起。

一陣腳步聲後，萬民仰視的大冥冥皇出現在了門外，陪同冥皇的只有幾個人，都是一般侍從的裝扮，沒有人攜帶兵器。

盛依雖然心頭不滿，但君臣之禮卻是不能失的，他趕緊起身，向冥皇施禮，卻被冥皇攔住了。

冥皇稟退了其他人，當屋內只剩下他和盛依兩人時，才道：「我此次不是以冥皇的身分而來，而是以香兮長兄的身分來的，算起來盛城主是我的長輩了。」

盛依不曾料到冥皇居然這麼說，很是惶恐，忙道：「聖皇折煞盛依了，盛依無地自容。所謂君君臣臣，是容不得絲毫逾越的。」

冥皇嘆了一口氣，「這些年大冥王朝安定了，繁文縟節也多了。遙想當年，玄天武帝開創大冥之初，還與他的幾個重臣結爲兄弟。君臣之間坦然相對，是何等讓人稱羨啊？」

盛依不知該說什麼好，唯有沉默，心頭暗忖：冥皇究竟是爲什麼事而來？總不至於一大早來驛館，就是爲了跟他講這些君君臣臣的道理吧？

「我這次前來，是向盛城主賠不是的。」冥皇忽然有了驚人之語。

盛依如聞驚雷，卻有些呆了，難以相信自己的耳朵。

半晌才回過神來的他，急忙跪下，「盛依有不是之處，請聖皇明言！」

冥皇再度將他扶起，「我是爲香兮與九月的事向你賠不是的。」

盛依心頭「咯噔」一下。

冥皇緩緩地道：「其實，香兮早已失蹤，並不在紫晶宮。」

今天，冥皇所說的話，真是句句讓盛依心驚。

「香兮公主她……」盛依道。

「她是在我決定將之許配給九月之後失蹤的，至今下落不明。大冥冥皇的胞妹竟然會失蹤，這事若傳出去，顯然大大有損大冥的威望，所以，我當時便下令知情者一律要嚴守這一秘密，只盼能在她成親之日前找到她，我以爲這不難做到。」

「公主她是自行出走，還是……？」盛依遇到這樣棘手的事，難免有些吞吞吐吐，欲言又止。

冥皇苦笑一聲，搖了搖頭，「至今還不能確定她是不是自行離去。」

「會不會是……公主得知聖皇要將她下嫁給犬子，而公主卻並不願意，所以她……選擇了回避？」到了這個地步，盛依終於決定把心裏的念頭說出來。

「或許……也有這個可能，我知道九月是一個出色的年輕人，可香兮公主恐怕未必瞭解。女孩子的心總是難以捉摸的，我平日也很少有時間照應她，也不知她平日裏想的是什麼？」冥皇說他這一次是以香兮公主的長兄與盛依相見，而此時他的言行，也的確是一個在爲妹妹擔憂的兄長。

冥皇接著道：「我讓人暗中查找她的下落，卻毫無結果。而婚期卻越來越近，若是到了成親的那一日，新娘卻不知所蹤，那豈非要貽笑天下人？無奈之下，我只有出一下策，讓盛城主稱九月患病，以拖延時間。」

盛依一直在爲冥皇既想拖延婚期，又要由他們父子承擔這樣的責任而耿耿於懷，這時方才明白其中的內幕。

冥皇的坦言赤誠讓盛依的不滿之情煙消雲散，若設身處地地爲冥皇想一想，冥皇也的確有他的難處，這麼做也是迫不得已。他們父子雖然受了一些委屈，但並無實質性的損失，爲君王分憂，本就是作爲臣子的職責所在。

至於香兮公主失蹤後，盛九月與香兮公主的婚約還能否舉行，又在何時舉行，盛依也不太在意，就算最後冥皇不得不毀約，盛依也能接受。

其實須彌城迎娶香兮公主是一件有利也有弊的事，這一點盛依很清楚。

於是盛依道：「爲聖皇分憂，是盛依分內之事。聖皇沒有事先將這一點告訴盛依，定是爲勢所迫。」

冥皇點了點頭，喟然道：「對於此事我一直很內疚啊。」

盛依在得知真相後，心情反而不再像昨日那麼沉重了。

冥皇接著道：「我之所以派出幾名宮醫前去須彌城，只是爲了掩人耳目。一個人說一次謊不難，難的是爲了這一個謊言不被識破，就必須以更多的謊言來掩飾這個謊言，我雖是冥皇，也不能例外。」

盛依心頭有些感動，冥皇對他說這番話，可以說已是推心置腹了。

他盛依夫復何求？

他卻不知，一場災難早已在悄悄地等著他了。

冥皇這才道出此行的最終目的，「我卻沒有料到，我派出幾名宮醫的舉措只是爲了掩人耳目，卻因此而鑄成大錯。」

盛依不解地道：「聖皇的意思是？」

冥皇的目光與盛依正視著，他聲音低沉地道：「我已接到須彌城飛傳過來的消息，九月死了。」

「誰？」盛依問了一句，猛地醒過神來，頓時呆住了。

「不！決不可能！」盛依暴吼一聲，鬚髮皆張，雙目赤紅，模樣甚是可怖。

盛依的反應早已在冥皇的意料之中，所以他一點也不吃驚，只是默默地望著盛依。

盛依忽然想到了什麼，神色大變！他以極爲複雜的目光望著冥皇，嘶聲道：「他……是怎麼死的？」

「病死的。」冥皇道，「當然，你我都知道，這不會是事實的真相，因爲九月他根本沒有生病。一個本是安然無恙的人，經過醫術高明的宮醫的醫治，卻突然死了，誰都會懷疑這是宮醫下的毒手。宮醫一直深居紫晶宮，與世無爭，當然不會與須彌城有仇。那麼，這些宮醫就應該是奉我的命令這麼做的，是我想除去盛九月。」

盛依的眼中閃著駭人的光芒。

「但是，既然誰都能看出是我想除去九月，就說明我的手段太不高明了。用這種低劣手段的人，根本不配成爲樂土的九五之尊！我自忖還不至於會使出這樣低劣的手段。」

「你是想說此事與你毫無關係？」盛依悲憤如狂，全然不顧眼前此人是大冥冥皇，竟以「你」相稱。

「當然有關，如果不是我先讓九月稱病，後又派出宮醫，殺害九月的人，未必有機會可趁。但現在他卻可以在毒害九月之後，讓須彌城懷疑是我讓人這麼做的，挑起須彌城對我的不滿，而兇手卻安然無恙。」

盛依嘶聲狂笑：「你以爲這麼說我就會相信你嗎？」

「你會信的。」冥皇沉聲道。

兩人就那麼默默地對視著，不出一言，連時間彷彿也凝固了，氣氛緊張得讓人窒息。

而盛依的嘶吼，竟沒有引來冥皇身邊的人。

良久，良久。

盛依終於開口了：「我要即刻回須彌城！」

冥皇點了點頭。

「你不怕我回到須彌城之後，立即舉須彌城之兵力，進攻禪都？」

冥皇聲色不動地道：「若我擔心這一點，此刻就不會在這兒了；若你會作出這樣的選擇，你就讓我太失望了。」

盛依無言，目光陰沉。

清晨，天司祿府的後院中，姒伊的居室裏，其貼身侍女正在為她磨墨。

一切準備妥當，那侍女將畫紙舖在了案上，再將畫筆交於姒伊的手中。

姒伊將畫筆執在手中，卻久久未動。

一個雙目失明的人，又怎能作畫？唯有姒伊的侍女知道，每日清晨作畫，已是姒伊延續二年多的習慣了。

姒伊並非生來就雙目失明，在沒有失明前，她曾學過繪畫。

以她的聰穎，無論學什麼，都應是十分出色的。沒有人會懷疑這一點，但雙目失明之後，她又何必再有此舉？

姒伊仍未落筆，卻忽然向她的侍女道：「這兩年來，我畫的畫妳都收好了嗎？」

「收好了，小姐放心。」

姒伊微微頷首：「等我畫滿整整三年，就不再畫了。」

姒伊還從未提過她有這樣的念頭，所以那侍女頗有些好奇地問道：「爲什麼要畫滿三年就不再畫了？」

「因爲我曾夢見當我畫夠了整整一千張他的畫像時，他便出現在我的身邊了。那時，我與他天天在一起，又何須再日日畫他？」姒伊道。

「小姐很相信夢？」侍女道。

「相信……因爲我的夢境總是很美好。」姒伊幽幽地道，「當他出現在我身邊時，我竟然可以看見他！」頓了一頓，又道，「昨夜的夢裏，我夢見他，他顯得有些不開心，可惜他沒有告訴我爲什麼。」

她說得有些入神，此時的她，一點也不像是一個讓冥皇頭痛不已、在幾股強大勢力當中遊刃有餘的女子，而只是一個對生活充滿著美好憧憬的女孩。

「小姐夜夜都會夢見他，難怪能畫得那麼傳神。」

「是嗎？」姒伊微笑著道，「作畫要意存筆端，畫盡意在，融化意象，妙在似與不似之間。所以傳不傳神，與雙目能否視物並無必然的關聯。若是讓我畫別的人，只怕是根本無從下筆了。」

話畢，筆鋒已落，勾、擦、染、點、描……一氣呵成，頃刻間，一個有著大致輪廓的年輕男子已躍然紙上。畫極爲抽象，難以細辨容貌，卻能讓人感到這是一個高大偉岸、氣宇軒昂的年輕男子。

那侍女低聲道：「奇怪，這人我好像在什麼地方見過。」

姒伊不以爲然地笑道：「他只是在我夢中出現過，妳怎可能見過他？」

那侍女也覺得自己多半是看走眼了，便不再多說什麼。

這時，物行自外面進來，他一進來便道：「戰傳說已離開了天司祿府。」

「哦，他去了什麼地方？」姒伊知道物行既然來向她稟報，戰傳說此行就有些特殊。

「不知他要去什麼地方，這一次他要去的地方，連爻意、小夭都不肯告訴，而且他是在天還沒有大亮時就匆匆離開了禪都。」

「他出了禪都？」姒伊大吃一驚，這一次，她是真的不明白戰傳說的用意了。照理，有爻意、小夭在天司祿府，他是不會輕易遠離禪都的。

正如物行猜測的那樣，戰傳說的確沒有把此行的目的告訴爻意、小夭，其原因就在於他不想她們爲他擔心，因爲他是要去九極神教昔日總壇所在地與勾禍相見。

勾禍修爲蓋世，殺人無數，性情不可捉摸。戰傳說與勾禍相見，可以說是生死難卜，如果小夭、爻意知道他是要去見勾禍，非但會擔憂，而且說不定會全力勸阻。

他不想改變主意，而且這一約定本就是他與勾禍之間共守的秘密。

這些日子來，戰傳說一直在爲小夭的安危擔憂，之後又是赴祭湖之約，與血影一戰後，他曾昏迷過一段時間。昨夜戰傳說記起自己與勾禍還有一個約定，屈指一算，才發現期約已到了。

如果今日天黑之前不能趕到九極神教昔日總壇，就是戰傳說失信了。

雖然對方是昔日人神共憤的勾禍，但戰傳說也不願失信。更何況，勾禍還知道不少關於不二法門的秘密，這些秘密對戰傳說個人或許不太重要，但對天下人卻相當重要，因爲今日的不二法門的力量實在太強大。

戰傳說覺得時間緊迫，是以一刻也不敢耽擱，所以在天還沒有亮便起程了。臨走時，他只叮囑爻意、小夭不要輕易離開天司祿府。

戰傳說之所以敢暫時離開爻意、小夭，與天司祿昨日告訴他冥皇對自己的態度發生變化不無關係。冥皇態度改變的原因，戰傳說也能猜出一些。若冥皇不再除他而後快的態度，那爻意、小夭留在天司祿府還是比較安全的。

要找到昔日九極神教總壇所在並不難，在九極神教總壇，大大小小不知發生了多少戰鬥，上演了多少刀光劍影，血雨腥風，它曾經與禪都一樣，倍受萬眾矚目。

戰傳說一路向南再向東，雷厲而行，不敢有所耽擱。

黃昏時分，殘陽如血。

戰傳說終於立足於滔滔赤河西岸。

赤河是人工開挖引水形成的河道，此舉是在九極神教勢力最盛時完成的，勾禍便以這條人工開挖而成的河道爲第一道防衛九極神教的屏障。

說來也巧，就是從赤河開挖通水之後，九極神教的勢力開始衰退。有人說這是因爲勾禍開挖此河，就顯示了他起了固守自封、不再進取之念，一個失去了進取心的強者，是很難保持自己的霸業的。

赤河本是無名之河，勾禍第一次大敗時，樂土各族派全面進攻九極神教的總壇。

那一戰，殺得天昏地暗，雙方死亡無數，這條河的河水皆被染紅了。

這一戰，以九極神教慘敗告終。眾人殺盡負隅頑抗的九極神教弟子後，還不解恨，又放了一把火將氣勢恢弘的九極神教總壇燒得一乾二淨，最後連赤河也將之用土重新填上。

很難說此舉有什麼實質性的意義，它只是一種極端情緒的宣洩方式罷了。

如果沒有南許許，這場災難也許就這樣結束了。

勾禍東山再起，捲土重來，勢力再次壯大，很快他便重新奪回總壇，並在原址建起更具規模、更有氣勢的總壇。

與此同時，勾禍也做了一件其實並無多少意義，但在他看來卻不能不做的事，那就是將被填埋了的赤河重新開掘。

當昔日的河床重新出現在人們面前時，他們驚愕地發現，河床的岩石竟然已成觸目驚心的紅色！

有人說這是被鮮血染紅的，但鮮血染紅這些岩石，何以經久而不褪？沒有人知道爲什麼。

當清洌的河水再一次沖刷河床時，河水被河底的岩石映成了一片血紅色，彷彿在滔滔流動著的不是河水而是鮮血！

赤河之名，由此而生。

當勾禍第二次被擊敗，九極神教第二次被攻破時，又有人建議將赤河填實。但這一次卻被九靈皇真門的乙弗弘禮阻止了。

乙弗弘禮道：「此河雖不吉祥，卻可告誡後人。」

赤河因爲乙弗弘禮這一句話而保存下來了。

此刻戰傳說立足於赤河西岸，只見河水暗紅如血，殘陽斜照，水聲嗚咽，讓人心生愴然之感。

目光越過赤河，便可見九極神教的總壇遺址了。

木質的梁柱可以燒去，但殘壁斷垣仍在。無數的房屋一層層地向後鋪開，延綿不絕。黃昏的光線很是黯淡，所能看到的九極神教總壇只是一個大致情形，這反而可以遮掩它的破敗，只大致地勾勒出昔日的輪廓。

曾讓樂土武道爲之色變的一代魔主，此刻會在哪兒等候他呢？

戰傳說收回了目光，輕輕地吁了一口氣，飄然掠過赤河，走近九極神教總壇。

九極神教的總壇建在一座坡度不大的山上，成百上千的建築呈翼狀向兩側展開，就像是一個巨人欲擁抱天地蒼穹。

九極神教的總壇正面所對的，是一馬平川，所以九極神教的總壇雖然地勢不高，卻有睥睨眾生的氣勢。

步入山門，可見路旁有巨大的已折斷成數截的石柱。當年甫入九極神教的總壇，便可見一對石柱相對聳立，高逾十丈，直指雲霄，何等氣派！

戰傳說的目光卻未落在這兩根已斷了的石柱上，而是落在了路旁的森森白骨上。

森森白骨處處可見，尤其是在道路的兩側。這些屍骨一定是九極神教弟子的。

他們是失敗者，所以他們的屍骨無人收殮，只能曝於荒野。

走近了，才真正地知道九極神教的破敗與蒼涼。路邊斷壁旁長出了雜草灌木，此季已是深秋，草木枯萎，處處顯示著凋零肅殺。

那些屍骨散於各處，姿態不一，他們都是在殘酷廝殺中倒下的，所以才會如此。

雖然沒有親歷數十年前的那場風雨，但戰傳說能想像得出當年的血戰。甚至就是現在，在這樣的沉寂無聲中，戰傳說恍惚中仍依稀能聽到金戈鐵馬之聲，空氣被利刃破空而過的聲音攪得一片囂亂。

數十年前，無數人拋頭顱、灑熱血，卻又有幾人知道自己爲什麼拋頭顱、灑熱血？戰傳說的心頭有些沉重。

他甚至幾乎忘了自己來九極神教總壇的初衷，沒有留意勾禍什麼時候會出現，而只是在默默地走著。

天色越來越暗，黑暗把戰傳說與周圍的一切慢慢地融合在一起。

彷彿，他不是這片空間的闖入者，而是本來就是屬於這片空間。

戰傳說甚至「看到」那些森森白骨重新站起，重新有了血肉，活生生地立著，執著各種各樣的兵器，他們的目光瘋狂而又冷漠，無數的樂土武道中人向他們衝殺過來，兵器交擊聲、鮮血拋灑時劃過虛空發出的像風一般的聲音……讓人齒寒！

空氣中有一種微甜的血腥氣。

九極神教弟子不斷倒下，倒在血泊中，瘋狂廝殺的雙方誰也不看戰傳說一眼，而戰傳說就在他們之間默默地走著。

「哇……」一聲鳥鳴，一隻烏鴉自一具屍骨旁振翅而飛，飛入蒼茫的夜色之中。

戰傳說從幻覺中被驚醒過來，他發現自己已經走在九極神教總壇的腹地了。換而言之，如果九極神教沒有覆滅，那麼這兒就是其核心地帶。

當年九極神教勢力如日中天，懾於九極神教的淫威，有不少族派依附屈從於九極神教，那時勾禍的一道道指令由這兒傳出，可以說是一呼萬應，風光無限。

而今天呢？這裏顯然很可能是曾經的主殿，它四周皆是以巨大而方正的岩石砌成，所以大火根本無法將它徹底毀去。看得出它的部分牆體雖然毀去了，但這並不是被火燒毀的而是被砸毀。

戰傳說步入了這間僅餘四壁的主殿，然後，他看到了一個人——

勾禍！

主殿的北向中央有一張巨大的以玉石雕成的交椅，雖然被毀的面目全非了，但它的模樣仍在。

此刻，勾禍正靜靜地坐在那張面目全非的交椅中。

「你來了？」

勾禍的聲音傳入了戰傳說的耳中，或許確切地說是傳入他的心裏，因爲勾禍真正的說話聲嘶啞古怪，不堪入耳，這是勾禍以內息傳出的聲音。

「我來了。」戰傳說應道。

此時此刻，戰傳說有一種非常奇怪的感覺，他覺得自己不是在與一個現實中的人對話，而是在與已經流逝的歲月交談。

他也不知道爲什麼會有這樣的感覺。

「你來了？」晏聰對站在門外的靈使道，此刻他正在萬聖盆地一處很偏僻、很不起眼的屋子裏，屋子的主人已不知去向。

自從前些日子大劫主進入萬聖盆地後，萬聖盆地不少人就搬遷逃離了。誰都知道大劫主比當年的勾禍更可怕，勾禍可以借任何理由殺人，而大劫主殺人卻不需要任何理由。

晏聰要見靈使，又不想讓外人知道他與靈使特殊的關係，所以便選擇了這間屋子。

「是。」靈使道，然後他走入了屋中，反手將門帶上。

晏聰開門見山地道：「我找你來，是想問你一件事。」

「主人請說。」靈使道。

晏聰道：「今日我與天司殺、地司危、蕭九歌、藍傾城五人一起對付大劫主，結果卻久攻不下，反而是我們這邊傷亡慘重，尤其是藍傾城，甫一交手便被大劫主擊殺。大劫主修爲之高，實是驚人！更可怕的是他的絕學『黑暗氣訣』再配合他的黑暗刀，可以吸納他人的力量爲己用，這使他幾乎未戰便立於不敗之地了，但是——最終，他還是敗了。」

「我已聽說是主人將他擊敗的。」靈使道。

晏聰道：「這正是我要問你的地方，我自忖絕對沒有一刀擊退大劫主的實力，但事實上，我非但做到了，而且還毀去了他的『烈陽罡甲』。當時我忽然覺得力量前所未有的充盈，所擊出的那一刀之威力，也達到了前所未有的高度。我不知這種力量由何而來，也不知它對我究竟是利還是弊，所以雖然當時我已佔據了優勢，卻還是沒有全力截殺大劫主任他逃脫。我擔心那超越我能力的一刀，是某種危險的信號，如果久戰下去或許會有危險。而大劫主顯然不知這一點，他以爲這就是我的真正實力，所以他知難而退了。當時，我顯得很從容自信，並非我有擊敗大劫主的十足把握，而是因爲擁有強大的心靈力量後，我可以感覺到他的疑惑與不安、驚懼，所以我才以自信示他，讓他更相信他已無法擊敗我。」

頓了一頓，晏聰接著道：「我想知道的就是，我爲何會忽然變得更爲強大？」

靈使視他爲主人，對他絕對忠誠不二，所以晏聰可以對靈使毫不隱瞞。

靈使想了想，「三劫妙法的力量來源於『天、地、人』三劫，是以稱之爲三劫妙法。如果可以從天劫、地劫、人劫中吸納力量，就可以變得更爲強大。主人的變化應該是源於這三種其中的一種。」

「天劫、地劫、人劫？」晏聰低聲道，他很快想到了在玄天武帝廟中與大劫主那一戰之後的遭遇。

當時他眼看就要亡於大劫主之手，卻因爲天電忽至，緊接著又是九幽地火噴發，大劫主才沒能對他下手。正是那次遭天電相擊之後，他的修爲再次飛速激進，一舉擊殺了鬼將，否則若以他剛練成「三劫戰體」的修爲，未必能夠殺得了鬼將。

靈使接著解釋道：「練成三劫戰體只是將軀體的承受力提高到一個常人無法企及的程度，就有如大海與湖泊不同，海可以容納萬川，而湖泊卻不能。」

靈使不愧是宗師人物，對武學的分析可謂是深入淺出，辟析入裏。晏聰又天資甚佳，立即恍然大悟，明白了爲何經歷玄天武帝廟那一場遭遇後，他會變得更爲強大。

如果不是擁有三劫戰體，只怕他早已在那天電擊中時灰飛煙滅，但擁有三劫戰體的他卻因此而因禍得福，吸納了天電可怕的力量。

「天電是天劫之象，可以導引我修爲的提高自是在情理之中，但在落日峽谷『滅劫』一役中並沒有什麼特殊的事情發生，爲何也會如此？」晏聰既是自言自語，又是在問靈使。

「那就應是人劫造成的。」靈使道。

「人劫？」晏聰道，「此話怎講？」

靈使道：「我聽說落日峽谷一戰，被大劫主所殺的不下二百之眾，二百餘人亡於一旦，此即爲人劫。落日峽谷地形狹窄，死亡冤氣鬱積，正是形成人劫之氣的絕佳條件。」

晏聰微微變色道：「怎會如此？」心頭一陣狂跳，他萬萬沒有想到，自己功力的突飛猛進，竟然是得益於兩百餘人的被殺。

靈使是絕對不會騙他的，那麼也就是說這的確是事實了，而這樣的事實，對晏聰來說，多少有些難以接受。

靈使卻繼續道：「所以，當天下大亂、生靈塗炭之時，正是三劫戰體能達到最高極限的最佳時機……」

晏聰揮了揮手，示意他不要再說下去。

晏聰心道：「若是這樣，那我的修爲要達到最高境界，豈非要以天下蒼生的幸福爲代價？我不願如此啊！」

他心頭有些不快，便轉移了話題，「這些日子來，你可查到了天瑞甲的下落？」

原來靈使與晏聰分手之後，一直在查找天瑞甲的下落。以靈使的地位身分，可以指使諸多不二法門弟子相助，成功的機會要大一些，所以晏聰指派靈使去辦這件事。

雖然暫時晏聰還不知天瑞甲對他有什麼用處，但既然天瑞甲是大劫主垂涎之物，又有非比尋常的來歷，若能得到總是一件好事，至少比落在大劫主手中強。

靈使道：「我只查出羽老得到天瑞甲後，是向坐忘城方向逃去，但卻沒有進入坐忘城，而是繼續向東。」

「你怎麼知道他沒有進入坐忘城？」晏聰很疑惑地問了一句。

「因爲坐忘城中也有不二法門的人，如今坐忘城的新任城主就是不二法門的人。羽老模樣醜陋古怪，他若進入過坐忘城，是不可能不被人發現的。」靈使道。

晏聰暗暗心驚，忖道：「沒想到今天的坐忘城城主也是不二法門的人，不二法門暗中已控制了大冥王朝多少力量？如果不二法門對大冥王朝的確已大肆滲透，而這是有所企圖的，那麼大冥王朝就十分的危險了。像坐忘城城主肩負著管轄六大要塞之一的重任，可以說是舉重若輕，若是再多幾項這樣的權位被不二法門所控制，那將是一件怎樣可怕的事?!」

這事對於不二法門來說，當然是極爲重要的秘密，所以至今除了不二法門位居高位的人外，還沒有人知道先前的貝總管、今天的坐忘城城主是不二法門的人，唯有晏聰卻知道了這一秘密，這得益於他對靈使的控制。

這讓晏聰意識到自己所處的特殊地位：利用靈使，他可以知道許多人根本不可能知道的與不二法門有關的秘密，如果他想投靠不二法門，這將是他非常有利的條件；如果他想與不二法門作對，這同樣也是他的有利條件。

想到這一點，晏聰心中略有些興奮，定了定神，他又道：「羽老沒有進入坐忘城，又去了什麼地方？」

「他繼續向東而行。由坐忘城向東，先是天機峰，然後就是卜城，最後便是大海了。這麼大的範圍，很難確定羽老會在什麼地方隱身，他與我一樣是靈族中人，要追蹤他很不容易。」

「如此說來，我們就只有放棄了？」晏聰道，「靈族是威仰駕前四靈的後人，威仰則是玄天武帝的最大敵人。大冥王朝乃玄天武帝所創，靈族的使命恐怕就是要幫助他們所謂的少帝對付大冥王朝吧？如果他們找到了少帝，再將天瑞甲獻與他們的少帝，那大冥王朝就很危險了——這不是我所希望的。」

靈使怔了怔，沉吟了片刻，毅然道：「此事也不是完全沒有辦法。」

「哦？」晏聰看了他一眼，「你說說看，有什麼辦法？」

「現在是主人要找他們，當然很難找，卻有一個辦法可以讓他們自我暴露！自從離開靈族後，他們對我一直是恨之入骨，可以說是恨不能除我而後快，如果他們發現有除去我的機會，一定不會放過！」

「你是說，以你為誘餌，將他們引出？」晏聰已明白過來了。

靈使點了點頭，「正是！」

他對晏聰之忠誠，可謂是沒有半點虛假。

靈使向晏聰提供了尋找羽老的計謀，晏聰覺得應該可行。不過，對於天瑞甲，他終不是最感興趣的，眼下他最關心的是大劫主的事。

晏聰知道，落日峽谷之戰，已經把他的名聲推至一個前所未有的高度。可以說以前他曾擔心過的與六道門的恩怨，與蒼黍的恩怨，如今已根本不會再困擾他了。

現在，他想做的就是要乘勝追擊。如果能夠擊殺大劫主，那麼他的人生將從此揭開嶄新而輝煌的一頁。

這正是他急於要見到靈使的原因，他想知道自己的修爲是否足以應付大劫主。

現在，他已知道了答案。剩下要做的就是對大劫主的最後攻勢了。

正如晏聰自己所說，他是六道門弟子，六道門的追蹤術天下無雙。與大劫主鏖戰時，他已借機在大劫主身上做了手腳，雖然只是撒上了少許粉末，卻足以讓他牢牢把握大劫主的行蹤。

大劫主已是在劫難逃，他已是孤家寡人，「烈陽罡甲」已潰散，更重要的是，他的不敗神話已被晏聰打破，連行蹤也被晏聰掌握，晏聰沒有理由不信心十足。

他背負著雙手，在屋內緩緩地來回踱走了幾步，終於停下，笑了笑，「真不知大劫主是怎麼想的，他居然是向東而去，而不是朝北。難道他還心存僥倖，想得到天瑞甲嗎？連你都難以找到天瑞甲的下落，他自身難保，又怎能找到天瑞甲？就讓聖水教先與他殺上一陣吧。」

以晏聰本身的情面，當然不可能請動聖水教。請動聖水教的人馬是靈使之功，聖水教中人水性極佳，加上雲江多霧，他們一直潛伏在上游地段。大劫主進入落日峽谷時，當然不知聖水教人馬的存在，直到大劫主進了落日峽谷，他們才順游而下，浮出水面切斷了大劫主的退路。

沒想到大劫主並不是由原路退回，他還不知道晏聰已利用一批六道門專門馴養的鷂鴿，再借助撒在他身上的粉末，牢牢地掌握著他的行蹤。所以脫身之後，他立即迂迴遁入危山十九峰中，僥倖地逃過了勢力強大的聖水教的堵截。

但這一次進入危山十九峰，與前些日子在危山十九峰的遭遇卻截然不同了。那時候只要他隱匿不出，樂土人就無可奈何，現在卻是無論他在什麼地方，剛剛找好隱身之地，立即就有殺聲四起。也不知來了多少樂土武道人士，其中又有多少如天司殺那等級別的高手，只好再度脫圍。

如此一而再、再而三，等大劫主意識到事有蹊蹺時，樂土各路人馬對他的包圍圈已越縮越小，剩下的唯一出路就是渡過雲江。

但這條路其實也是死路，因爲雲江有聖水教教主召恨水及百餘教眾在等候著大劫主。召恨水一直偏安於海上，所以他的名氣不如雙相八司等人那麼響亮，但知情的人都知道他的修爲未必在八司之下。更重要的是，他有雲江之利，劫域天寒地凍，根本沒有像樣的河流，而召恨水卻是善於水戰。

晏聰最近知道的情況就是大劫主在危山十九峰迂迴了一個大圈後，最終選擇了橫渡雲江這條路，所以晏聰才會說要讓聖水教先與大劫主一戰。

大劫主在危山十九峰東奔西突時，晏聰一直在養精蓄銳。

昨日大劫主退去後，一部分人開始清理落日峽谷中的死傷者，最終死於大劫主刀下的有兩百人左右，這其中包括藍傾城，而被山岩砸死的也有一百餘人，傷者更多。

這一戰，對於樂土武道來說，是自從九極神教之亂後最慘烈的一戰，就是不久前動用數萬戰士的雙城之戰，死傷也沒有如此嚴重。

一天一夜過去了，大劫主最終還是回到了起點：他的突圍，正是自雲江江畔一刀斬殺千馬盟九名弟子開始的。

晏聰躊躇滿志地道：「現在我便要前往雲江，追蹤羽老的事暫且擱在一邊，你隨時在暗處接應我便是。對了，如果不二法門有什麼事，你平日怎麼做，現在依舊怎麼做便是。」

靈使答應了。

晏聰高估了聖水教的力量，或者說是低估了大劫主的修爲。

晏聰本來是絕對不會低估大劫主的，但落日峽谷一戰，多少讓他的心理有了微妙的變化。

當晏聰趕至雲江時，雲江一片平靜。一場驚心動魄的廝殺已經結束。

聖水教死十九人傷四人，其教主召恨水也身受重傷——大劫主突破雲江之圍，橫渡雲江成功！

雲江江面依舊水氣氤氳。

江的這邊已聚集了大批人馬，但暫時還沒有橫渡雲江追擊大劫主。

在這種時候，臨時糾合各方面力量的弊端就顯露出來了。在此之前，各路人馬以爲勝利在望，都戰意高漲，一直將大劫主逼至雲江。

但召恨水未能截下大劫主之後，就開始有了不同的意見了。在這次「滅劫」之役中損失慘重的族派主張繼續追殺，不給大劫主喘息之機；而其餘人馬則多半有些洩氣了，覺得大劫主已突出了包圍圈，再追也是枉然，倒不如再從長計議。

時間就這樣在爭執之中消耗，直到晏聰趕到雲江，仍沒有形成統一的意見。

晏聰心頭極不是滋味，還有什麼比積山千仞、功虧一簣更讓人感嘆的呢？

江的對岸，就是亂紅山莊。

今夜，亂紅山莊點起了星星點點的紅燈籠，縱然是夜色已降臨的此時，山莊的景致依舊與「亂紅」二字相得益彰。

晏聰頗有些遺憾地思忖著：「如果亂紅山莊不採取明哲保身的態度，能夠與我們攜手對付大劫主，恐怕就不是這樣的結果了。」

就在他心有感慨時，忽聽有人呼喊：「快看，江的對岸有一艘船過來了！」

晏聰一怔，向對岸望去，果見有一艘船正慢慢地向這邊划來，江面水霧繚繞，又是已夜幕降臨，因此看不清船上的情形，只能看見船頭掛著一盞紅燈籠。

江霧籠罩著燈籠，使它所透出的光無比柔和，就像是在夢中慢慢地飄著一般。

江岸近千人竟都不由自主地靜了下來，所有的目光都被那船、那燈籠吸引。

「嘩……嘩……」船越來越近，已經可以聽到划槳的聲音了。

這時，目力好的人已可以看到那艘船不大，船上共有三人，兩人划船，還有一人站著，竟是一個年約十二三歲的少年，一襲白衣隨風飄揚。

晏聰暗暗皺眉。

那船漸漸地向岸邊靠過來，此時的情景，無論怎麼看，都有些詭異，也有些滑稽。近千名披堅持銳的武道中人立於岸邊一言不發，卻有少年一舟渡江，似乎渾然不知此處不久前還經歷了一場生死之戰。

船終於在近千雙目光中靠岸了，船上有一人拋出纜繩，準確地套在岸邊用來繫船用的木柱上，將船穩住了而另一個人卻彎下腰，將船中間一塊油布揭開了。

當油布揭開的那一瞬間，晏聰神色大變，幾乎驚呼出聲。

他看到油布下躺著的赫然是大劫主！

而這時岸上已響起了一片刀劍出鞘聲，顯然他們也看到了大劫主突然出現，驚愕之中作出了本能的反應。

卻聽得一猶帶稚氣的少年聲音道：「大劫主屍體在此，請天司殺大人、地司危大人查收。」

晏聰呆若木雞。

那船上少年一語激起軒然大波，岸上頓時一片混亂。

大劫主真的死了嗎？

如果是真的，那麼殺了他的人又是誰？這少年又是什麼來歷？

天司殺此時並不在這邊，只有地司危在。不過他與晏聰倒相隔著一些距離，聽得此言，地司危也是吃驚非小。

眾人立即爲他讓開了一條道，地司危行至岸邊，向那少年道：「小兄弟，你是說大劫主已死？」

那少年卻並不直接回話，而是向地司危躬身行禮之後，方道：「你一定是地司危大人了？」

地司危一怔，點了點頭，有些奇怪這少年如何知道。但他更關心的是大劫主的事，也無暇顧及這一點，又追問了一句：「是誰殺了大劫主？」

「我家莊主只讓我將大劫主的屍體交與大人，其他的事我一概不知情。」

亂紅山莊莊主釋亂紅?!

這少年是亂紅山莊的人？

晏聰心頭飛速轉念。

地司危與晏聰一樣吃驚，雖然疑雲重重，但對方只是一介少年，而他是位極人臣的地司危。白衣少年不說，當著這近千人的面，他也絕對不可能強迫對方說。

但他仍不失慎重地道：「大劫主乃魔界第一人，殺他並非一件容易的事。小兄弟，我想看看這具屍體是不是真的乃大劫主的屍體，如何？」

那少年道：「這個理應如此。」

面對地位顯赫的地司危，他一點也不顯得膽怯，落落大方，小小年紀，算是爲亂紅山莊掙足了面子。

地司危的隨從立即道：「大人，讓我們先去看看。」

地司危拒絕了，他道：「不必！」他知道隨從擔心這會是什麼陰謀，所以要替地司危下去看看。但地司危卻想，人家一個十餘歲的少年也如此從容，我堂堂地司危還能不如他？

地司危縱身一躍，躍向了那艘船。

眾人的心一下子提到了嗓子眼上，「怦怦……」一陣亂跳，只覺得口乾舌燥，連氣都有些透不過來了。

晏聰也是全神戒備，一有異樣便立即出手。

不過什麼也沒有發生。

少頃，只聽得地司危道：「這的確是大劫主的屍體。」他的語氣中有掩飾不住的震驚。

晏聰一時間不知是驚是喜，腦中一片空白。

等他回過神來，才知大劫主的屍體已被地司危帶上岸，而那小船已重新向對岸划去，越划越遠。

對岸遠處，亂紅山莊燈籠點點，越發顯得神秘莫測了。

難道，震驚朝野、萬眾矚目的「滅劫」之役，竟以這種讓人始料不及的方式結束了？

晏聰怔怔地望著江霧中那若隱若現的燈籠，久久回不過神來。

對勾禍是否會如期在這兒等候，戰傳說並沒有把握，因爲對方是勾禍。

但當他見到勾禍時，卻又覺得勾禍必然會在這兒等候，促使他有這一念頭的原因，居然也是因爲對方是勾禍。

同時產生兩種不同念頭的原因，恐怕是由他人口中所瞭解的勾禍讓戰傳說產生了前一種念頭，而他親眼見過的勾禍，讓他產生了後一種念頭。

「如果你不來，老夫將會很失望，不是對你失望，而是對我自己失望，因爲我又一次看錯人了——幸好你沒有讓我失望。」勾禍「說」道，「我已等了整整一天，雖然我雙目失明，但我能感到冷暖的變化，能分辨白天黑夜。當太陽落山，天開始冷下來時，我對自己說，如果再過半個時辰你還沒有出現，那麼從今以後，我將不會再相信任何人！」

戰傳說道：「幸好我昨夜記起了與你曾約好在此相見，否則再遲一些記起，我就是有心要準時赴約，也無能爲力了。」

「你竟然直到昨夜才記起與老夫相約之事?!」勾禍顯得很吃驚。

「正是，難道這有何不妥?」戰傳說道。

「不……不過，從來沒有人會把與老夫的約定看得這麼淡。如果那人是我的敵人，他就將惶惶不可終日；如果不是，那麼他將激動不已——你是唯一的例外！」

「在我看來，與任何人的約定，都沒有什麼不同，只是一份應該履行的諾言而已。」

「好小子，竟把與勾禍相見之事看得這麼輕描淡寫！不過，你敢隻身前來總壇與我相見，足見你的膽識。」

戰傳說一笑，「你敢與我約定相見的時間地點，也頗有勇氣，你應該知道如今不知有多少人想取你性命。」

他們兩人很流暢地交談著，但一個有聲，一個無聲，若是有旁人見了，定會覺得說不出的詭異。

「哈哈哈……已經很久沒有人敢對老夫這樣說話了，如果是三十年前，無論你是否是想來取我性命，我都希望能好好地宴請你一次！」

「只可惜如今已不是三十年前。三十年的時間可以改變太多的東西，塵歸塵土歸土，這九極神教的總壇，也已是一片廢墟。」

「小子，你該不會妄想來感化老夫吧?我之所以要與你約見於九極神教總壇，爲的是告訴你不二法門的種種真相。莫要以爲我肯與你單獨相見，你就可以對我指手劃腳！」

戰傳說道：「我說的只是事實。」

勾禍冷哼一聲，顯得有些不悅。

戰傳說卻接著道：「恐怕自從你第二次敗走後，還從未回過這總壇一次吧？」

「是又如何？」

「想必當年它氣勢宏大，壯觀異常，但如今它卻已是一片荒涼。除了累累白骨，什麼也沒有留下。」

勾禍「霍」地起身斷聲道：「小子，你太狂妄了！」

戰傳說毫不示弱地道：「你害怕別人提你的失敗？一個不敢提失敗的人，恐怕很難說是一個真正的強者。」

第八章　真正強者

勾禍的神色變了又變，忽然重重哼了一聲，「若不是元尊陰毒，老夫今日依舊是風光無限，更輪不到你這小子說這些不冷不熱的風涼話。而且我也並非不敢言敗，否則我也不會在第二次死裏逃生後立即深入禪都。只要我有一口氣在，就要讓世人生活於噩夢之中！」

戰傳說「聽」著勾禍的話，沒有覺得震驚，也沒有覺得可笑，而是覺得悲哀。

當勾禍說這樣豪情萬丈的話之時，勾禍彷彿忘了他是坐在一張已破敗不堪的椅子上。四周是斷壁殘垣，黑茫茫一片，沒有無數敬畏的目光，沒有一呼萬應，有的只是一個年輕人在靜靜地「聽」著他的話。

也許勾禍並不是忘記了這一切，他只是不願面對，不願正視；或許雙目失明，對勾禍來說，並非全是壞事，至少他可以不用直接面對一切的物和人。

勾禍慢慢地平靜下來，沉默了片刻，又傳音道：「你是如何知道負我者，唯有元尊？」

戰傳說道：「是一位前輩告訴我的。」

「南許許？還是顧浪子？」勾禍立即道。

「是南前輩。」戰傳說道。

「果然是他！看來，他還是相信了我所說的話。」勾禍道，「他曾先後兩次救過我，第一次他是為了完成其師的遺命；第二次他是希望我保留一條性命，可以讓他有朝一日揭穿不二法門的真面目。可以說，他雖然救我兩次，但卻是為了他自己，我從來不對他心存感激。」

戰傳說真的沒有想到勾禍會說出這樣的話，救勾禍要承受多大的壓力可想而知。為了救勾禍，南許許一生都在逃亡，過著人不人、鬼不鬼的日子。勾禍竟然聲稱他對南許許一點也不感激，如此冷漠無情之人，戰傳說還真的是聞所未聞。

吃驚之餘，戰傳說忽有所悟，他道：「你並非對他沒有一點感激之情，而是你不敢對他存在感激之情，因為你已不再是從前的勾禍，對他的救命之恩，你根本無從回報，所以你才這麼說，是也不是？」

「嘿嘿，你太天真了。就算九極神教仍在，我也一樣不會感激他，而他將我所在的地點透露給靈使，卻是罪該萬死！除了他之外，沒有人知道我在什麼地方，靈使派出的人能找到我，唯一的可能就是南許許向靈使透露了秘密。不過，這一次他雖然出賣了我，但卻又正好助我脫困而出，也算是功過相抵，我與他之間，沒有誰虧欠誰。」

戰傳說有些哭笑不得，暗道：「你未免太不近人情了。」

勾禍的話還讓戰傳說想到一件事，他道：「靈使一直在追查南前輩的下落，他們可以說有著生死之仇，南前輩又怎可能向靈使透露你的隱身之地？這決不可能！」

「難道老夫還誆你不成?!我的隱身之地，是南許許爲我找的，可以說除了他之外，是絕對不可能有人知道的。至於他爲什麼會告訴靈使，那還不簡單，靈使只要抓住了南許許，又豈會沒有辦法逼迫他開口？爲了保全性命而出賣我，這再正常不過了。」

戰傳說心道：「這倒有可能。如果南前輩真的被靈使所擒，那麼在有性命危險的情況下，也許南前輩真的會說，畢竟勾禍本就是一個十惡不赦的人。但南前輩說出這個秘密後，靈使真的會放過他嗎？他恐怕更危險了！與他在一起的顧前輩呢？還有他們一直在尋找的晏聰。」

「你在想什麼？莫非不相信老夫所說的話？」戰傳說想著心事一時沒有開口，勾禍就有些不耐煩地催問。

他與世隔絕地生活了這麼多年，實在太寂寞了，難得有戰傳說與他說話，多少有些興奮。

戰傳說定了定神，「南前輩曾告訴我，說你其實也是不二法門的人，而且地位極高。九極神教也是在法門元尊的授意下建立的，目的就是爲了可以讓元尊在消滅九極神教的過程中壯大其威望，依你與法門元尊的約定，你們將會成爲不二法門地位最高的一尊一聖，但最後元尊卻出賣了你——更多細節，你自然比我更清楚。」

戰傳說的話引起了勾禍對往事的回憶，刻骨銘心的痛苦使他的五官扭曲，本就古怪醜陋的容貌更顯可怖。

「我若是魔，元尊便是魔中之魔！只恨不能將他碎屍萬段！」

勾禍的聲音飽含了無限的仇恨，讓人聽起來毛骨悚然。

數十年過去了，這份仇恨沒有絲毫的減弱，反而在歲月中越積越深。

戰傳說感慨萬千，直到現在，勾禍仍執迷不悟。

戰傳說道：「自你當年創下九極神教的那一天起，就已走上了一條絕路，如果元尊沒有出賣你，又能如何？你就是所謂的一尊一聖中的聖？但以成千上萬條性命換來的這種地位，定然是空中樓閣，最終必會倒坍！」

「是嗎？看來你相信所謂的因果報應，可老夫卻不信！元尊所作所為，比我更天理難容，但如今他卻擁有越來越多的光環，萬眾對他頂禮膜拜！」

能如勾禍這樣稱自己「天理難容」的人，也實是罕見了。

「看來，你並沒有什麼信心。」戰傳說一針見血地道。

勾禍很想矢口否認，但最終還是道：「越是瞭解不二法門、瞭解元尊，就越會覺得它力量之龐大。可以說如今只要元尊願意，就可以立即讓樂土掀起天翻地覆的變化。這些年來，我與世隔絕，對不二法門的瞭解少了，但瞭解少了卻愈發覺得它的可怕。」

戰傳說的心一陣陣發緊。

勾禍獨闖禪都，自千軍萬馬中救出千島盟的人，叱吒來去，無人能阻，氣勢何其之盛？明知勾禍作惡多端，罪不可恕，但戰傳說也不能不深感勾禍之狂霸凌厲。

像勾禍這樣的人，應是無所畏懼的。不二法門竟讓這人、鬼、神都避而遠之的一代巨魔也感到可怕，這恐怕真的應了「法門深如海」那句話了。

勾禍一陣沉默後，竟說出了心裡話：「其實，我雙目已盲，九極神教不復存在，我也知道再無實力與不二法門相抗衡了。可是我不甘心啊！死亡對於我來說，早已無所畏懼，若非心懷對元尊之恨，或許我早已選擇了死亡。這些年來，我所度過的日子，可以說是生不如死！」

戰傳說道：「南前輩為了救你，一定付出了不少心血，你自己也因此吃了不少苦頭。如今再獲重生，為何還放不下惡念，要在禪都大肆殺戮？」

「老夫殺孽深重，何需你說？此次死裏逃生，只想對付不二法門，將元尊拉下神壇！但要做到這一點，以我個人的力量，很難達到目的。而大冥樂土已沒有可以為我所借助的力量，試問，又有誰會與殺人如麻的勾禍聯手？唯一的可能就是利用千島盟的力量，所以我才會在禪都出現，為的就是救千島盟的人，這樣才有與千島盟攜手的可能性。我不想再殺與不二法門無關的人，但局勢總是迫使我不得不殺人。」

戰傳說冷笑道：「簡直是強詞奪理！」

「若是能殺了元尊，我可以立即自廢一身武學，你信還是不信？」

戰傳說唯有暗自感嘆，勾禍的心思，實在是不能以常理衡量的。

「南許許爲了救我，的確是費了不少心。」勾禍承認了這一點，「第一次救我倒也罷了，第二次能保住我的性命，則可以說是奇蹟。當時，我幾乎被人攔腰斬作兩截，除此之外，身上更有大大小小的傷口數十處。當時我已與死屍無異，沒有人會想到我還能再一次活過來。當我醒過來時，發現自己靜靜地躺在一個淺淺的水塘中，水塘面積約有方圓十丈左右，但水只剛剛將我躺著的身子淹沒，我的臉恰好露在水面上。四周是黑色的岩石，高懸在我頭上的岩石像一隻巨型的石鐘。

我不明白當時處在什麼地方，只覺得周圍太靜了，靜得沒有任何的聲音。我想側一側身，或者爬起身看看自己究竟置身於什麼地方，看一看四周還有什麼。當我有這樣的念頭時，這才發現自己已不能移動軀體的任何部位，包括側一側臉部都無法做到。那時，我想我一定是死了，只有死人才會一動也不能動。而且，當時我全身上下沒有一絲一毫的痛感，甚至感覺不到浸著我身軀的水的涼意，我越發相信自己已經死了——原來死後真的有靈魂。當時我是那樣想的。不知過了多久，忽然一聲巨響，把我嚇了一跳，不知發生了什麼事，但響聲之後，又是無邊無際的沉寂，寂靜得讓人懷疑自己是不是已經失去了聽覺。又過了很久很久，又是一聲巨響，然後又是無邊無際的寂靜。如此一再反覆，到後來我才發現，這聲音居然是自己正上方岩上滴下的一滴滴

水，落在了我身子附近的緣故。」

聽到這兒，戰傳說終於忍不住插話道：「一滴水滴落的聲音怎可能有這麼響？」

勾禍以內息傳聲道：「當時我也是難以置信，待我明白其中的原因後，忍不住大笑起來——不過，當時，我根本發不出任何聲音，所以我所說的笑，只是一種情緒，但我覺得自己真的是在笑。自從成爲九極神教教主之後，我從來沒有那樣真正地無牽無掛、沒有什麼雜念地笑，儘管那只是沒有聲音的笑。」

「是什麼事情如此好笑？」戰傳說被勾禍所說的深深吸引住了。

「很簡單，那水滴下的聲音之所以那麼響，只是因爲四周太安靜了，所以一滴水滴落的聲音在我聽來也那麼響！讓天下人寢食難安的九極神教教主勾禍，居然被一滴水滴落的聲音嚇了一跳，這事難道不是十分的可笑？」

戰傳說也不由笑了。

他忽然覺得勾禍並不是想像中那麼可怕，至少他也有著自己的喜怒哀樂。

「那樣無聲地大笑了之後，我相信自己還活著。我繼續忍受著寂靜，每隔一段時間聽一次那震耳的水滴聲，我感受不到傷痛，做不了任何的動作，發不出聲音。一生之中，我竟從來沒有那樣安靜過，儘管是被迫的。我也沒有感到饑餓，一切都太平靜了，平靜得讓我漸漸地不安起來——我不知道自己會不會要永遠在這種狀態中活下去。雖然活著，但什麼也不能做，連自殺也不能。」

戰傳說的心微微一顫，雖然沒有親歷，但那種無聲無息的痛苦，他想像得出。

「我只有強迫自己去想別的事情，但無論如何，我總不可能永遠想別的事，而必然會重新考慮我當時的處境。在這樣的煎熬中，不知過了多久，我終於等來了南許許。」

雖然早已知道救勾禍的人是南許許，南許許必然會在勾禍的敘述中出現，但聽到這兒時，戰傳說仍是有鬆了一口氣的感覺。

「你以爲南許許出現，我的痛苦就結束了嗎？」

戰傳說一怔，「難道不是他救你的嗎？你如何知道我是這樣想的？」

勾禍的「語氣」不再那麼冷漠：「當我說南許許出現時，你有如釋重負的感覺。」

戰傳說失聲道：「你……能感覺到我的情緒？！」

勾禍道：「這有什麼不可思議的？靈使也能做到這一點。真沒想到這世上還有人會爲我擔憂。」

戰傳說有些尷尬地道：「我……只是覺得你說得緊張，才會有這樣的本能反應。」

勾禍沙啞一笑，接著敘述他的往事：「幸好南許許是由遠自近走來的，否則我恐怕會被他的足音生生震昏。他是由遠而近，我對聲音也就不再那麼敏感了。當他出現時，我的確興奮異常，首先就可以確知我確實還活著。南許許見我睜眼看著他，也顯得很高興，他說：『這種方法果然有效。』聲音震得我耳中嗡嗡直響，我很想問他是指什麼方法有效，對什麼有效，可我發不出任何聲音。他大概看出了我的焦躁，『你的咽喉被人刺了一劍，已不能說話，現在你開始嘗試用氣管而不是聲帶發音，也許能夠成功。』」

「後來，我的確成功地做到了這一點。」勾禍道，「只不過聲音不中聽罷了，但能做到這一點，已是三年後的事。之所以知道是三年過去了，是由南許許告訴我的。在此之前，我只能聽南許許說，南許許告訴我是他救了我，他也沒有想到真的能救活我，他只是抱著試試看的心理這麼做罷了。這之後，他常常出現，剛開始他還試圖餵我食物，但卻發現連張嘴咀嚼食物這樣的動作我也無法完成時，他唯有放棄努力。那時，他很是擔心，一個不能進食的人能活過幾天？何況還是一個有過數十處傷口的人？但過了十數天，我仍活著，南許許這才放下心來。如果我能夠開口說話，一定會讓南許許把我帶離那個鬼地方。我有時想破口罵他，罵他是有意這樣折騰我，是爲了報復我連累他四處逃避不二法門的追殺才這麼做的——可事實上，我什麼也做不成。南許許不難猜出我的心思，他告訴我，要活下去就必須泡在那池塘中。」

聽到這兒，戰傳說暗忖那塘中之水，究竟有什麼神奇之處？

「南許許發現這神秘的地方也是出於偶然，他第一次救我時，我在他的身上下了奇毒，爲的是防止他暗算於我。他無法解去我所下之毒，就只有採取以毒攻毒的方法，所以他必須一面逃避不二法門的追殺，一面尋找各類奇毒，越是荒無人煙的地方，他越是願意去，那兒既可隱身，又容易找到劇毒之物。而我所在的地方，就是屬於劫域境內了，南許許是爲了追一隻劫域特有的奇毒無比的冰蟾才進入這地下洞穴的。在劫域這種冰天雪地的地方，處處都是冰窟冰崖，如果不是那隻冰蟾的緣故，誰也不會進入這樣隱蔽的地方的。

由外面到達我所躺臥著的水池，還有相當曲折的途徑，冰蟾身小靈活，身體的顏色又與冰雪相同，南許許很難找到牠，最後牠竟跳入了那個池中，南許許非常驚訝，因爲在劫域中除非是溫泉，否則不可能不結冰。當他將那隻冰蟾抓住剖開取出牠體內的毒液後，便信手將之扔入了水中，沒想到奇蹟發生了，那隻已被開膛破肚的冰蟾剛被扔入水中，竟突然高高躍起，比沒有受到任何傷害的冰蟾還要靈活！

南許許一生沉迷於醫道，見此情形，自然對此感到了極大的興趣。他相信這池水一定有古怪之處，於是又捕來蛇、鼠等活物，將牠們弄傷，然後放入池水中，隨後便看到在這些受了傷的蛇、鼠之類的身上發生了同樣的奇蹟！南許許很是驚喜，他以爲自己已找到了可以讓人起死回生的辦法。但奇怪的是，當他將這池中之水帶出去，用來救治受傷或患病的人時，卻沒有絲毫的作用，更別說起死回生了。劫域境內雖然很少有不二法門的人出沒，比較安全但生存條件太惡劣，南許許做下了暗記之後，便離開了劫域，直到我被重創，他爲了第二次救我，才又重新回到了劫域。」

戰傳說對勾禍所說的那個水池產生了濃厚的興趣，如果不是勾禍的確曾被人公認已經死了，但現在卻活生生地出現在面前，戰傳說恐怕會懷疑勾禍是在信口開河，無中生有。

「沒想到我雖然活了過來，但卻並不能如蛇、鼠、冰蟾那般迅速地恢復生命力。我只能恢復神志，肉體不會腐爛，卻不能由我所驅使。南許許的醫術再高明，對於這樣的事，他也只能束手無策！這一切，都是南許許告訴我的。每次他來，都只能是他說我聽。他說他已經盡力了，能維持這樣的現狀已是萬分幸運了。要想發生類似於冰蟾身上出現的奇蹟，也許只有等待。

當時，我甚至懷疑這是南許許有意在報復：爲什麼冰蟾可以迅速恢復活力而我卻不能？這很不符合情理。不過時間久了，我也慢慢地打消了這樣的念頭，因爲他似乎沒有這麼做的必要。如果他真的是在報復我，完全可以直接明瞭地告訴我，而我根本沒有對付他的能力，除了開眼閉眼，我無法做其他任何事情。

南許許救我，是爲了留住一個對不二法門內幕最瞭解的人。開始三四年，他還常常去看我，跟我說一些話，但後來我慢慢地學會了以氣管發出聲音後，與他漸漸地就有了矛盾。我像一具屍體般地存在著，精神壓力之大，難以想像，所以我能發出聲音後，就經常與他發生爭執，但我的說話聲不流暢，所以在爭執中難免吃虧。

以我永不服輸的性格，越是吃虧我就越不甘心，到後來，我與他幾乎是見面就爭執不休，南許許漸漸地就不再去看我了，反正我不吃不喝也一樣能活下去。其中時間間隔最長的一次，他竟間隔了兩年才去看我，他說那是因爲他的行蹤差一點被不二法門的人發現了。現在，我說那樣的日子是生不如死，你該相信了吧？」

戰傳說不能不承認這樣的經歷，恐怕是上天對勾禍最嚴厲的懲罰了。

對於一個曾叱吒風雲、不可一世的人來說，還有什麼比這樣更能讓他感到痛苦？從前的無限風光與之後的與世隔絕形成了多麼大的反差?!

「後來，我只恨自己爲什麼不能死，不能自殺，我求南許許殺了我，可他卻始終不答應。從前我殺人如麻所向披靡，何嘗想到有朝一日竟會淪落到求別人殺我也無法如願的地步？無窮無盡的時間像是永遠沒有盡頭，爲了打發可惡的時間，我常常自言自語，或者仔細地看頭頂上的岩石的紋案、每一條裂隙。現在，我還能說出當時我頭頂上的每一塊岩石有多少條裂縫。我曾親眼看到一隻蜘蛛在那兒結了一張網，結網的整個過程，我都看得清清楚楚。然後，我看著牠在等待著獵食，日復一日地等待……」

提及從前的那段日子，勾禍並不太激動，但當他說到這裏時，卻顯得有些激動了。

「劫域天寒地凍，哪有什麼飛蟲？牠太傻了，竟在那兒結網，而且還是在深深的洞穴中。從牠結下那張網的那一天起，就從來沒有一隻飛蟲撞上牠所織的網，可牠竟也不離去，就那麼一直等待下去。那些日子，是我這些年中唯一一段不太寂寞的日子，我與牠相互守望。我很希望牠能捕捉到一次食物，但我的希望落空了，牠的身子一點一點地癟下去，我能感覺到牠爬動的速度也越來越慢了。

有好幾次，牠幾乎從上面摔下來。如果牠真的摔了下來，那麼就一定可以和冰蟾一樣，重獲新生，可牠卻總是及時地以蛛絲掛住身子，再慢慢地爬回。我知道這樣下去，牠必死無疑，卻仍希望牠能捕捉到飛蟲活下去，而不是落入水池中。終於，有一天牠死了，而且牠還是一動不動地掛在蛛網上。牠那麼有耐心，但牠的開始就是一種錯誤，所以牠的死，注定不可避免。」

勾禍無限感傷，竟久久沉默。

戰傳說也感慨萬千。

誰會想到，數十年前的絕世之魔，與今日迅速崛起的後起之秀，一老一少兩代強者初次單獨相見時，竟會談起一隻蜘蛛並深深地爲之觸動？

「牠死之後，我忽然覺得自己大徹大悟了，又忽然覺得心灰意冷，我與牠的屍骸無聲相對，我竟流淚了。我的淚水落入水中時，忽然感覺到自己的身子動了動！那一剎那，我的呼吸幾乎停止了，無法相信這是真的！事實上這的確不是真的，我的身體仍然無法動彈，動的是我身上的岩石。」

「啊！」戰傳說大吃一驚，「怎會如此?!」

「我也沒有料到當我在那兒躺臥了數千個日夜後，竟會發生那樣不可思議的事。後來我才知道，我根本不是躺在岩石上，而是躺在四大天瑞之一的玄武身上。」

戰傳說暗中狠狠地擰了自己一把，痛！看來這不是在夢中了。

但他仍是感到極度的不真實！

傳說中，蒼穹中有蒼龍、鳳凰、玄武、麒麟四大瑞獸，牠們是瑞靈之物，時隱時現，不可捉摸，凡眼肉胎根本無法捕捉牠們的行蹤。對於玄武這樣的四大瑞獸，戰傳說只在傳說中聽過，勾禍忽然告訴他曾與玄武共處，這如何不讓他驚愕欲絕？

「這一驚天秘密，我也是後來才知道的。當時玄武只是略略地動了動，然後就恢復如常。以至於在相當長的時間裏，我一直以爲那只是自己的錯覺，或者是大地的微微震動，但從那天開始，我忽然開始常常做夢，沒完沒了地做夢，夢見許多我從未見過的人，從未見過的事，有時我睜著雙眼，竟也能夠入夢——所以，我懷疑那其實根本就不是夢，而只是自己的幻覺。自從有了千奇百怪的幻覺之後，我的時間不再那麼難以打發了，我幾乎時時刻刻地生活在幻覺中。在幻覺中，絕對不會那麼單調寂靜，只是奇怪的是在夢中——或者說在幻覺中，我從來沒有我自己，從來沒有！這樣的日子持續的時間並不長，有一天我又聽到了腳步聲，知道南許許又來見我了，我想告訴他這些日子來所發生的種種幻覺。但事實上，來者並非南許許，而是兩個不二法門靈使派來殺我的人！」

戰傳說本就已聽他提起過靈使曾派人去殺他，只是沒有料到是在這種情形下。勾禍連動都不能動一下，又怎能躲過對方的追殺？

是玄武救了他？還是另有高人救了他？

勾禍對戰傳說毫不隱瞞，他「說」出了當時所經歷的生死一幕。

腳步聲將勾禍從幻覺中拉了回來，他精神為之一振，知道是南許許來了。

「或許這一次，我不會再與他爭執了。」

勾禍以目光迎向南許許將出現的方向。

腳步聲越來越近，顯得有些急促，與南許許平時的腳步聲不太像。然後，兩個陌生人出現在了勾禍的面前。

雙方目光相遇的那一剎那，彼此都愣住了。

來者不是南許許，這讓勾禍大吃一驚！

緊接著，他的第一個反應便是：南許許出賣了他！

他有足夠的理由這樣懷疑——除了南許許，還會有誰能找到這兒？這兩人都不是劫域人的裝束，一看可知是樂土人，那麼對方顯然是直奔他而來的。

有太久沒有遇見外人了，勾禍的反應多少有些遲鈍，除了想到南許許出賣了他這一點外，他的腦海中暫時一片空白。

那兩人正是奉靈使之命而來的。靈使在得到南許許提供的勾禍的隱身之地後，立即繪出路線圖，派出三組人馬，依圖前來尋找勾禍。

對付勾禍，靈使當然不敢掉以輕心。但如果勾禍還活著，而且修為如昔日一般深不可測，那麼連靈使自己都不是勾禍之敵，更何況他派出的人？所以，靈使並不奢望他派出的人一定能殺了勾禍，重要的是要確定勾禍是否真的還活著，如果活著，那便設法追蹤他。

所以靈使才派出三組人馬而不是一組，目的就是為了相互照應。力量分成三組，當然削弱不少，但如果不是欲克敵制勝而是為了追蹤為目的，這樣反而更好。

這兩個不二法門的弟子並未見過勾禍，但在這裏找到的人，不是勾禍還會是誰？

照理，他們早應該有心理準備，知道面對的是曾讓樂土武道聞風喪膽的人物——既有心理準備，應無所畏懼。

但他們乍見勾禍，仍是心頭猛地一緊，似乎那泡在水中的人隨時會向他們飛撲過來，發出致命一擊。

驚駭之下，他們竟喝問了一句：「你是什麼人?!」

這話問得實在可笑，在勾禍面前，他們經不起風吹草動，與其說他們是在喝問勾禍，倒不如說是在掩飾他們內心的緊張。

勾禍大笑起來。

他根本沒有任何力量了，更談不上內力修為，所以他的聲音並不如何的洪亮。但勾禍的聲音嘶啞古怪，不堪入耳，亦顯得頗為駭人。

那兩名不二法門弟子能被靈使委以重任，自是精幹弟子，這時卻被勾禍的笑聲駭得倒退了兩步，齊齊亮出了兵器，再度喝問：「你就是勾禍？」

兩人的言行舉止證明他們來者不善，勾禍心道：「恐怕這就是我一生的命運，一生之中，無時無刻不是處於殺人或者被殺的境地。」

如果是數月前，有人來取他的性命，恐怕是他求之不得的事，但這些日子來，因爲有種種的幻覺相伴，勾禍已不再覺得太寂寞，反而對生命有些留戀了。

何況，縱然要死，也不應該死於這種無名之卒的手中。

勾禍道：「老夫一生樹敵無數，你們是什麼人？」

那兩名不二法門弟子見勾禍久久沒有什麼反應，依舊是那樣一動不動地躺在那兒，聯想到曾聽說勾禍當年身受無數創傷，幾乎被攔腰斬作兩截，這樣的人即使被救活，也應該已成廢人。

當下兩人膽子壯了不少，逼上前幾步，其中一人道：「我們是不二法門靈使的人，勾禍你的末日到了！」

「想殺老夫的人成千上萬，老夫卻還活著，你們真有取我性——命的把握？」

勾禍這麼一說，兩個不二法門弟子又有些猶豫了。

他們突然想到一個可怕的事實：南許許被靈使抓住已有一些日子，加上他們從樂土趕來劫域找到勾禍，已有相當長的時間，更不用說擒押南許許之前，南許許應該早已離開劫域。這麼久過去了，勾禍爲什麼一直留在這兒？

南許許在告訴靈使勾禍下落的同時，還說勾禍已失去了他一身驚世駭俗的修爲，但爲何勾禍能夠在這冰天雪地的劫域中將身子泡於水中？何況那池水竟不結冰，這本就有些蹊蹺。

他們忽然有些不安了！

勾禍的雄心壯志，在這漫長的歲月裏已消磨殆盡。但當法門弟子的不安落入他眼中時，那久違的豪情忽然又慢慢地在他心裏升起。

「不錯，我是永遠不倒的勾禍！」勾禍忖道。

當年所向披靡、無人能擋的輝煌歲月中的種種情形在他的腦海中閃過，無數次的鏖戰、無數次的出生入死，都從來沒有讓勾禍屈服，他的生命力，本就頑強得讓人心驚！

「不！我決不能就這樣束手待斃！」

與其說勾禍是要爲保全性命而戰，倒不如說永戰不休本就是他一生的宿命。

雖然他依舊是一動也不能動，但兩名法門弟子卻感到勾禍真正地開始漸漸復活——南許許讓勾禍復活的是他的軀體，而此時復活的則是他戰鬥不息的靈魂！

這樣的勾禍，是能夠在任何情況都保持冷靜的！並且，他甚至想出了也許可以讓他化解這場危機的辦法。

當然，只能是「也許」，以他現在這樣的狀態，實在很難有多大的把握。

勾禍的九極神功共分九訣，即「天意蒼茫」、「地極」、「金絕」、「木頑」、「水輕」、「火狂」、「土窮」、「風之韻」、「無心」九訣，其中最後的「無心訣」與其餘八訣最大的區別，就在於此訣純以意志取勝，與靈使的「破靈訣」有相似之處，但也不盡相同。

要借「破靈訣」取敵制勝，自身必須有超越對手的內力修爲，憑藉內力與真元對他人的意志形成空前的壓迫力，以氣機牽引對方的心靈。而「無心訣」之妙便在於「無」字，修煉「無心訣」至玄絕之境，即使自身毫無內力修爲，一樣可以克敵制勝。

但自負的勾禍對於自己「無心訣」的修爲卻難有信心，九極神功九訣之中，他最爲薄弱的就是「無心訣」，其原因在於他自視甚高，相信自己能憑真才實學稱雄蒼穹，對多少有取巧之嫌的「無心訣」難免有些不以爲然。所以，昔日他的九極神功前八訣已練至駭人之境，而「無心訣」卻難與其餘八訣相匹配，而且他也幾乎從未借助過「無心訣」。

對付一般的武道中人，以他的修爲足以取勝，根本無須考慮「無心訣」，而面對乙弘弗禮這樣的人物，他又知以「無心訣」修爲，若貿然使出，非但不會有所幫助，反而可能會帶來不利的一面，誰人不知四大聖地中的人心境修爲都極高？更不用說是四大聖地中最出色的乙弘弗禮。所以，連勾禍自己都不清楚「無心訣」究竟已達到怎樣一個境界。

眼下，他已毫無反抗之力，唯一可能助他脫險的只有「無心訣」了。

對兩個不二法門弟子來說，無論勾禍是在怎樣的狀態中，他們仍能感到極大的威懾力。

如果可以選擇，他們寧可選擇不出手，只要能查到勾禍的下落即可。

但他們知道以勾禍之冷酷，如果勾禍有能力殺他們，就決不可能讓他們有機會全身退出這地下岩洞。

兩人中較爲年長者名爲河車，有心再試探一下勾禍的虛實，但他的同伴莊偏卻已沉不住氣了，向河車遞了個眼色，示意兩人一起出手，但河車沒有及時作出回應。

莊偏年輕氣盛，見河車還在猶豫，輕哼一聲，驀然向前疾踏一步，同時拔刀在手，正待直取勾禍之時，心頭忽然泛起一陣異樣的感覺，迅即發現眼前已不見了勾禍的蹤影。

這一突如其來的變故讓莊偏驚駭至極！

勾禍能以如此驚人的速度匿身，這意味著什麼是可想而知的。

恐懼一下子湧上了莊偏的心頭！

與此同時，就在莊偏直取勾禍的同時，河車亦心頭掠過異樣的感覺，一絲寒意悄然升騰而起，迅即視野中有寒光閃現，冷風撲面。

河車向來小心謹慎，所以他才不急於對勾禍出手，而此時的突變正好印證了他的擔憂。

殺機逼進，河車不敢怠慢，舉劍便封。

讓河車有些不解的是，勾禍分明本是手無寸鐵的，爲何此時手中卻多出了一把寬且厚的刀。

當然，這樣的疑惑只是在他潛意識一閃即逝，他根本無暇去細加思忖、分辨。對於尋常人來說，「勾禍」二字猶如噩夢，面對勾禍，河車唯一能做的就是全力以赴！

河車將自身的最高修爲毫無保留地發揮至最高極限，饒是如此，對能否擋下勾禍的一擊，他仍是沒有絲毫的把握。

「錚……」刀劍相交的聲音在這特殊的空間內被十倍、百倍地擴大，其聲震耳欲聾，難以忍受。

河車心頭卻是又驚又喜！

他居然擋下了勾禍一刀之擊！

這出乎他意料的結果反而讓他有些恍惚茫然，只知在興奮激動之餘，又連出數劍，

「噗……」的一聲，他的胸口已中了致命的一刀！

這一時刻，河車的第一反應卻並不是痛苦與絕望，反而是驚喜若狂。

因爲在身中致命一刀的同時，他的劍也已穿透勾禍的軀體——他能夠借著劍身的微顫，清楚地感受到對方身軀在承受這奪命一劍後所有的反應。

隨後，死亡的絕望與擊殺勾禍的興奮交織在一起，讓河車百感交加，兩件事都是如此的突如其來，讓人恍若夢中。

「我……殺了……勾禍……哈哈！」

河車忽然聽到瘋狂、沙啞、扭曲的嘶喊聲。

儘管聲音扭曲異樣，但河車卻還是能立即辨出這是莊偏的聲音。

河車心頭劇震！

倏地，他已然發現與他正面相對、一身血污的人，根本不是勾禍，而是他的同伴莊偏！

莊偏的刀砍入了河車的胸膛，而河車的劍則刺透了莊偏的要命部位。

莊偏終於也猛然從錯覺中驚醒過來，兩人駭然相對，神情淒厲絕望。隨即，他們不約而同地以最後的力量將目光移向水池中。

勾禍竟依舊靜靜地躺在水中，以深邃的目光望著他們，神情如釋重負。

莊偏、河車無論如何也無法明白在他們的身上究竟發生了什麼事！

他們思維的能力突然中斷，兩人以刀與劍聯繫在一起，無力地向勾禍所在的水池中跌去。

水花四濺，血水翻騰，池水一下子被染成了血紅色。

勾禍終於鬆了一口氣，借助九極神功第九訣——「無心訣」，化險爲夷。

在「無心訣」的干擾下，莊偏、河車都心生幻覺，事實上，莊偏所見到的「勾禍」其實是河車，同樣，河車見到的「勾禍」則是莊偏。他們在自認爲離此生最大的輝煌無比接近時，卻意外地莫名斷送了性命。

勾禍望著在水中半沉半浮的兩具屍體，突然想起一事：在這奇異的水中，他們會不會復

活？

死而復生本是一件決不可能的事，但勾禍在此處曾親眼目睹不可能發生的事真真切切地發生了，浸泡著他的身軀的水彷彿有著不可思議的神秘力量！

「如果他們真的死而復生，將會是怎樣的情形？」勾禍此時的心態與其說是擔憂，倒不如說更多的是好奇。

他心頭剛剛升起此念，忽聞「嘩……」的一聲，莊偏、河車的軀體突然破水而出，高高躍起。

勾禍愕然！

「他們真的——復活了?!」勾禍無法相信眼前的一切。

沒等他有更多的考慮，一股莫名的力量自下方將他撞得騰空而起，伴隨著一聲直透蒼穹的吼聲，曾讓勾禍感到無法忍受的沉寂與一成不變刹那間被完全改變！

那一聲直透蒼穹的吼聲，也永遠地留在了勾禍的記憶深處。

他從來沒有料到，在這個世界，竟然還有一種聲音可以深深地震撼他的心靈，讓他感到無法超越的涵蓋天地的無上威嚴！

他甚至無法相信那是來自於某一種生靈的聲音，而應該是源自於神秘的無限蒼穹本身的聲音。

無比自信的勾禍，在那一刻也感受到了自己靈魂的莫名戰慄，彷彿是在突然之間，他意識到無論自己曾經何等的強大，在包羅萬象、玄奧莫測的天地蒼穹面前，他都是渺小的。

在這種戰慄中，勾禍甚至忘卻了思忖自己將面臨什麼——是災難，還是別的！

曾被他日復一日注視了無數次、似乎永遠也不會改變的洞穴，在那一剎那，以摧枯拉朽的方式徹底改變，岩石崩裂、飛射，一切都在極短的時間內發生了天翻地覆的變化。

勾禍第一次以真正超越生死的心情面對自己此刻的遭遇，他只能感受到自己的身軀與崩裂的岩石一同飛翔。

多少年了，多少個日日夜夜，勾禍都是一動不動地靜止著，對於一個有思想、有生命的人來說，這是怎樣的一種磨難，而今，縱然是在外界力量的作用下，勾禍仍爲能重溫飛躍的感覺而欣喜。

他終於脫出了長久禁錮的空間，看到了洞外的世界——千里冰封，銀雪皚皚。

但勾禍根本無心細加體會重見天日的喜悅，猶未落下時，他駭然看到了讓他難以置信的一幕：亂石紛飛之中，一通體覆有烏色堅甲之龐然巨物飛速掠過，亂石尚未與之接近，就已化爲粉末飛揚，其通體透發出的靈瑞之氣讓人除了感受到牠的無上威儀之外，絲毫不會感到牠有暴戾之氣。

勾禍眼睜睜地看著牠輕易地穿過亂石，直向朗朗蒼穹飛去。

雖是積雪皚皚，卻猶有明媚陽光，在這天寒地凍之中平添一絲暖意。

勾禍重重地跌落地上，他什麼也顧不得了，只知驚愕欲絕地呻吟般低聲道：「玄武！」

「聽」到這兒，戰傳說不由爲勾禍的敘述所吸引，忍不住道：「算起來，你所說的見到玄武的日子，正是天瑞重現的時候！」

「所謂天瑞重現其實是指靈瑞之物，天地之間有蒼龍、鳳凰、玄武、麒麟四大瑞獸，牠們之間必然會遙相感應。正是這種感應，使玄武沉寂了不知多少年後在那一刻復甦了。」勾禍「說」道，「而我亦是自玄武復甦那一刻起恢復了行動的能力，只是身上已發生了某些變化。」

戰傳說對勾禍所說的這些，並沒有持懷疑的態度。

他只是道：「靈使的人能找到你的下落，或許的確是因爲南前輩的緣故，但這其中必然有不得已之處。」

勾禍重重哼了一聲，傳聲道：「無論他是出於什麼原因，我只在意一點：誰也不能出賣我！」

戰傳說忽然失聲笑了。

「你笑什麼?!」勾禍怒道。

「看來，在你眼中從來就只有自己一人，你唯我獨尊！」戰傳說道。

「是又如何?!你不至於要告訴老夫這世間還有不自私的人吧？」

戰傳說搖了搖頭道：「如果連南許許這件事你也看不透，我倒覺得你實是枉稱一代梟雄！」

勾禍沉默了片刻，不耐煩地將手一揮：「老夫讓你來此，不是要跟你說這些無足輕重的事，而是與你商議一件事。」

戰傳說道：「是與不二法門有關的事？」

勾禍點頭道：「你沒有讓老夫失望，一猜便中。你能擁有炁兵境界，就應該不是願意一輩子碌碌無爲之輩吧？」

戰傳說淡淡一笑，「何謂有爲、何謂無爲？」

勾禍毫不猶豫地道：「錦衣怒馬、一呼萬應便是有爲！」

戰傳說道：「可惜，我對這樣的日子似乎不太熱衷。」

勾禍冷笑一聲：「虛僞之至！若是這樣，你又何必練得這一身武學？豈不是暴殄天物？」

戰傳說正色道：「我父親曾數十年不爲世人所知，恬淡無爲，直到四年前才一戰成名，捍衛了漠漠樂土，之後復又了無蹤跡。你所說的風光日子，我父親可以說一日也未曾有過，但在我看來，他卻絕非無爲！」

勾禍見戰傳說與自己總難合拍，大爲惱怒，「若是有朝一日你確知不二法門有驚人的野心與陰謀，你當如何？」

戰傳說道：「自然是全力以赴與之周旋。」

「全力以赴？」勾禍冷笑一聲，身形倏動，突然毫無徵兆地向戰傳說疾掠而至。

殺氣如潮！

忽然間，晏聰感到無限的孤獨。

他是獨自一人折回雲江的，雖然與追截大劫主時相差不過兩個時辰，雲江江岸卻已全然沒有了先前的喧嘩。

江岸邊，唯有晏聰一人在默默佇立。

儘管他知道此刻再不會有他人，但他仍是將自己的身形隱於江邊一塊巨岩的陰影之中。

他也不知自己爲什麼還要折回雲江。

白天的經歷可謂是起伏跌宕。甚至不僅是白天，還有之前的這些日子，乃至這二十年來，他的生活都是充滿了曲折。

就在幾個時辰之前，他離最大的輝煌曾無限地接近，只要他能徹底地完成「滅劫」之役。沒想到「滅劫」之役會是以那樣出人意料的方式結束。

此刻，晏聰的心情極爲複雜，有振奮與喜悅，也有失落與遺憾，但是，無論是喜悅還是遺憾，都沒有任何人與他分享、分擔。

他的心間，忽然浮起師父顧浪子的模樣，心頭不由微微一顫。

先前他被靈使所控制，對南許許對顧浪子的所作所爲皆身不由己，如今，靈使反而爲他所制，他當然隨時可以解救出顧浪子。

可是，顧浪子被解救出之後，會原諒他先前所做的一切嗎？會理解他現在利用靈使的力量這樣的舉動嗎？

「沙沙沙……」一陣腳步聲打斷了晏聰的思緒，黑暗中他皺了皺眉，聽腳步聲，他分辨出來者是兩個人。

而對方顯然沒有察覺到晏聰的存在，因爲他們已開始低聲交談。

「刑叔叔，由落日峽谷的情形看，『滅劫』一役很是慘烈啊。」

晏聰又驚又喜，他聽出這是梅一笑的女兒梅木的聲音。

梅木之母顧影是顧浪子的胞姐，論輩分，梅木算是晏聰的師妹，雖然他們僅只是見過一面，但他能感覺到梅木對他很信任。

因爲梅木的出現，他的心頭不再那麼空落落了，很想立刻出來與梅木相見，但終還是忍住了。

刑破的聲音道：「大劫主乃魔界第一高手，要取其性命自是難免一番鏖戰。最終能取勝，已是萬分僥倖了。」

梅木道：「據說我晏師兄也參與了『滅劫』之役，而且功勞最大，不知是真是假。」

「應當是真，他如此年輕，此前在樂土並無聲望，如果不是確有其事，是不可能傳出這樣的說法的。」

「我不管晏師兄在『滅劫』一役中建樹如何，只要確知他的確參與了『滅劫』之役就心滿意足了，那樣至少可以證明他還活著，而沒有在玄天武帝廟中遇害。」梅木不無欣慰地道。

刑破不知在想著什麼，一時沒有答話。

梅木接著道：「要找到我舅舅只有先找到師兄，不知怎樣才能遇見他。」

刑破這時道：「他已名動天下，查找其下落將十分的容易，妳放心便是。」

晏聰心道：「恐怕我也無法將師父的下落告訴你們了。」

「是大劫主害死我娘的，現在大劫主死了，我娘的仇也等於報了。」梅木的聲音透著一份憂鬱和哀傷。

「以後小姐有什麼打算？」刑破問道。

一陣沉默後，梅木苦笑一聲，「我爹娘都已不在人世了，我現在只想與刑叔叔一起尋個僻靜的地方，與世無爭地過一輩子。等叔叔年老了，就由我伺侍你頤養天年。」

晏聰暗自不解梅木怎麼會有這樣的念頭，這時，忽然有靈使的聲音傳來：「主人，元尊傳訊稱，戰傳說與勾禍在昔日九極神教總壇相會，讓我前去設法查清他們相約九極神教總壇是出於什麼目的。我該如何做，請主人定奪！」

晏聰暗吃一驚，忖道：「戰傳說怎麼會與勾禍聯繫在一起？」

事實上，即使對勾禍重現禪都一事，晏聰也知之不詳，只是道聽塗說，外加天司殺略略提到的一些情況。這些日子來，他全部的心思都放在了「滅劫」之役上。

戰傳說與勾禍相會於昔日九極神教總壇這件事固然讓人吃驚，元尊這麼快便知曉此事也同樣讓人吃驚——只不知是戰傳說、勾禍過於疏忽，還是不二法門太神通廣大。

靈使是奉晏聰的旨意在追查天瑞甲的下落，所以當靈使接到元尊的傳訊後，才會讓晏聰定奪是否繼續追查天瑞甲的下落，還是前去昔日九極神教總壇所在地。

晏聰很快就作出了決定，他向靈使下令讓其依元尊的指示去做。

靈使最大的價值便在於他是不二法門四使之一，如果元尊察覺到靈使的異常，那麼靈使恐怕就會失去這最大的利用價值了。

這當然不是晏聰所希望的。

晏聰與靈使之間的遙相呼應，梅木、刑破一無所知——如今晏聰的修爲已足以使他可以讓刑破絲毫不能感覺到他的存在。

晏聰「三劫戰體」初成時，靈使讓他對付的第一個人就是刑破，如果晏聰現在對刑破出手，自信成功的把握極大。但事過境遷，如今再也不是靈使控制晏聰的時候了，而是恰恰相反，

晏聰沒有要對刑破出手的必要。

梅木與刑破在雲江江畔又說了一陣子話，末了，刑破道：「小姐，已是後半夜了，我們該回去了。」

隨後便聽得腳步聲漸行漸遠。梅木、刑破離去了許久，晏聰仍默默佇立於江邊。

勾禍突然發動攻勢，並沒有爲戰傳說帶來致命的後果。轉瞬間，兩人已交手數十擊，一時間難分勝負。

正當戰傳說準備全力一戰時，勾禍卻強行抽身而退，戰傳說大惑不解，但也沒有糾纏不休，只是凝神以待。

勾禍傳聲道：「你年紀輕輕就有這份修爲，的確不易，老夫恐怕也難勝過你。但我雙目失明你尚且久戰不下，若是你的對手換成不二法門的元尊，定然無法倖免，更不必奢談什麼全力以赴。」

戰傳說這才知道，勾禍出手的目的，是爲了向他證實他沒有勝過法門元尊的可能，當下道：「或許在下修爲有限，就算全力以赴也未必能扭轉乾坤，但除我之外，自會另有高人。邪不勝正的道理，是永遠無法改變的。」

勾禍嘆息一聲道：「爲何你總是沒有『捨我其誰』的氣概？」

戰傳說笑了笑，也不爭辯。

「老夫本有一個計畫，需與你協力合作，現在看來，你是不會同意老夫的提議了，既然如此不說也罷。」

戰傳說對勾禍的話並不很在意，他暗忖道：「我與你之間，又豈會有攜手的可能？」看來，戰傳說此行是沒有什麼收穫了。

勾禍曾說要告訴戰傳說更多有關不二法門的秘密，但兩人話不投機，勾禍不會再說出什麼有價值的東西了。

於是他道：「無論你與不二法門之間有什麼恩怨，都無法改變一個事實，那就是你曾在樂土犯下人神共憤之罪。今日我是履約前來，所以不出手擒殺你，日後重逢時，我願為天下蒼生向你討個公道。」

勾禍沙啞一笑，「欲取我性命者成千上萬，我又怎會在乎多你一個？」

戰傳說忽然記起勾禍已不是第一次表達這樣的意思了，心頭頗為感慨。但他還是毫不猶豫地選擇了離開九極神教總壇。

當他離開九極神教總壇時，勾禍靜靜地坐在黑暗中，無聲無息，沉寂得如同廢墟中的一尊雕像。

走出了很遠，戰傳說回首向九極神教總壇所在的方向望去，心頭不期然地浮現出一個念

頭：勾禍將會何去何從？

戰傳說回到禪都已有四五天了。

他回到禪都不久，天司殺也凱旋而歸。

大劫主被除去的消息很快就傳遍了樂土，樂土因此而沉浸於節日般的喜慶氣氛中。

稍稍有些美中不足的是：最終是誰殺了大劫主一直沒有確切的說法。

但縱是如此，卻並不影響晏聰在樂土聲名遠播。

天司殺、地司危、蕭九歌都不是心胸狹隘之人，雖然晏聰乃後輩，但他們仍是實事求是地將「滅劫」之役的最大功勞歸於晏聰。

如果說先前晏聰與蒼封神的恩怨，使晏聰從名不見經傳的無名之輩，開始吸引了一定的注意力，那麼滅劫之役則將晏聰推向了更大的輝煌，短短數日間，晏聰的名氣甚至超越了曾被公認爲年輕一輩中人氣最盛的「金童玉女」——花犯與風淺舞。

戰傳說爲晏聰能取得這樣的成就感到由衷的高興，他與晏聰並肩血戰蒼封神的情形尚歷歷在目，沒想到短短時日，晏聰已成了萬眾矚目的少年英雄。

對於晏聰，戰傳說心中有一件事一直不解，那就是「無言渡」之約，爲什麼赴約的不是晏聰，而是靈使？

照理，他與晏聰的約定，只有他兩人知曉——靈使的出現有兩種可能，一是晏聰出賣了他；二是晏聰落入靈使手中，在靈使逼迫下，不得不說出實情並交出那幅畫像。

戰傳說相信前一種可能性不存在。但如果晏聰是爲靈使逼迫，那麼在靈使手中自保尚有問題的晏聰，又如何能夠在滅劫一役中重創大劫主？

看來，唯一的可能就是晏聰的武學修爲已今非昔比，就像戰傳說自己一樣，在極短的時間內飛速躍進，所以才導致不久前連靈使都對付不了，如今卻可擊敗大劫主這樣的事實。

除了晏聰之外，對於戰傳說來說，再也沒有其他什麼事值得他開心了。

天司殺回到禪都後，對他的態度與離開禪都前已截然不同，休說主動約他相見，就是有一次在內城雙方無意撞見，天司殺也立即讓手下的人調轉車隊，避開了戰傳說。

戰傳說先是迷惑不解，後來才明白過來，大概天司殺已經聽說了在天司命府所發生的事，對戰傳說「不軌」之舉很是憤怒，再也沒有了原先對戰傳說的好感，所以才對戰傳說避而不見。

戰傳說心頭頗不是滋味，儘管他是無辜的，但天司殺不問起這件事，他總不能主動向天司殺解釋。何況這事也是很難解釋清楚的，只要當事人木夫人木佘一口咬定戰傳說有不軌之舉，他便百口莫辯。

戰傳說可以想像天司殺的失望之情，縱然自身是爲人陷害，他仍是頗感內疚。好在小夭、爻意對他的態度一如既往，她們對他的信任不是輕易能改變的。

日子平靜下來，反而讓戰傳說感到有些茫然，覺得無所適從。

自從龍靈關一役之後，他的生活一直是起伏跌宕，難得有所安寧，現在的寧靜反而讓他有些不習慣了。

他忽然發現，自己失去了爲之奮鬥的目標：冥皇似乎真的已完全改變了對他的態度，他不再面臨來自大冥王朝的危險；不二法門的靈使與他有殺子之仇，但靈使近些日子從未在樂土公開場合露面；大劫主已除去。

千島盟經歷了禪都大敗之後，實力的削弱應該可以迫使他們短時間內無法再有什麼大的舉措；至於查清不二法門的真面目，弄明白它是否真的如勾禍、顧浪子、南許許所說的那樣黑暗，卻又讓戰傳說感到無從下手，不二法門實在太龐大，可以說無處不在。

禪都的天氣連續數日都是晴好，讓人幾乎忘記了冬日將至，明媚的陽光與暫時的安寧，勾勒出一幅太平盛世的景致，這讓大冥王朝感到頗爲自得。

景睢的死對六道門來說打擊極大，這種打擊與其說是來自實力的損失，還不如說是來自精神的震撼。

六道門在樂土算是大門大派，但參與「滅劫」一役，卻需得垂垂老矣的景睢出面，這事本身就有些悲壯了，而景睢的被殺，則更讓六道門上下籠罩於悲涼與不祥的氛圍中，已有人開始私下議論六道門氣數將盡。

至於藍傾城的死，世人給予的關注更多一些。

這倒不是因爲藍傾城本身的聲望如何，而是因爲藍傾城一死，玄流三宗的力量平衡或許會立即打破，人們都在猜測藍傾城的死，會不會導致三宗的爭戰更爲激化，以至最終以某種方式結束目前三足鼎立的狀態。

這樣的猜測不是毫無道理的，誰都知道藍傾城成爲道宗宗主算不得是眾望所歸，此次亡於滅劫之役後，極可能導致道宗的力量矛盾加劇，一切新的權力之爭開始，道宗的力量勢必因此而削弱，這樣術宗、內丹宗就可以趁機發難。

出人意料的是，藍傾城被殺已有數天了，人們預想中的情形並沒有出現，至少從表面上看，道宗很平靜，也未見玄流三宗爭戰激化的趨勢。

戰傳說見目前不再會有什麼緊急的事情需要應付，殞驚天被殺的真相，也不是一時半刻能查清的，於是便萌發了離開禪都前往西域荒漠的念頭，以了卻爻意的一樁心願。

這天，他將心中的打算對爻意、小夭說了，爻意當然是贊同的，不過她顧及小夭，沒有急於表態。

小夭自是希望能先查清父親被殺的真相，但她也明白目前可以說毫無線索，根本無從下手，於是她先表示了贊同之意。

不過在小夭是否隨戰傳說、爻意一同前往西域荒漠這一點上，戰傳說難以決斷。前往西域荒漠的危險是不言而喻的，戰傳說在那兒的經歷，可以說是九死一生，但讓小夭獨自留在禪都，同樣有潛在的危險。

就在左右矛盾的時候，坐忘城派人前來禪都接小夭回城了，派來的人是東尉將鐵風。

一連串的變故，使坐忘城經歷了一段風雨飄搖的日子：殞驚天在黑獄中神秘殺害；北尉將重山河戰亡；原先的南尉將伯頌，在得知殞驚天被殺的噩耗後一病不起，現已將南尉將的職位傳於他的長子伯簡子……可以說坐忘城多少給人以物是人非的感覺了。

鐵風與戰傳說、爻意、小夭三人相見時，四人都不勝欷歔。

戰傳說將這些日子在禪都的大致經歷告訴了鐵風，此前包括鐵風在內的坐忘城人，都不知小夭曾被神秘的紅衣男子擄掠，所以當戰傳說說到這件事時，鐵風吃驚非小。

隨後鐵風告訴戰傳說、爻意、小夭三人，坐忘城現在已漸漸平靜了，在新任城主貝總管的治理下，坐忘城還算井然有序。

聽鐵風這麼說，戰傳說等人心情略定。

鐵風對小夭道：「坐忘城將士都很掛念小姐，留在禪都寄宿於天司祿府終不是長久之計，請小姐隨我回坐忘城吧。」轉而又對戰傳說、爻意道：「貝城主還讓我一定要將二位邀至坐忘城，二位萬勿推辭。」

戰傳說與爻意對視一眼後，解釋道：「我們有事必須前往荒漠，暫時是無法前往坐忘城了，待事情辦妥後，我們一定會造訪坐忘城。」

小夭並不想與戰傳說分開，但她也十分清楚，自己隨戰傳說而行只會增加他的負擔，於是她對鐵風道：「戰大哥與爻意姐姐，他們的確無法與我同行。」

鐵風點了點頭，對戰傳說言辭懇切地道：「戰公子與我坐忘城可謂是肝膽相照，往後戰公子切莫見外，但凡用得著坐忘城的地方，只要戰公子招呼一聲，我坐忘城定當全力相助！」

戰傳說微微點頭，心頭不期然憶起了殞驚天的音容，不禁感慨良多。

鐵風在禪都留宿了一夜，他這次前來禪都並沒有帶多少人馬，只有四名貼身侍從。昆吾帶來的數十名乘風宮侍衛的遭遇成了前車之鑒，鐵風不想有更多的無謂損失。不過，與昆吾一行人的遭遇不同，他此行十分順利，一路上沒有出現任何意外。

如果說前些日子冥皇對坐忘城的人大有欲趕盡殺絕之勢的話，那麼現在的態度卻有了很大的逆轉，這麼大的改變，讓人有些捉摸不透。

數十名乘風宮侍衛的死，當然讓坐忘城耿耿於懷，問題是按大冥王朝的律例，未得冥皇之令，六大要塞的兵力，決不可調至各自勢力範圍之外的地方，更不允許隨意逼近禪都。乘風宮侍衛隨昆吾前來禪都未得冥皇授意，當然是名不順言不正。

冥皇對他們採取措施本無可厚非，但依照常理，區區數十人迫近禪都，對禪都是絕對不會有什麼實質性的威脅的，那麼正常情況下，冥皇將昆吾帶來的人馬扣押囚禁已足夠，而事實卻是這些人被圍殺殆盡，只有昆吾一人死裏逃生，由此可見冥皇的手段太過冷酷無情。

但無論如何，畢竟冥皇有這麼做的藉口，坐忘城擅自派出這些人馬先違了大冥王朝的律例，所以除非坐忘城公開與大冥王朝決裂，否則坐忘城就難有合適的方式為這些死難者討還公道。

坐忘城當然不會輕易與大冥王朝徹底決裂，誰都明白殞驚天之所以甘願被落木四帶到禪都，就是不願將坐忘城引向與大冥王朝徹底決裂的地步，為此他獻出了性命。

在這樣的前提下，坐忘城將士縱然有對大冥王朝的滿腔怒氣，也只能暫且忍下，否則殞驚天的死便毫無價值了。

第二天，戰傳說、爻意與小夭依依惜別。戰傳說、爻意一直將小夭、鐵風等人送到城外才分手。

望著載著小夭遠去的馬車，爻意神情有些黯然。自離開坐忘城以來，她和戰傳說、小夭三人可謂是相依為命了。

返回天司祿府的途中，戰傳說、爻意皆默默無語。

請續看《玄武天下》之十　蒼穹浩渺

蒼穹變 ⑨ 真正強者 （原名：玄武天下）

作者：龍人
發行人：陳曉林
出版所：風雲時代出版股份有限公司
地址：105台北市民生東路五段178號7樓之3
風雲書網：http://www.eastbooks.com.tw
官方部落格：http://eastbooks.pixnet.net/blog
Facebook：http://www.facebook.com/h7560949
信箱：h7560949@ms15.hinet.net
郵撥帳號：12043291
服務專線：(02)27560949
傳真專線：(02)27653799
執行主編：朱墨菲
美術編輯：許惠芳

法律顧問：永然法律事務所 李永然律師
北辰著作權事務所 蕭雄淋律師
版權授權：蔡雷平
初版換封：2016年9月

ISBN ：978-986-352-320-8

總 經 銷：成信文化事業股份有限公司
地　　址：新北市新店區中正路四維巷二弄2號4樓
電　　話：(02)2219-2080

行政院新聞局局版台業字第3595號 營利事業統一編號22759935

定價：280元　特價：199元

國家圖書館出版品預行編目資料

蒼穹變 ／ 龍人著. -- 初版-- 臺北市：風雲時代，
2016.03 -- 冊；公分

ISBN 978-986-352-320-8（第9冊；平裝）

857.7　　105002427